《宁夏大学生原创文学大赛获奖作品集（2020卷）》
编 委 会

主　编　宁夏大学生原创文学基地

主　任　胡玉冰

副主任　金　瓯

主　编　丁峰山　张富宝

副主编　火会亮　杨凤军　唐荣尧　唐　晴
　　　　倪万军　计　虹　徐玉英　马晓雁

宁夏大学生原创文学大赛获奖作品集

2020卷

宁夏大学生原创文学基地　主编

黄河出版传媒集团
阳光出版社

图书在版编目（CIP）数据

宁夏大学生原创文学大赛获奖作品集. 2020卷 / 宁夏大学生原创文学基地主编. -- 银川：阳光出版社，2021.4

ISBN 978-7-5525-5840-1

Ⅰ.①宁… Ⅱ.①宁… Ⅲ.①中国文学－当代文学－作品综合集 Ⅳ.①I217.1

中国版本图书馆CIP数据核字（2021）第065571号

宁夏大学生原创文学大赛获奖作品集（2020卷）
宁夏大学生原创文学基地　主编

责任编辑　杨　皎
封面设计　石　磊
责任印制　岳建宁

黄河出版传媒集团
阳光出版社　出版发行

出 版 人	薛文斌
地　　址	宁夏银川市北京东路139号出版大厦（750001）
网　　址	http://www.ygchbs.com
网上书店	http://shop129132959.taobao.com
电子信箱	yangguangchubanshe@163.com
邮购电话	0951-5014139
经　　销	全国新华书店
印刷装订	宁夏银报智能印刷科技有限公司
印刷委托书号	（宁）0020584

开　　本	889mm×1194mm　1/16
印　　张	20.5
字　　数	270千字
版　　次	2021年5月第1版
印　　次	2021年5月第1次印刷
书　　号	ISBN 978-7-5525-5840-1
定　　价	48.00元

版权所有　翻印必究

前　言

自"五四"新文学运动以来，中国文学取得了令人瞩目的丰硕成果。

当代中国，发展风头正劲，更需要持续不断的文化原创力作为"软实力"，而文学作为一种重要的文化艺术实践，将为此提供巨大的精神滋养。无疑，文学是一种审美力，是一种创造力，更是一种生产力；文学是关乎灵魂的事业，是关乎想象力的事业，更是关乎未来的事业。在人工智能的时代，在文化创意的时代，在商业消费的时代，在视像泛滥的时代，文学更加能凸现出其非凡的价值。

习近平总书记强调，青年是国家的希望、民族的未来。他号召当代大学生要高扬理想风帆，静下心来刻苦学习，努力练好人生和事业的基本功，做有理想、有追求的大学生，做有担当、有作为的大学生，做有品质、有修养的大学生。校园文学一直是中国新文学的重要组成部分，大学校园也始终是中国文学新生力量的重要发生地，是青年作家成长的摇篮。作为天之骄子，大学生应该肩负起自己的时代使命与文学责任。

众所周知，在工具理性一统天下的时代，文学似乎变得岌岌可危，当前中国的文学教育更是存在很多问题。在现代化的学科进程中，文学教育近乎被文学史教育所垄断，甚或演化为一种思想史、社会史、文化史教育，成为一种过度理性化的、"知识化"的教育；文学教育已不再是真正的文学教育，不再是一种情感教育、生命教育、审美教育，不再是一种"诗性化"的、"创造性"的教育。这种病象集中地体现在：虽然我们学习了很多文学作品，却不懂得欣赏文学、感悟文学与创造文学；虽然我们搬来了很多博大精深的理论，以至于理论越来越趋于"过剩"，却不懂得用文学润泽我们的心灵，提纯我们的精神；虽然我们的物质生活越来越丰富，然而我们的精神生活却越来越粗鄙。

面对日新月异的世界变局，在"新文科"发展的强力驱动下，汉语言文学专业与中国语言文学学科如何丰富内涵、实现根本性变革与转型，已经成为当下极为紧迫的重要议题。在很长一段时间以来，"中文系不是用来培养作家的"似乎已经成为"常识"，"警示"着一代又一代的中文学人，甚至对专业和学科的构建与发展也产生了重大影响。这何尝不是一种误解与偏见！越来越多的事实表明，中文系其实也能培养优秀的作家，培养具有更大作为的复合型创意写作人才。

回顾历史，宁夏大学中文系自1958年建校以来，就一直秉承着优良的教学传统，在学术研究与文学创作之间，双轮并进、两翼齐飞。建系之初，中文系就在王十仪、李增林、刘世俊、朱东兀、李镜如、闫承尧等先生的带领下，开展诗文创作及相关文学活动，他们是宁夏高校文学创作的最早奠基者和践行者。比如王十仪先生，1962年加入中国作家协会，曾任宁夏文联委员，宁夏作家协会副主席、顾问，宁夏文学学会第一任会长。自此以后，宁大中文人薪火相传，创研并重，影响了一代代学子对学术与事业、生命和青春的认识。从宁夏大学陆续走出了许多作家、诗人，他们是宁夏大学的骄傲，也是宁夏文学的生力军。如崔宝国、导夫、贾羽、杨梓、杨森君、杨云才、陈继明、火会亮、漠月、单永珍、林一木、倪万军、计虹、王佐红、兰喜喜、马晓雁、田鑫、马骥文，等等。

早在2011年，宁夏大学人文学院就将"原创文学大赛"作为本科教学质量工程项目进行实践探索，进入"十三五"以来，更是作为自治区"十三五"重点学科（专业）"中国语言文学"（"汉语言文学"）重点建设项目进行跟进。从2017年开始，大赛提升到由人文学院领导、中文系具体负责的正规赛事，成立了大赛组委会。组委会制订了大赛方案，明确了项目负责人，给予了经费支持，确定了征稿方式和评奖原则，聘请了以大学教师和我区著名作家组成的评委。征稿范围也从中文系、人文学院扩大到整个宁夏大学的在校大学生，影响力逐年增强。现已出版大赛作品集4部，举办作品研讨会3次。在《朔方》发表小说3篇近10万字，在《宁夏法治报》连续4年为诗歌作品专版宣传，参赛作品在"宁大中文人""心的岁月"等微信平台向社会各界推送，反响热烈。

2020年，根据大赛的发展要求，经宁夏大学和自治区文联同意，宁夏大学人文学院联合宁夏作家协会、北方民族大学新闻与传播学院、宁夏师范学院文学院、《朔方》杂志社、《黄河文学》杂志社、《六盘山》杂志社等多家单位，共同发起成立了"宁夏大学生原创文学基地"，基地秘书处设在宁夏大学人文学院，选举产生了组织领导机构，设立了固定的办公场所，组织机构和组织体系更加完善。大赛以新时代与新文科为背景，全面升级起航，每年定期举办一次，力争打造成为宁夏人文学科领域水准最高、参与度最广、影响力最大的品牌赛事。邀请数十位著名作家、评论家与学者担任评委，通过初评、复评、终评三个阶段全程匿名进行评审；获奖作品优先推荐至《朔方》《黄河文学》《六盘山》《宁夏法治报》等刊物发表，并与黄河出版传媒集团阳光出版社达成协议定期结集出版；为获奖者搭建资源平台，对其进行重点扶持和重点培养。

2020年，大赛正式更名为"宁夏大学生原创文学大赛"，共收到有效稿件704件，其中小说151件，诗歌134件，散文245件，其他174件（文类不明确，包括议论文、随笔、文艺评论等）。较之以往，这些参赛作品个性风格突出、思想视野开阔、表现手法娴熟，让人眼前一亮、怦然心动的作品明显增多。无论是在稿件的质量上、数量上，还是在社会关注度上，都有极大地提升，充分展现出了当代大学生的思想活力与创作风貌。显然，这对于丰富中国语言文学的学科内涵，深化新时代的文学教育，培养更多的青年才俊，繁荣社会文化事业，都有着极为重要的意义。

当然，从大赛的总体情况来看，还存在以下一些问题：其一，部分参赛者的语文基本功较差，如标点符号使用不规范、段落分行混乱、错别字连篇等现象严重；其二，作品题材范围相对较窄，大多数都是围绕着爱情、青春、乡恋、故土这几类来展开，缺少更大范围地开拓。这至少可以说明，参赛者对历史与现实、社会与人生还缺乏深层的关怀与体察，更多的人依然局限于封闭、单调的"象牙塔"之内；其三，大部分作品内容粗浅，情感苍白，吟风颂月者多，无病呻吟者多，故弄玄虚者多，东拼西凑者多。因此，作品多处于"悬空"状态，没有根基。这说明，参赛者普遍缺乏深入感悟生活的能力（"不精不诚，不能动人"），没有形成独特的观察视角和内心体验，作品缺乏思想性与感染力；其四，作品形式相对比较陈旧，语言也缺乏新意和表现力。以诗歌为例，形式上多是舞台朗诵体，或者是分行散文体，或者是网络变形体（无体），大多比较随意，还停留在简单的模仿阶段，缺乏对当代诗歌发展的整体认知；语言上缺乏诗性，较为平淡、单调、呆板、生硬。这说明，参赛者普遍"文学性"素养不足，想象力与创造力较为贫乏，而且阅读功不扎实（阅读面比较窄，阅读量比较小），写作训练也远远不够。这都意味着我们还有更多的工作需要去做！

在一个文学已经被边缘化的时代，我仍然想要强调：文学不仅是一个人最柔软的、最温情的、最美好的内里,更是人的情感、智慧与梦想的一种高级表达;文学不仅是一种认知与把握世界的特殊方式,更是一种本真的思维方式和生活方式。不过,它不是哲学的方式、科学的方式、伦理的方式,而是一种情感体验的方式、自由想象的方式、审美实践的方式,文学不仅是接地的、务实的,更是属灵的、务虚的。文学无处不在,它始终在关注人的心理状态、灵魂状态与精神状态,关注着人生与社会的多样性与复杂性。总而言之,文学是人类精神的圣地,人类存在的家园,无论是曹雪芹的"大观园",沈从文的"湘西"世界,还是莫言的"东北高密乡",石舒清的"西海固",都是如此。

"不愁明月尽,自有暗香来。"

借用作家雨果的话来说,希望我们的明天"不是为了拖着锁链,而是为了展开双翼。"

张富宝

2021年3月17日

宁夏大学生原创文学基地

目　录

诗　歌

山月照兹衣（组诗）　刘庆烨　003　　　　一等奖
西行笔记（组诗）　杨阿敏　011　　　　　三等奖
与母书　李程鹏　018
杂　记　王　康　020　　　　　　　　　　入围奖
严肃时刻（外一首）　臧慧慧　023
归来（组诗）　马建伟　025

散　文

血脉里的眷恋　周方舟　035　　　　　　　二等奖
枸杞工　马维萍　041　　　　　　　　　　三等奖
病里日月长　李金莲　047　　　　　　　　入围奖
爱情之火，非死不止
　　——丁玲的情感世界　王亚茹　049
生死幽微　陈　晨　072
深秋杂录　慕阳雪　078

毕业生　李鹏科　083
老街，暖暖的旧时光　王　方　087
此情可待成追忆　罗画月　092
他是我的父亲　张格格　099
汤水的点滴　刘禧娜　105
我在人间邂逅黄昏　杨华军　108
粥　周名人　115
长　大　李进宇　118

小　说

墨兰围裙　杨书琴　125　　　　　　二等奖
泉与煤油灯　易燃燃　133　　　　　三等奖
字　述　海　洋　136
痴　女　李子园　142　　　　　　　入围奖
红杜鹃　杨桂坤　157
鱼　张胜楠　170
青　山　张胜楠　174
在昏暗的星辰与钨丝灯之间　王英琦　201
一条路有几道弯　陈　帅　231
生活的某一面　胡喻芝　242
消　逝　张展瑜　275

其 他

我来人间一趟,我要看看太阳
　　——浅谈《红楼梦》中的贾宝玉　吴　思　291　**入围奖**
心之所向,才是路在的方向　黄梦园　295
淮夷游学记　李金蓉　302
ICU　蔡冰砚　303
喜与悲　张乐瑶　306
我成了太姥姥的妈妈　罗　芳　309
无人可诉为寂寞　诉无可诉是孤独
　　——读《百年孤独》有感　吴　珊　313

诗歌

山月照兹衣(组诗)

刘庆烨

短夜辞

在岸边捧起一湖水
清冷的月光躺进手心,像黑夜的眼睛
我拥有整个夜晚,而粼粼的水
回响山峦悠扬的歌声,梦呓般
把嶙峋的躯壳催眠。贺兰山是臂弯
摇晃着我,融入古老,依偎神秘
也于彪悍的风里,化作山脚
一颗
鲁莽的石子

道中行

市区返校,天空阴沉,雨色淅沥
星海湖濒临饱满,岸边垂柳无声摇曳

恍惚间以为抵达南方

梅雨味道，把万物燥热的心润湿

云哥载着我驶在星海大道

他一只手藏进兜里。风声正紧

石嘴山的风，如匹小兽，时而温顺，时而狂野

我俩被雨罩上朦胧的纱幔

周围景色往身后倒伏，湖与雕塑

坍塌，似乎被水浸泡，吞咽

远远望去，道路依旧漫长，我感到寒冷

八月末，想逍遥成一场秋风

枸杞红

只有在百花市场，被餐馆翻腾的白烟

架着烤，才觉得自己早就成半个本地人

如山石粗砺的嗓音，面片的酸辣味

以及那些形态各异的招牌，极富特色，令人目不暇接

我们饱食一顿，羊杂汤，配蒜

在市场里闲逛，吆喝的声音，和家乡的商贩

同样迫切而又沙哑。道旁很多小摊

卖就近生产的玩件。我看中一块

贺兰石做的镇尺，乌黑的石方里

好像有从云的龙，舒展身体

最终没有谈妥，带着遗憾前往下一处店面

是百花市场内较多的店,卖干货
面容绛红的老板,把我们迎进去
他从蛇皮袋子里捧出一些枸杞
红红的,和心脏有着相同的颜色

观山记

云朵里洒落圣洁的金光
远处,山们立着或倒着,庄严相、众生相
裸露出云影外的几截,像冬初留存的一片雪
想起未融的雪花,就想起
母亲不时拂至耳后的鬓发。

回忆太久远,和"贺兰山"这三个字一般古老
观山,也是观自己,孤零零伫立风中
看一林树从老至死,一城人
演绎烟火蒸腾,生老病死。
于是,心便涌出泉水,汩汩润泽黄昏里的萧索。

寺庙钟声嶙峋,云穿过群山身子
而仰望他们的我,也默然成一音鸟啼

女　子

她在夜色中摆出窈窕的姿势

山湖充作背景板，女孩，正值青春

印象里老屋墙上也有一位女子

身披红风衣，头上绾着髻，紫花点缀

她面容朴素，嘴唇红润，眼底的温柔

甚至比一旁的雏柳，稚嫩更多

我母亲，此刻是属于她的韶华，尽情绽放着

像新折下的一截榆树枝

被风筝系挂到天上去

夜来惑

车流横穿过夜晚的霓虹

红粉月亮为远处的房屋勾勒奇幻的边

我们乘夕阳去往人迹罕至处

湖海与天空，隐约凝聚成一片薄薄的纸张

静止的雕塑依稀在波涛中鲜活

无人机掠过晚空，竟如同梦境内大虚无

烟火随撩人的风愈飞愈远

我们点燃漆黑色竹炭，煨出一颗火红的心

该走多么辽阔，才能追逐到骏马的野蹄

该将胸中的房屋清扫多么空旷

才能如一湖涟漪,容纳进无垠的山峦

赋壮词
——致 G

学校天空透蓝,云使万物娇嫩

我们行走在路上,像鱼游窜湖中

偏偏秋季,万物生长的兴致正浓

远山抛却朦胧的遮掩,露出真容

这让我想起去内蒙古,围坐一起灌酒吃羊肉的

摔跤好手。许多年轻的身躯

穿过阳光密织的纱帘,他们比日头

更刺眼。"狂风紧抱巨浪恶狠狠丢至峭崖,

把大块翡翠摔成尘雾和水沫"[①]

二十岁,应有这股劲,"把天捅个窟窿"

骠马奔走草原,骨刀斩碎黎明第一缕烟

绝不畏惧爬贺兰山,四面风的猛烈呼啸

路从纯净的起初蔓延数条

低头卖力走,别犹豫红叶飘落哪处山谷

于是所有叫作"遥远"的事情

都成为足迹拓地卷起的灰尘

---

① 语出高尔基《海燕》。

底 色

我在夜色里沉默如操场周围

棵棵站立的树木,根部插入盐碱地

艰难汲取贫瘠土地里匮乏的营养和水分

树木注视操场上那群学生

走着,跑着,跳着,把昂扬的身躯燃烧似火

仿佛湖水,也随之沸腾

天空,群星如一盘细沙

最璀璨的几颗,和老宅旁边那条小河

冲刷出的石子类似,坚硬、固执

我抛弃内心执着的部分,渴望化作一颗星

为地上迷茫的众人照亮命途的方向

今夜,晚风熏人,空气荡漾年轻的醇香

这群学生依旧热烈,古老的目光与夜空下

他们搂抱,他们亲吻,他们甚至把火热的心贴紧

而这,正是青春的底色

童 谣

大武口最近多雨
想想沛县也相差不大,猛烈更甚
十岁时,奶奶家窗外泛着雨声
我似乎被那池蛙鸣吓到
翻来覆去睡不着,奶奶就唱起童谣
活泼,悲伤,从她还未沙哑的口中传出
让我痴迷,沉浸在押韵的故事里
只觉得童谣是奶奶思想最文学的部分
哪怕她只上过小学,不认识多少字
乡俗童谣为我启蒙。孝顺,忠诚,善良
寄托老几辈人对后代子孙的期盼
现在,恐怕再难让奶奶哼童谣哄我入睡了
年龄的增长使人羞于亲情的浸泡
我觉得,成年真没用
听首童谣都胆小

山月照兹衣

贺兰山是面南的瞭望台
我常在山顶看家乡

比如炊烟老是在柴火垛徘徊

漏风的窗户有昏黄灯光摇曳

光里坐着母亲,为我缝补过冬的棉裤

贺兰山似乎懂我的思念

风声渐弱,山石的棱角回归圆润

可是它毕竟是沉寂的

只明白一位年轻人在痴迷生养他的故土

却难懂得这想念有多深切

月色淌到魂衣虚处

耳边回响龙口河流动的澎湃

如同幼年寻儿吃饭的母亲

把我的乳名,一遍遍呼唤

西行笔记（组诗）

杨阿敏

在沙坡头

太阳在七月的云层中尽情翻滚

风是滚烫的，沙子是滚烫的

像居于炙热炭火上的蚂蚁

我在炎热夏天的沙子里

独自寻找来不及隐瞒的成长

光着脚在沙粒中嬉戏

用沙子遮盖令人疲惫的心事

远处，是蜿蜒的黄河

更远处，是我面朝黄土背朝天的父辈

我曾试图用那混浊的黄河水清洗洁白的衣裙

在星空下舞动儿时的梦

写永不腐朽的故事

黄河翻滚，古老的过往亦奔涌而来

先祖们，在这沙场里南征北战，坐拥王国

父辈们，在这沙土里刨出了房子和日子

而我，在掺了他们生命的这片土地上

进进出出，短暂地逃避现实

以此，长久地与他们的呼吸融为一体

沙坡头月夜

星星在天空中排兵布阵

云朵绕着月亮穿行玩耍

与长河落日的雄壮不同

黄河畔上的月色，多了几份柔媚

月光倾泻，照着旅人无处安放的乡愁

从渔舟水乡到塞上江南

我是水乡的女儿，是塞北的新娘

时间给我一支画笔

我便领受翻山越岭去写生的宿命

车过兰州

车过兰州，嘈杂了一路的乘客终于安静

西北偏北，时间属于音乐，属于民谣，属于流浪歌手

歌词反复，句句都在唱自己

句句都不是自己

对面困倦的青年抱着吉他做梦

旁边的小孩在梦里呓语

这个城市都睡了

醒着的,都是孤独的灵魂

散落于夜色里,各自为家

关于青海

关于青海

我所能书写的

不过是我能触及的万分之一

关于赞美,我所能表达的

不过是闯入眼中的美景带来的虚幻

行走于青海湖边

我惊讶于碧蓝的湖水

倒映出的人间,宛若仙境

在黑马河流经过的途中

我看到了这一生最好的日出

追着那一轮金日走

我的渺小不断地被放大,放大

红色的裙子是我最后的骄傲了

在大片的油菜花中,我亦是一只旋转的蝴蝶

热闹的花海里,那些不能实现的愿望

在高原上的风里跳跃

提起三月

杏花扑腾着倒向未知的雨水

奔波在途中的人

像是生活长鞭下那一匹奄奄一息的马

命运的塔罗牌占卜不出任何结局

在走了无数次的 K1307 次列车上

最后一次，我仔细端详那一路夜色

拥挤的火车上

有人满怀希望去往下一站

有人丢盔弃甲回到原点

在一些人拥有三月春暖的同时

另一些人正拼命适应来自命运又一次的嘲弄

而泪水，没有任何力量

嘈杂的车厢内

噪音让整个世界沉默

提起三月

提不起一份失落的梦想

365 天很快

但每一天又很慢

深　夜

喧嚣的城市被空旷填满

一个人静坐

信任，命悬一线

怀疑热闹的日子，怀疑人潮拥挤

怀疑四散而去的青春

甚至怀疑堆满案头的尘土

那些真实的存在，又或者

荒诞的欺骗

时常因困顿而对命运加以指责

在黑夜否定一切

又在太阳升起的时候同自己醒过来

小镇时光

我先于小镇来到这世间

能记起事的时候

小镇在这片沙漠上出生

当我开始长出牙齿，咀嚼时光

小镇长出了树木、房子、简易商场

我的乳牙脱落，头发渐长

我在飞速发展的小镇里和时间赛跑

读书，知事，在世间行走

十多年过去
小镇上长出了车子，高楼和酒庄
锋利镰刀收割着金黄麦田
父辈们佝偻着身躯在田间欣然微笑

紫色葡萄倾泻出甜美汁液
迷人的酒香，以小镇为原点
走向世界

夏日夜晚

星星在云层中排兵布阵，穿行玩耍
月亮没说话，洒一片清辉在人间
萤火虫在田野里私语
邻家几声狗吠，扰了孩子清梦
父亲的鼾声，融于这寂静夜色
谱成一曲温柔的摇篮曲

夏日的梦，总是伴着温柔的晚风
奶奶手中的蒲扇，爷爷嘴里的故事
顺手摘下一颗葡萄架上熟透的果实
哦，还有你踩着月色送我回家的那个夜晚

这个梦，我以为会做很久

告别书

夕阳下
霞光替我们说了很多话
风吹散一朵云
替我们等待重逢

云与明月私语
漫天星辰熠熠生辉

可我们，再也没有见

三等奖

与母书

李程鹏

母亲,想你时,马樱花漫山遍野
你低矮、瘦小、憔悴,让人心疼
站在地里时和一根杂草差不多高
混在人群中很难找见

二十岁嫁给同村的父亲
开始洗衣、做饭、种植谷物的轮回
你用朴素的乳汁喂养我和妹妹
用满是茧子、沟壑的双手
在土地上写下饱满的诗行

母亲,土地是你一生洗不净的宿命
我是你心头上掉落的一颗种子
在你的田野上,萌芽生长
二十年后的夜晚,才知道
你的疼痛、忧愁,生活的艰难

才知道,你带我走向人间后
身体就瘪了,像一只皱巴巴的袋子
无法再容纳春花秋月和那些浪漫的事物
装满了柴米油盐和人世的沧桑

母亲,春风日夜吹着我们的村庄
给草木以丰盈,给庄稼以春光
却给你以腰疾、胃病和风湿骨痛
给你尘土、暮色和雨雪风霜

母亲啊,母亲。春天如此美好
在这片没有传道士的田野上
我只信奉河山、土地和粮食
在这个没有庙宇的村庄
我只信仰你和太阳

入围奖

杂 记

王 康

对近几日的月色感到满意
无论是上弦月、下弦月或是满月

天空像往常抱着几片薄云
仿佛是四季不变的常态
我只管站在床边看向一角
或是选择一处空旷的四方之地
听着旷野传来的低语

看着夜间带着丝丝血色
傲立在枝头的圆月
我怀疑她和太阳变得亲昵
否则她的脸上为何有着
与清晨傍晚残日一般的血晕

我爱着这般血色的日与月

无论是白日或是清夜

我爱着这份凄惨的清朗

哪怕一如启明星的孤独缄默

我也爱着这总是孤望的启明星

夏日的炽热点燃树梢的白色

升腾起水泥石板路上匆匆的步伐

女孩子撑着伞裸露明亮的肌肤

吸引着男孩子赤裸裸的目光

一如饮在喉间的汽水清凉

时间裹挟着清风将桃花散落

蓄谋已久将爱人带离身边

行走在荷塘月色中的诗人

干涩的口中吐不出一丝热闹

"我什么也没有"

总有人将青春活得恣肆

将生活过得洒脱

我透过少男少女明亮的肌肤

想起曾经春日的青涩

还有秋日洒落在空中枯黄色的银杏叶

我曾抱着一份执念

杀死一片世界

我也曾抱着一份执念

成就一片荒原

但执念永远不会让荒原长出绿色

我们终究还是要和自己和解

人之悲欢离合，月之阴晴圆缺

放及个人一如沧海之一粟

我们现在留下的遗憾

终究会在未来有人陪你一起去做

无论是一起去看万物复苏

历经漫长盛夏

或是吹着晚风捡起一片枫叶

在大雪纷飞中憧憬未来

这一切

遇见就是为了再见

毕竟我们曾拥有无数晚风和夏夜

若人间万物皆有缘分

那我且站在现世等下一次相逢

惊鹊

严肃时刻（外一首）

臧慧慧

和谐号开进了新迁聚集地的古老空气里

一场西风卷挟着小雪霸占傍晚

青年人轻轻吹了口眼前的一团烟雾，精神早衰地

把自己填进五光十色的歌厅

母亲在五千年的年岁里

但望眼底河

另一个母亲转身

留下麦茬齐整地等待冬天

这一刻

我在等待尘封百年的铜剑

它须经我天真的灵魂洗涤

愈来愈近地

是找一个凝重的黑夜妥协

同名生活

海潮告诉我,有人
乘着热气球飞跃直布罗陀海峡
一只白虫蠕动到我脚底,告诉我有人
在地下墓穴中与人骨同睡
一阵风在我耳边缠绵,告诉我
在智利几千米高的悬崖边有人滑雪看太阳落山
甚至一个放荡的女人,告诉我
她做了妻子

我用温柔的指节
轻抵醒觉者的梦

归来（组诗）

马建伟

消 息

昏暗的灯光下
哀伤的歌儿重又被唱起
有时我孤独一人坐下
望着黑夜陷入沉默

是否在等候我归来的消息？

远去的白昼
残留着几分温度
清冷的月光
伴着长存的孤独
两个世界的我不能共存

停止的时间

丢弃了多少过往

远方的信件

背负着多少伤痛

当我谈及家人

远方留着同样血脉的

唯一的亲人

正靠着捡拾垃圾

艰难度日

我的呼吸是沉重

眼神是落寞

有时我孤独一人行走

面对远方的呼唤

也不曾驻足

是否在等待黑夜的审判?

凌乱的步伐

和着混沌的言语

黎明之前

我不会写下想念的话语

当你收到我归来的消息

这一次

为了自由

我拒绝世界

重新写下寄给明天的信件

宣 告

我苍白的脸上笑容如常

我皱纹遍布的额头依旧高扬

简单的话语为何满含力量

只因从心底散发

炙热的火焰从我的眼中迸射

令世界战栗

黎明前的怒吼

我要向世界宣告

归来的信号

归 来

应当是怒吼的时刻

应当是振臂高呼的时刻

此刻的我们

是黎明前的风暴

站起来吧

远方孤独的孩子

我曾无数次在梦里

听到你的声音

当自由的歌声传遍世界

当思想的火光把黑夜点燃

勇敢地迈出第一步

迈出这象征希望的步伐

当你打开门窗望向世界

世界的画卷也为你展开

和着歌声舞蹈的人们

脸上洋溢着幸福的笑容

我的心儿也在舞蹈

我们知道

这

就是黎明时分

人类自由与理想的篇章

畅　想

歌声随着风儿消逝

眼前逐渐变得清晰

我的目光如常

我的笑容如常

我们是不同世界的独行者

只是为了自由与理想

在偶然间相遇

将这个世界找寻

归来者

坐在巷口的石阶

小孩子的玩耍哭闹

和着偶尔一两声犬吠

扰乱了我的思绪

我寻了处安静的地方

开始回忆十年前那段时光

许久的沉默

在恐惧和悲伤向我涌来之前结束

我知道

我应当离开了

今夜,我们共享这份孤独

一

黑夜深处的火光

想要将我吞噬

远方云雾里的身影

逐渐变得清晰

阴雨连绵的夏天

几只鸟儿从空中俯冲下来

慌乱地从枝丫间闪过

雨中两个孤独的身影

在灯光下长久地站着

今夜,孤独的风

将我的思绪吹乱

今夜,温柔的雨

将远方的火光熄灭

黑夜中的我们

不同时空的我们

在温柔的雨中

共享这份孤独

二

撩人的夜色

突然陷入沉默

风的声响

却清晰了许多

你在微弱的灯光下踱着步子等待

我在黑暗中拖着沉重的脚步前行

屋檐雨水滴落溅湿了你的衣服

路上行人匆匆打断了我的畅想

此刻

我们在雨中相对

用眼神交换

彼此的孤独

三

这长存的孤独

在每个寒冷的夜晚

向着缓步行走的我们袭来

最后的我们

望着黑暗中零星闪烁的光亮

陷入更深的沉默

散文

血脉里的眷恋

周方舟

不在你们身边时，写信给你们。

书桌上橘黄色的灯光是夜晚给我的唯一的温暖。隔着阳台，风声依旧悦耳，很适合怀旧。大半年没有提笔写写画画了，今天，我也该发声了。这封姗姗来迟的信。

回顾这二十一年，数写给我爸的信最多了，可以用叠或摞来计算了，可从未寄出去过，那些整齐的汉字写在漂亮的纸上，却被我从这儿挪到那儿，又掖着藏到那儿，可都是一个结局。因为他总能用他的方式来"说服"我对事物的"偏见"。

今天，故事的主人公是我可爱的爷爷和我的"女王"。何以解忧，唯有他们皆安在。想要感谢的人很多，倘若再多一个主人公，我都是拒绝的，这只会分割我对他们的情有独钟。

孔子说过："父母之年，不可不知也。一则以喜，一则以惧。"在这里我将"父母"的意思解释为爷爷奶奶。

初尝独立之年

只是因为在视频通话中多问了一句："你们想我了吗？"才有了后来冲出

宿舍楼号啕大哭的我。当思念涌上心头时,只有以泪洗面才能转移我的注意力。

听过太多句"出去上学就变了""外面待久了就不恋家了"诸如此类的话。可是我始终相信我是个例外。从2017年09月13日至今,我坚持每天汇报我的日常生活。每次打完饭后,第一件事一定是打开微信拍摄,拍给他们我吃的饭,日复一日,大半年就这样过来了,彼此都不觉得厌倦,反倒日日新鲜。

周末谁到学校来找我玩了,我也会告知。"奶奶,这是宁夏图书馆,这是科技馆,这是森林公园……"随后便附上我的各种照片。"今天这个哥哥/姐姐带我吃什么好吃的了,和舍友在学校附近的超市逛逛买点儿零食,解解馋。你和我爷今天吃的什么,看天气预报说同心降温了,让我爷早上出门穿暖和;下雪了,路面结冰了,叫我爷别骑车子了;又到节气了,奶奶,你腿子再疼了吗?"我爷如果瘦了,我回家就"收拾"你;爷,你如果不听话的话,就让我奶奶替我"揍"你。不知"内情"的人听到这些话,一定会责备我没有礼貌,没有教养。

日常——隔辈儿亲

寒假,奶奶从舅爷家回来后,她跟我描述一种花看着特别漂亮,她描述了半天。我打开浏览器搜了多肉植物,奶奶眼前一亮指着我的手机屏说就是这种。于是,承诺给她赶气温回升之前买几盆。三月了,我买了六盆多肉植物送给她。当时我心中萌生了自私的想法,如果爷爷奶奶看到这几盆花,一定会想到我。这段时间,奶奶时常会发视频给我,问我看看多肉长个儿了没有?逗她开心就是这么简单。寄托了我思念的多肉,就像我在二老身边。

小时候,我爸最喜欢问我:"你认为你奶奶对你好还是你爷爷对你好?"我会毫不犹豫地说:"都好。"中学时代,跟奶奶会偶尔争执,挺伤和气的。那时的我回答道:"各有各的好,对我疼爱的方式不同。"刚上预科那会儿,我爸问我最多的问题是："你爷咋那么疼你？"这样问不是因为奶奶不疼我了，而是爷爷对我的疼爱"激怒"了奶奶。他会每天不定时地问我奶奶："孙女儿发消息了吗，她今儿吃的啥，再说啥了吗？"周而复始。他就这样问了大半年，我也坚持了大半年不间断地分享我的日常：饮食、出行以及各种各样的新鲜事儿。我不想让我们仨的感情变为看上去很近的那种远，让他们感到我们之间有代沟，跟不上我们的步伐，不愿与我们交谈。爱他们就该分享点滴给他们。

我最心疼什么——每当大家其乐融融坐在一起谈天说地的时候，独自坐在客厅沉默不语的他。只要再多看一眼，我的视线都将模糊，我心疼爷爷。一天天衰退的记忆使他看起来像个孩子，特别心疼这个心善慈祥的老人。假期，我去医院陪住，他向病房里的人介绍说："这是我孙女儿，从小在我们老两口身边长大，懂事得很，乖爽得很，学习还好。"我如此骄傲和自恋的一个人听到这番夸赞都会觉得别扭。

最该感谢的那个人——我总夸她有气质、聪慧。她当然笑得合不拢嘴，多少美好的言辞评价她都不为过。一个有智慧、个性很强的女性，她不断地学习、进步，她在饮食上追求健康之道，讲究穿衣打扮，能将智能手机玩转到一种境界；她的求知欲和从不落伍让我仰慕，过着精致生活的她当然显得年轻。高考前我对她说过："考上大学，我第一个感激的人一定是您。"因为她，高三的我总是班里到得最早的同学，早早为我备好洗漱用品，挤好牙膏的牙刷放在倒上水的漱口杯上，洗脸盆里已有小半盆热水，餐桌上的杯子里会有凉好的热白开，她总说早上起来洗漱完，先喝一口水再吃一口馍。这一坚持就是半年。我身边再也不会有这样对我的第二个人。如果有人说我是优秀的，那么这位老人功不可没。她的言谈举止对我有着深远的影响。

年幼时，也曾令她泣下沾襟，我想那些无谓的争执是源于我的无知。隔三岔五就跑去奶奶那儿住，喜欢在她做饭时围着她说话，像个麻雀，帮她打个下手，那种感觉真的棒极了。每次晚上洗漱完，都要蹲在他们老两口的床头前，给他们按摩，自己再溜溜嘴皮子。

还记得十八岁生日那天，我收到了朋友们精心准备的礼物，下晚自习后，跟他们一一分享并解说的场面，历历在目！

"墙头草"式判官

奶奶一见我就会"反馈"爷爷近来的"罪状"：舍不得扔坏了的东西……穿旧的衣服舍不得脱……天冷了还穿的夹克……几天不吃羊肉就觉得饭菜没胃口……这么多"罪行"，让我觉得爷爷就该被狠狠地打一顿才能解我奶奶的气。一旁的爷爷只有矢口抵赖。我一会儿帮奶奶"训话"爷爷，一会儿又觉得奶奶欺负"老好人"。反正乐趣多多，我甚至渴望看到他俩斗嘴骂架，总觉得这是在变着花样秀恩爱，画面温馨。五十多年了，他俩一直就这样。

3月10日晚上，我同妹妹去了他家，11日一大早我就要返校了。郁郁寡欢了几天的我，拖着不愿收拾行李。爷爷没有说你去学校吃好喝好学好，而是沉着脸说："你什么时候回来？"心已被泪水淹没，不宜久留……"还没走开呢，就问啥时候回来呢，有你这样的人吗？"奶奶说道。天已经很黑了，我真的要走了，"奶奶，我抱一下你吧。"亲了一口她的左脸颊，又咬了一口她的右脸蛋。对于她，我总是那么狡猾，那么任性。她的脊背瘦了好多，可以摸得见骨头，以前不是这样的。在我离开的这段日子里，他俩在偷偷地变老。关上门的那一刹那，憋了好久的泪水模糊了视线。可我终究是要离开的。

2020年年初，新型冠状病毒的阴霾笼罩全国。恐怖和不安的情绪迅速滋长，在这样的大背景下，国和家都面临着考验。我们家这两位，一个爱出门，出不去了，一个好动，动不了了。1月初，奶奶右肩胛动了手术，缝了五针。当时我已经报名并通过面试，寒假要去云南昭通进行为期20天的寒假爱心支教，奶奶知道我要去支教了，所以没有告诉我她动手术的事情，怕影响我期末考试，怕我放弃去支教的机会。1月底，我才得知这件事，还是忍不住哭了起来。直到2月疫情大爆发，出于我们的安全，支教部安排让我们提前回家，一波三折，大雪封路加错过航班，夜困昆明。我也没有告诉家里人，身边的小伙伴们已经被家人打爆了电话。我一贯的作风，报喜不报忧。

居家隔离结束后，我就飞奔到爷爷家，还好我们两家只有几分钟的路程。隔离将要结束的那几天，我爷是一直在小区里转悠，等我去，还不敢走远，家里每周两次出行卡都是被他这样溜达没的！就这样，盼星星，盼月亮，把我盼到了。我们仨就开启了十八线小城之快乐吐槽大会，错了错了，对于老头儿来说人生处处是"法场"，老太太把我不在家的这几个月里，将老头儿所犯的"大罪小罪"一一列出，等着我来给定大罪，老头儿则是在一旁憨憨地看着，感觉在等着授予他什么奖似的，偶尔无奈吐槽老太太因为做不了家务而嫌弃他什么都做不好。满当当50天三人相处的美好时光很快结束了，由于奶奶不能做饭，那时学校也开了网课，我会在婶儿不在的时候，担任大厨一职，学会了做包子蒸馒头，烙葱花饼，炒菜的技术也可谓是一绝！

上大学以后，再没有和他俩相处过这么长时间，这会是我生命中最有意义的一段时光。之后，我又担任了防疫战线的一名大学生志愿者。一场席卷世界的疫情，让我们意识到生命的脆弱，也让我感受到了真情的可贵。

写文章时，几度哽咽，不禁潸然泪下。从起草前想洋洋洒洒写几千字的我到定稿后没勇气重读的我，这期间放弃过好几次，可又重拾起来。怎么写都写不出自己想要的文字，总感觉用贫乏的文字表达不出我们仨之间的感情。文字是真的不能写给至亲至爱的人，无论怎么动笔，情感的出口都不在笔端，平时积累再多的华丽辞藻都无法准确表达我内心深处的真实感受。

字到语言为止，可情是无止境的。

想象着我大声朗读自己的文章给他们时，不禁嘴角向上扬，眼泪往下掉。我们仨之间没有什么"感天地，泣鬼神"的故事，记忆中的那些琐碎的事足以让我将他们时常挂在嘴边。他们一直都是我炫耀的资本。爷爷的永久牌自行车还在，坐在前面横杆的孩子长大了；长得比奶奶高了些，冰箱上的东西我自己够得到了。

再后来，"我爱你"三个字变了味道，而我更愿对你们说："愿你们少些病痛带来的折磨，多一份乐观，相信明天会更好。"

三等奖

枸杞工

马维苹

"哎,桶子提上走快点,大家都把精气神拿出来,这一地枸杞子红浪浪的,人人都能挣两三百块,年轻人都看着把老人和娃娃领好,不咧丢了。"那个皮肤黝黑的包工头扯着嗓子大喊道。话音刚落,跟在他身后的那群人个个步履匆匆起来,脸上也生出不安的表情来,男女老少不自觉地都加快了脚步,两三百元对他们来说是诱惑,也是压力。他们一直走着,从清晨到黄昏,一天又一天,走过了一个又一个炎热的夏季。

以前,他们被迫滞留在还尚处在缓慢发展阶段的穷乡僻壤——南部山区,面朝黄土背朝天依然是他们的生活常态。代表时代潮流的东西,亭台楼阁,灯红酒绿对这一群人来说那么的可望而不可即,忙碌、奔波的身影时时在田间地头穿梭,但仍旧改变不了贫穷的生活状态,他们渴望离开这里,逃离,逃离……他们一遍又一遍地呼喊着。2008年前后,国家的生态移民政策开始在这里大力实施,要搬迁了,他们终于可以离开这个祖祖辈辈过着穷苦生活的地方,逃离这个环境恶劣的山沟沟,到那个可以带来美好生活的地方。听某个出过大山的年轻人说那个地方叫红寺堡开发区,大多数人没有去过,所以也不了解这里,那里应该是平川,有树有草,还有黄河水吧,至少不像现在住的这个穷地方,满眼望去除了黄土,就剩下几根半死不活的榆木桩桩。越是这样想,人们越是抑制不住内心的喜悦，期待和向往的情感与日俱增。但是，当步入这里时，这片土地和理想中的丰饶模样形成鲜明对比，并且貌似还有些不友好。

这里的天气反复无常，夏季酷暑，冬季严寒。立春后，大风开始肆虐，房顶的布瓦片被吹落摔成碎片，是很常见的现象。马银凤清楚地记得刚来到这里的生活场景。那时候，没有钱盖新房子，银凤的父亲就用一块块砖头垒起来一个小房子，银凤的父亲是个手艺还不错的工匠，所以这个房子还算结实。转眼间就到11月份了，天气转冷了，为了全家人不被冻着，银凤的父亲决定在这个碎砖房子的外面裹上厚厚的塑料来御寒，塑料起先确实起到了很大的作用，但是，没过几天，肆虐的大风就把塑料划下一道道伤疤，不久，直接撕成碎片，吹得满院子都是泛白的塑料片。一个冬天，父亲来来回回地不知道裹了几遍，只记得满院子泛白的，分化朽掉的，白花花的随风而起的碎片，父亲一个人佝偻着腰反反复复捡拾了很多次。第二年开春，天气渐渐地变暖和了，再加上去年种玉米卖了一万来块钱，银凤的父亲决定盖一个新房子。于是，一家人忙活起来，没过多久，新房子大体上完工了，但没有装上门窗，钱属实不够了。"不能装木门窗。"银凤的父亲坚决地对家里人说。这里可不像他们老家，不流行木门，银凤的父亲也是一个想要活在人前头的人啊，于是他暗暗下决心，等攒够了钱就装铝合金的门窗。他们一家住进了新房子，没有门，父亲就找了两个木板挡住。还未褪去寒冬冷漠的春风，没有留一点情面给他们，晚上睡在父亲用木板钉的干板床上，满房子的土，简直要让他们要窒息了，但是他们还是要住，因为这里是很多像他们一样的老百姓所向往的引黄灌溉区，离这个地方不远处的莲花山上，还有大片大片的枸杞树，那里有他们一直苦苦追寻的财富啊！

关于这批人如何称呼，人们的认识经历了一个相当漫长的过程，渐渐地，人们统一了思想，叫他们枸杞工吧，他们的活计主要是摘枸杞。这群人当中，男女老少都有，但是大多是年龄在30~40岁的年轻媳妇子，她们带着下半年生活的希望和有些许疲惫的身体，来到这个也可以像自己男人那样挣到钱的地方来找寻属于她们的价值。望着这片红色的海洋，张家大媳妇子的思绪飘回了几年前。她结婚已经七年多了，这七年来她到过这里五次，初次到来的喜悦与好奇已经消失殆尽了，至于这中间经历的美好她大抵是没有记下多少，疲惫感占据了她的整个身体，踏着这片能将人脚淹没掉的沙漠地，沉重的脚步就要阻止她前进，看着那片望不到头的枸杞树，她的心中不由得恐惧起来，"我要是揪一辈子枸杞该怎么办呢？"她抬头望望那炎炎烈日，甚至就要哭出来了。老李老婆子对这种生活很满足，这至少比在山沟沟里背柴火好得多，她不用再像一头看起来不知疲惫的黄牛那样，把一捆捆干柴火从山上运到山下，不用再背一个背篓到处找寻烧炕的干草和牛粪。这片土地上能听到人们的欢声笑语，对她来说是一件非常幸福的事情。以张家媳妇子为代表的年青一代枸杞工和以老李老婆为代表的老一辈枸杞工，他们在这片灼人脚掌的沙漠地里来回穿行，用自己的双手谱写着一首首悲伤与欢乐相协的曲子，音符跳动的时而欢脱时而疲惫，大大小小，高高低低。你仔细听，这曲调在诉说着枸杞工们的欢乐与哀愁。

　　枸杞工在表面上看起来和往常没有什么两样，依然是大多数年轻的媳妇子带着她们年迈的母亲和自己的孩子。男人们是不大喜欢来这个地方的，当然零零星星的还是有几个思想开化的男人，只是数量上相对于女人来说就要逊色很多。这里大多数的女人认为男人应该出去挣"大钱"，这是女人们干的活计。劳动没有贵贱之分这样的思想觉悟她们大抵是没有的，但是她们知道要靠勤奋劳动让自己的生活变得好起来。表面上看起来没有发生什么变化的这一批枸杞工，内部是发生了很大的整装重组的。有可能少了蒋家的媳妇子，因为今年家里的牛羊没有人喂，娃娃没人看而不能来，也可能多了张家老婆子，今年家里面有人不太忙，所以又来到这里，谁家的孙子因为放暑假也参与进来。总之，这是属于淳朴农民的一次盛大的"宴会"，在这里可以感受到他们对美好生活的向往和他们对生活朴实又真诚的态度，体会生活的不易。我们这里也有人管这个活计叫"下黑苦"，这一点也不夸张，炎炎夏日，太阳底下一站就是一天，如果温度很高的话，还有中暑的风险，身上的黑色衣服会褪色，后背也有可能被晒伤……但他们的喜悦感远远超过太阳烘烤下"黑苦"带给他们的痛苦，这是几年来的习惯，也是生活练就的豁达与乐观的心态，我们能感受到的大多是他们辛勤劳作下的那份欢欣。

　　这一队人马中，要数老马一家最让人羡慕。今年，老马一家三代都来了，奶奶和孙女还有那个人们称为"快手"的老马家二媳妇子。"老马家的二媳妇子揪得快得了不得，一天能挣240多元"，一个戴着盖头的老奶奶放大了声音说道。她带着夸赞的口吻，称赞她的勤劳，也在称赞那240多元钱。有一天，中午休息的时候，我看到老马家二媳妇子——这个一天能挣240多元的枸杞工代表。作为农民的媳妇子，她没有可人的外表，倒是高凸的颧骨上两个布满红血丝的脸蛋深深吸引了我，条条丝丝，沟沟壑壑，竟像是颗颗草莓，细看，不觉多了几分可爱。这是西北朴实农民的显著标志，别的地方的人们都管它叫"高原红"，这是那个山沟沟里生活的人身上留下的印记，也是这个地方人们火热的内心在外貌上的显现。她的个头也不是很高，大概有一米五几的样子，看起来胖胖的，甚至有点臃肿，可能因为生孩子的缘故，所以她的胯部看起来有些宽。就是这样一个外表普普通通甚至看起来有点丑的女人却成为这片广袤的沙地里人人羡慕的对象，因为她的勤劳，因为她一天能揪240多元钱。但是对老马家的二媳妇子，也有人不喜欢她，甚至有几分憎恶。过秤的时候，主人家会大声地嘟囔："人家这也是粮食，你刚想着给自己挣钱了，把那个叶叶把把少带上一点，带得多了拌出来的东西不上色，卖不上好价钱，那不就白揪了吗？"老马家的二媳妇子不好意思地笑着说道："知道了，下次我一定注意。"下次她可能会揪干净一点，可能还是那样，不得而知。听吧！这片红海中充满了人们对老马家二媳妇子的赞美声，也夹杂着主人家的埋怨声。

老马家二媳妇子一天挣得多，但老马的老婆子也不甘示弱，一天能挣180多块，这是两代人的"较量"，这是与生活的较量。老马的老婆子是一个70来岁的"年轻人"，名叫李桂香，是我们村子上出了名的麻利人，奶奶要比她大十几岁，在家的时候我经常会和奶奶说起她。奶奶说起她还是大女子的时候，那时候挣工分吃饭，她有多么勤劳，这种精神一直延续到现在，现在的她干起活来依然有当年的那种精气神。这片烫脚的沙漠中，她尽情地展现着对生活的热情，谱写着生命的精彩乐章，展现着她对生命的尊重，对劳动的热爱。"司机，把那一桶子拿去让那个人称了，看着把秤称对。"我又听见她在大声高呼了，声音中充满着自豪感与喜悦气儿。人们也相继发出了啧啧啧的赞叹声。"不是才十点吗？咋可着两桶子了。"一个十三四岁的小男孩说道。他的妈妈告诉他快点摘，你看老马一家多快。"这个老奶奶几十岁了还麻利得很，比我们年轻人揪得都快。"一个年轻媳妇子带着羡慕的语气说道。等到大家快揪完的时候，我有幸和这个老马老婆子距离拉近了，我仔细盯着她揪枸杞的样子看了一会儿，看她抓起那一串串红色的枸杞，当她一个个揪下来的时候，那粒粒果实像一颗颗红宝石落入她手背黑得发亮的手中，可能因为年纪大的原因，因为感受过没吃饱饭的饥饿，她好像对粮食格外的爱惜，她知道每颗粮食都来之不易，掉在地上的枸杞，她会当作宝贝一样地捡起来轻轻地放入桶中。她满脸笑容，笑起来的时候眼睛眯成一条线，下巴松弛的皮肉也因为满脸的笑容而往上提了一点，看起来比不笑时略显几分年轻。她并没有因为天气的炎热而皱一下眉头，比有的年轻人还充满活力。这就是以老马老婆子为代表的老一代农民的精神，面对任何困难眉头都不会紧锁一下的坦然。

老马一家的成员中，还有一个小孙女，她是孩子的代表。可能因为还小的缘故，和奶奶与妈妈相比较，小女孩揪得要慢很多。她没有戴任何防晒护具，汗水从已经晒黑的脸蛋上流淌下来，脖颈处，汗水像冲开沙漠的河流一样静静地流淌着，给这个炎热的夏季带来一丝冰凉。我有机会和这个脖颈上流淌着泥水的孩子说上话，竟觉得有几分荣誉。"你上几年级啊？"我问道。"四年级"。"你咋不戴个帽子啥的？"她没说话，只是嘴角微微上扬，看到她稚嫩的脸蛋上露出的那几分笑容，我突然有点心疼，到底是生活不易，心疼中我又为她感到几分自豪，也许在她长大后的某一天，回想起这种生活，这些看似充满磨难的经历都会成为她人生的一笔财富吧。

烈日烘烤下的大地，空中浮着丝丝烟雾，热气在升腾，蓝色的天空一丝不挂，仿佛要把她的那份热情统统传递给那片仰望她的土地和那群在烈日下依然劳作的枸杞工，以此作为爱的宣泄。老马老婆子，二媳妇子，孙女子，她们一家三代人在这片火热的沙漠地中努力着，拼搏着，他们的生活是这个地方普通百姓三代人生活的展现，生活在这里的每一个人都在用自己的双手谱写着生命的曲子。他们在平凡中依然执着地追求着精彩，努力出彩，没有多少文化的他们都有一个把人活到人前头的梦想。

看吧，盛夏过去了，那一队枸杞工也渐行渐远，以老马一家为代表的枸杞工们，他们带着收获的喜悦和有点些许疲惫的身体离开了这里，明年他们可能还会再来，带着丰收的希望浇灌生活，成为莲花山上一道最为亮丽的风景线。

病里日月长

李金莲

病来如山倒，病去如抽丝。

外婆老了，疾病缠身，终日卧床。做完手术之后，身体虽在好转，但很是缓慢。那时我还年幼，整日照顾老人，等待外婆康复的时间像一条昏黑的隧道，从未望见过终点，看不到前方有一丁点儿的光亮。外婆颓废地，甚至是绝望地告诉我："恐怕我剩下的这几天就这样在病中度过了，死也是在床上。"但是，求生的欲望和疾病的苦痛无时无刻不提醒着外婆：你还活着！活着，就要好好地把今天送走；活着，就得踏踏实实地迎接明天！

外婆患病之前是个很洋气的老太太，每日都穿戴整齐去大街上溜达，看到有什么新鲜的玩意儿和好看的物件儿就往家里带，向我们这群小孩子绘声绘色地介绍。有时候心情好了，就带着我们去爬山、去抓鱼；或者待在家里跟我们一起看动画片、看电影，总之，外婆不像其他老太太，只会打牌发呆，她很会消磨时间，从不会觉得无聊。

但是，卧在床上不能动弹的日子，她畏风怕冷，整日两眼泪汪汪的，浑身软绵绵的，除了躺着还是躺着，不是睡一阵醒一阵，就是望着天花板发呆，她真的是度一日如熬一年。因此，这些日子里我一直陪伴着外婆。外婆读过一些书，还算有些学问，特别喜欢小说和诗歌。但是她眼睛不好，看书时间长了就头晕眼花，于是，我每天都给她读书或者讲故事。有次读唐诗宋词，读到《宣州谢朓楼饯别校书叔云》中"人生在世不称意，明朝散发弄扁舟"的时候，外婆吃力地弯起嘴角，笑着说："李太白这个人啊，我年轻的时候就喜欢得紧，他可比杜甫的格局大多了！"当然这只是外婆的一句戏言。受外婆的影响，比起杜甫我更偏爱李白一些，因为我实在想象不出一个"白头搔更短，浑欲不胜簪"的杜甫能够像李白那样说出"人生得意须尽欢，莫使金樽空对月"或者"长风万里送秋雁，对此可以酣高楼"这样的豪言壮句来。然而，外婆看看如今的自己，竟然和自己不喜的杜甫一样，老年卧病床榻，不由得心中一股悲凉。

再后来，外婆开始给我讲述她的故事，老人饱含岁月沧桑的声音娓娓道来的是那经历了风雨的漫长岁月。外婆说得极慢，她从记事起开始讲，时不时会补充一些漏掉的事情。那些故事很长，我天真地以为，等她讲完她的故事，病就能好，可是外婆的身体还没好她的故事就讲完了。在故事的结尾，外婆意味深长地对我说："在快乐中，时间稍纵即逝；在等待中，时间过得很漫长。我年少时，感觉一个夏季或者一个冬季都那么漫长，而今，感觉一年或者十年都那么短暂。现在拖着一副生病的躯体，想快点好起来，却感觉时间似乎放慢了许多，每一天每一周都格外难挨。"她的声音越来越小，仿佛是在自言自语。

那时我年纪尚小，还不能理解外婆的这番话，等我体会到其中深刻含义的时候，外婆已经病逝多年，却是因突如其来的疾病使我在医院的病床上躺了数日，更是觉得"静中乾坤大，病里日月长"。时间一直都是那样，变了的只有自己的感觉。时间的概念，在不同的感觉中，有不同的长度。至少在那短短数日里，我的时间似乎被拉长了许多，我也终于感受到外婆那时在漫长的、无边际的等待中的无奈与绝望。

疾病缠身的漫漫时间里，只觉得"病身最觉风露早，残梦犹叹日月长"。

爱情之火,非死不止

——丁玲的情感世界

王亚茹

林贤治在《左右说丁玲》一文中这样评价丁玲:"丁玲是一个具有巨大的文学才能而为政治所吞噬的作家,一个未及完成却因意外打击而几近碎裂的作家,一个忠实于文学事业并为之苦苦挣扎奋斗的作家。……丁玲就是一座大山,一条大河,一道悲壮的风景,足以装点辉耀一部中国现代文学史。"① 林贤治的评价突出了丁玲作为一位作家在中国现代文学史上独一无二的地位。不管是在她这一生陷入政治旋涡的经历中,还是在她为革命事业所奔走的道路中,或是在她波澜曲折颇具传奇意味的情感生活中,丁玲始终都没有放弃创作,始终坚守着作为一位作家的初心,用一部部文学作品烛照着中国现代文学发展的每一段历史。尤其是以女性的独特视角和话语书写着动人的"女人世界",细腻敏锐地观察着在历史转折时期文学艺术的变化。慢慢走近丁玲,让我感触最深的是她的爱情故事。西蒙娜·德·波伏娃在《第二性》中说:"'爱情'这个词对男女两性有完全不同的意义,这是使他们分裂的严重误会的一个根源。拜伦说

---

① 林贤治:《文学与自由》,复旦大学出版社,2014年,第115页。

得好，爱情在男人的生活中只是一种消遣，而它却是女人的生活本身。"①确实，纵观丁玲的一生，她没有脱离过爱情，她不是在爱人，就是在被爱。因为丁玲需要爱情，爱情是成全丁玲的良药；拥有爱情的女人，或者说拥有爱情的女作家，才是真实的丁玲；而爱情又像是丁玲人生中的火把，为她照亮前行路上的每一抹黑暗，尤其是照亮了她的创作之路，让她以作家的身份垂名于史，留下了许多价值非凡、影响深远的文学作品。

一

丁玲在20岁的时候遇到了胡也频，当时胡也频21岁。正是拥抱爱情最美的年纪。而此时的丁玲却已不再是憧憬浪漫爱情的少女了，因为她从小就受母亲新式文化的教育，曾反对包办婚姻，敢于和旧式封建家庭决裂。再加上读书后经过新文化和"五四运动"的洗礼，以及受身边共产党员的影响，解放和自由的思想早已浸润她的心灵深处。所以1924年的丁玲可谓早已"饱经风霜"，而胡也频却是白纸一张的"长衫少年"。丁玲于1985年3月1日在致白浜裕美的信中坦言："我那时的确对恋爱毫无准备，也不愿用恋爱或结婚来羁绊我，我是一个要自由的人……"②而心动的感觉是不需要准备的，丁玲还未进入恋爱的状态，胡也频却对丁玲一见钟情而不能自拔。当胡也频听说丁玲原有一个弟弟，但十岁那年不幸因病夭折时，就用一个纸盒装了一束黄色玫瑰，花上系了一张写有"你一个新的弟弟所献"的小小字条。③就这样，胡也频用他的单纯天真、

---

① [法]西蒙娜·德·波伏娃著，郑克鲁译：《第二性Ⅱ：实际体验》，上海译文出版社，2011年，第496页。

② 张炯主编，蒋祖林、王中忱副主编：《丁玲全集》（第12卷），河北人民出版社，2001年，第268页。

③ 凌宇：《沈从文传》，北京十月文艺出版社，1988年，第209页。

热情浪漫一点点感染着丁玲那颗向往自由的心。

　　1925年暑假,丁玲从北京回湖南老家探望母亲,胡也频随即也赶到了湖南。胡也频的到访让丁玲很是吃惊,"这个在北京刚刚只见过两三次面的、萍水相逢、印象不深的人,为什么远道来访",更使她和母亲诧异的是"这个少年竟是孑然一身,除一套换洗裤褂外便什么也没有",而且连他来的路费也是丁玲母亲代付的。④ 如果细细体悟那时的胡也频,他有的只是对丁玲那满腔热烈的爱,为了这份爱他敢付出一切。这也是胡也频和冯雪峰的最大区别之处,如果冯雪峰有胡也频万分之一敢于表达爱的勇气,那么丁玲的选择也许会大不一样。在母亲的资助下,丁玲和胡也频在湖南老家住了两三个月,而后不得不结伴一起重返北京。丁玲本打算到北京后即分手,却遭到了友人的误解和异议,一气之下两人同居了,但仅仅是共同居住,并没有夫妻之实。当丁玲对这份爱无比迷茫的时候,胡也频"却像一只漂流的小船停靠在风和日丽的小港。他一天到晚,似乎充满了幸福的感觉,无所要求,心满意足,像占有了整个世界一样那末快乐"。⑤ 我相信丁玲看到这样的胡也频,她的内心也是开心的,并且有一定的成就感,因为她被一个男人深深地爱着。在爱情中,这种感觉最令女人陶醉。但仅仅是一种陶醉感,丁玲此时并没有真正爱上胡也频。

　　也许是与胡也频理不清的爱情苦闷,也许是"五四"解放大潮退去后的苦闷,丁玲开始投入到小说的创作中,以她女性的独特体悟诉说着自己,也书写着时代。1927年,她带着小说《梦珂》出现在中国现代文学的大舞台上。紧接着《莎菲女士的日记》《暑假中》《阿毛姑娘》等新作在《小说月报》上发表,

---

④ 张炯主编,蒋祖林、王中忱副主编:《丁玲全集》(第6卷),河北人民出版社,2001年,第89页。

⑤ 张炯主编,蒋祖林、王中忱副主编:《丁玲全集》(第6卷),河北人民出版社,2001年,第90页。

引起文坛瞩目。尤其是《莎菲女士的日记》在文坛上受到广泛的讨论,丁玲也因此名声大噪。在这部小说中,丁玲写了当时社会的"禁区话题"——性,而且还是以女性之口,这是中国现代文坛上第一部真正意义上描写女性的著作,丁玲也是第一个为女性呼喊的女作家。就像是在平静的湖面上突然掷了一块大石头,从湖底荡起的涟漪是久久不能平复的。因为那湖底积聚着丁玲长久以来的苦闷,更积聚着当时青年男女青春的苦闷。但是小说中莎菲对于男性的性苦闷仅仅停留在心理的层面,未付诸行动。或许这正是丁玲当时的状态,才会如此谙熟莎菲的性心理,只有作家将自己的生命体验灌注到人物的身上,人物才会鲜活地跳动在读者的脑海之中,继而引起另一段思想与情感上的共鸣。现在看来,正是她与胡也频的这段苦闷爱情开启了丁玲的小说创作,也塑造了文学史上的不朽形象——莎菲。

直到1927年冬天,冯雪峰的出现才打破了这种苦闷的局面,也成全了丁玲和胡也频。从见第一面起丁玲就被冯雪峰所吸引,不仅仅是因为他的才情,还因为冯雪峰是一位革命者,一位共产党员。1937年在延安时丁玲与海伦·福斯特·斯诺(笔名:尼姆·威尔斯)谈到冯雪峰,说道是他的文学魅力深深吸引了她:"他(冯雪峰)是一种乡曲的典型,但在我们许多朋友之中我认为这一个特别有文学天才,我们一同谈了许多话。在我一生之中,这是我第一次爱上的人。他又喜又惊地发现一个'摩登姑娘'会跟这样一个村夫恋爱。"① 从见到冯雪峰的那一天起,丁玲就爱上了"这一个"他,可谓是"深情一眼挚爱万年"啊。后来的事实证明,冯雪峰不仅是丁玲创作上的知己,更是她政治和革命道路上的引路人。而在1985年3月1日,丁玲致白浜裕美的信中强调的是冯雪峰的

---

① [美]尼姆·威尔斯著,陶宜、徐复译:《续西行漫记》,中国人民解放军文艺出版社,2002年,第260页。

共产党员身份吸引了她,其中谈道:"王三辛告诉我他(冯雪峰)是共产党员。这是最重要的一点,我那时实在太寂寞了,思想上的寂寞。……那是留在北京的文人都是一些远离政治的作家,包括也频在内,都不能给我思想上的满足。"①还有在1984年4月15日致徐霞村的信中也提道:"也频能爱我,但他在政治上不能做我的向导。"②不管是冯雪峰的才情还是他共产党员的身份,显然在思想和精神上丁玲与冯雪峰产生的共鸣在胡也频身上是没有的,而这却是丁玲真正追求与热爱的东西。冯雪峰知道丁玲对他的爱慕,但是男人的尊严和道德的责任让他没有再向前一步,这也是冯雪峰更看重的东西,爱情在冯雪峰的世界里不是第一位的。最终在1928年以冯雪峰的退出结束了这段三角恋关系。还有一个重要的原因是,丁玲和胡也频突破了灵与肉的界限,用丁玲的话说:"他们定了",然后就结婚了。冯雪峰也在1928年回到家乡义乌跟比他小七岁的学生何爱玉结婚,他们共同生活了47年。1930年丁玲和胡也频的儿子胡小频(蒋祖林)出生。

丁玲和胡也频结婚后一起参加了"左联",胡也频加入了中国共产党。在慢慢相处的过程中丁玲逐渐接受了胡也频,她也从未停止过创作,陆续写了十多部短篇小说,分别编入《在黑暗中》《自杀日记》《一个女人》等集出版。在左翼文学思潮的影响下,写出了《韦护》《一九三〇年春上海》(之一、之二)等"革命加恋爱"的作品,这类小说标示着丁玲结束了"莎菲"的时代,转而在新的条件、新的环境下书写知识分子的转变和不一样的苦闷,也说明丁玲在革命的道路上跨出了重要的一步。小说里所表现的是女主人公在革命与爱情的

---

① 张炯主编,蒋祖林、王中忱副主编:《丁玲全集》(第12卷),河北人民出版社,2001年,第268页。
② 张炯主编,蒋祖林、王中忱副主编:《丁玲全集》(第12卷),河北人民出版社,2001年,第229页。

两难选择中，最终服从了革命的需要，牺牲了爱情。这时候丁玲笔下的女性已经不再是那些在闺中疾呼爱情苦闷的"莎菲们"了，而是从爱情、婚姻、家庭中解放出来，为着革命事业举起她们自己的那面大旗，勇敢地参与社会斗争的考验。丁玲所写何尝不是在写她自己，写她参加革命后的变化与感悟。她和胡也频的婚后生活渐渐步入了正轨，尤其是有了儿子之后更是沉浸在初为人父母的欣喜当中，再加上有了明确的政治方向，新的生活将要在这对年轻的夫妻面前展开。自从胡也频参加了革命，加入了共产党后，丁玲对他的爱大增，这时她才真正爱上了胡也频，决心要和胡也频白头相守。为生活所迫，胡也频去济南教书了，丁玲的信紧跟着他离开的脚步，她写道："本是预计写信不拿这稿纸的，不过临时又变计了。心想拿两本同时用，一本写文章，一本写信（专给你写信），看到底还是谁先完，总之是每天都得写文章，也得写信"。丁玲收到胡也频的信后又回信说："你只要几个字便能将我的已灰的意志唤醒来，你的一句话便给我无量的勇气和寂寞的生活去奋斗了""从明天起我必须遵照我爱的意思去生活。而且我是希望爱要天天来信勉励我，因为我是靠着这而生存的"。①足见丁玲已经沉浸在和胡也频的婚姻生活中了，习惯了他在身边的陪伴，爱到深处便是习以为常，用来形容丁玲当时的状态再恰当不过了。

然而好景不长，1931年1月17日，胡也频在参加党的秘密会议时被国民党逮捕，丁玲奔走于各处向众多友人求助，她对沈从文说："我要设法救他，我一定要把他救出来！"她此时实在不能没有胡也频，因为她明白他们的孩子不能没有爸爸。②然而，丁玲和友人们想尽一切办法营救都没有成功。2月7日，

---

① 张炯主编，蒋祖林、王中忱副主编：《丁玲全集》（第11卷），河北人民出版社，2001年，第3—14页。

② 张炯主编，蒋祖林、王中忱副主编：《丁玲全集》（第9卷），河北人民出版社，2001年，第74页。

胡也频遇难,成为"左联五烈士"之一,生命永远地定格在了28岁。27岁的丁玲从此成为烈士遗孀,这是伴随她一生的称号。当丁玲读到胡也频牺牲当天写给她的信时,她"不能自已地痛哭了,疯狂地痛哭了!"从他被捕后,她"第一次流下了眼泪,也无法停止这眼泪"。① 这是丁玲人生中第一次痛哭,第二次是被囚南京释放后时隔三年见到冯雪峰时。陪伴丁玲走到人生的终点、年近九旬的陈明2006年在被《新世纪周刊》的记者问道:"您认为影响丁玲的最大事件,发生在1933年还是1955年"时,他果断地回答道:"不是50年代,后来的都是小事了。是30年代,胡也频牺牲了,她坐牢了。"可见,胡也频的离世对丁玲的打击有多么大,她已经心满意足地准备好要和胡也频白头到老了,可没想到却黑发人送了黑发人。时代的尘埃先落到了胡也频的身上,他覆没了;后来也落到了丁玲身上,使她所经历的苦难远远大于幸福。

二

胡也频牺牲后,丁玲下定决心要去江西苏区,她愤喊:"悲痛有什么用!我要复仇!为了可怜的也频,为了和他一道死难的烈士。……他一生就这样结束了。他用他的笔,他的血,替我们铺下了到光明去的路,我们将沿着他的血迹前进。"② 于是,丁玲在沈从文的陪同下把儿子送回湖南交给母亲,于4月返回上海,向党组织申请去苏区,去参加更艰苦的革命生活,和那里的将士们一起战斗,也用她的笔和血走上胡也频和其一道牺牲的烈士们铺下的路。胡也频的

---

① 张炯主编,蒋祖林、王中忱副主编:《丁玲全集》(第9卷),河北人民出版社,2001年,第78页。
② 张炯主编,蒋祖林、王中忱副主编:《丁玲全集》(第9卷),河北人民出版社,2001年,第78—79页。

牺牲激起了丁玲坚韧和倔强不屈的精神，这也是她后期创作的另一种姿态。后来党组织决定让丁玲留沪参与"左联"的重要活动，主编"左联"的机关刊物《北斗》，并为《北斗》制定编辑方针，这个决定与时任"左联"党团书记的冯雪峰有很大的关系。丁玲筹办《北斗》就是在他的领导之下，因此，二人的接触从此密切起来。当丁玲正在经历丧夫别子的悲痛时，冯雪峰来了，他领导着丁玲在革命的道路上更进一步，也鼓励她继续创作。而丁玲又对他重新燃起了爱的火苗，这火苗由小到大，慢慢在丁玲心中生长，点亮了她沉重的生活，也让她重拾对以后生活的希望。

　　从这期间丁玲给冯雪峰的信中可以看出，爱情给了丁玲多么大的力量和希望，让她从人生之痛中慢慢走了出来。这些信也是丁玲写给冯雪峰的情书，在信中她毫不避讳地表达了对他真挚热烈的情感。丁玲致冯雪峰的情书除了作于1931年8月和1932年1月，以及已经公开发表的《不算情书》外，还有几封是于2007年在上海鲁迅纪念馆举办"纤笔一支谁与似——丁玲生平与创作展"展出的手稿。其中有一封丁玲这样写道："我现在坐在这里替雪峰写信，想着雪峰也仍然还在很高兴，雪峰一定要为冰之偶尔的掉在深思里，或者是一种无思无想的状态里，他会不觉地笑起来，这个时候雪峰最爱冰之，冰之也最爱雪峰，超过一切表示，我们的心连接得比什么都贴紧了！"[1]她想着他就不由得微笑，这就是陷入爱情的女人啊。这期间（1931年8月初旬）丁玲还作了《给我爱的》一诗，她说："没有机会好让我向你倾吐／一百回话溜到口边又停住／你是那末不介意的／不管是我的眼睛或是我的心。"[2]此时的丁玲正在对冯雪峰的爱中燃烧着，而这爱的火焰不仅让她重新振作起对生活的信心，也激励着她再次拿

---

[1] 李美皆：《丁玲与冯雪峰》，《作品》2017年第9期，第117页。
[2] 张炯主编，蒋祖林、王中忱副主编：《丁玲全集》（第4卷），河北人民出版社，2001年，第317页。

起笔创作。在公开发表的《不算情书》中丁玲坦露："我一定要勤快，因为你喜欢我那样；我一定要有理性，因为你喜欢我那样；我一定要做一个最好的人，一点小事都不放松，都向着你为最喜欢我的那末做去。"①足见冯雪峰对丁玲的影响有多么大，使她振作起来，并朝着他希望她的样子活下去，这就是爱情的力量，毫不夸张地说，爱情可以让女人浴火重生。因此到了上海之后，丁玲积极筹办《北斗》，她主动约稿、组稿，到复旦、光华等大学去演讲，还在阳翰笙的介绍下加入了中国共产党。此外，丁玲也一直在创作，她写了《从夜晚到天亮》《一天》《某夜》《田家冲》《水》《莎菲女士的日记（第二部）》（未完稿），等等，还编辑出版了她与胡也频的合集《一个人的诞生》。其中，中篇小说《水》引起了文坛的广泛关注，且大受好评，这也是丁玲革命思想有重大突破的代表作。后来她也谈道："我一定要超过自己的题材的范围，《水》是个突破。《水》以前是《田家冲》。写了《田家冲》不够，还要写《水》。这两篇小说是在胡也频等牺牲以后，自己有意识地要到群众中去描写群众，要写革命者，要写工农。"②丁玲的《水》发表后，冯雪峰为其写了第一篇评论——《关于新的小说的诞生——评丁玲的〈水〉》，以"何丹仁"署名发表在《北斗》上（1932年1月），他指出："丁玲所走过来的这条进步的路，就是：从离社会，到'向社会'，从个人主义的虚无，向工农大众的革命的路。"茅盾于1933年7月发表在《文艺日报》上的《女作家丁玲》一文中也肯定了这部小说的进步性，他谈道："这篇小说的意义是很重大的。不论在丁玲个人，或文坛全体，这都表示了过去的'革

---

① 张炯主编，蒋祖林、王中忱副主编：《丁玲全集》（第5卷），河北人民出版社，2001年，第24页。

② 张炯主编，蒋祖林、王中忱副主编：《丁玲全集》（第8卷），河北人民出版社，2001年，第4页。

命与恋爱'的公式已经被清算！"①1934年，鲁迅先生在接受采访时被问道："在中国文坛上，具有代表性的无产阶级作家是谁呢？"他回答道："丁玲女士是唯一的无产阶级作家。"②能得到鲁迅先生如此高度的赞誉，可见，丁玲这时期的创作是取得了成功的，这得益于她在思想上发生的重大改变。我想促使丁玲发生这种改变的动力，首先是胡也频的牺牲激发了她内在的战斗精神，还有更重要的是与冯雪峰重新燃起的爱情之火给了她巨大的力量和信心。

  其实在这些情书中丁玲表达的核心意思，还是想要跟冯雪峰结合的愿望。到了这一步就完全取决于冯雪峰的态度了，是进是退，由他决定。但此时的冯雪峰是最坚定的革命者，比1927年丁玲初见他时坚定千倍万倍，他肩负着革命和家庭的责任。李向东、王增如（丁玲晚年的秘书）夫妇对丁玲与冯雪峰的关系是这样评价的："丁玲的情感越来越炽热，语言越来越大胆。雪峰则理智、矜持得多，家庭的责任、'左联'领导者的身份都约束着这个共产党员，他不喜欢她尽说些'糊涂话'。"③李辉在《凝望雪峰》中也谈道："和丁玲相比，冯雪峰的感情，则是以另外一种方式表现出来。他异常节制，而且出奇的严厉、冷静。"④但这才是丁玲所爱的冯雪峰啊，他所追求的也是丁玲所崇敬的，他们在思想和精神上是一致的，她爱的雪峰就是"这一个"他。自始至终，丁玲都没有和冯雪峰成功结合的原因，除了冯雪峰本身的坚定和理性之外，还有可能与另外一个和冯雪峰有密切联系的女人有关，即他的合法妻子何爱玉。丁玲晚年在给日本学者白浜裕美的信中说："后来雪峰结婚了，我们仍旧很理解，很关心。但我这个人是不愿意在一个弱者身上取得胜利的，我们终身是朋友，是

---

① 陈漱渝主编，杨桂欣编：《观察丁玲（中）》，大众文艺出版社，2006年，第259—266页。
② 房向东编：《活的鲁迅》，上海书店出版社，2001年，第398页。
③ 李向东、王增如著：《丁玲传（上）》，中国大百科全书出版社，2015年，第89页。
④ 李辉：《潮起潮落——我笔下的浙江文人》，浙江古籍出版社，2018年，第156页。

很知心的朋友，谁也没有表示，谁也没有想占有谁，谁也不愿落入一般男女的关系之中。我们都满意我们之中的淡淡的友谊。"⑤这里的"弱者"，应该就是指冯雪峰的妻子何爱玉。同样身为女人，丁玲没有了冯雪峰她还有革命，还有创作，她是以"女作家丁玲"的身份存在于这个世界上的；而何爱玉呢？她只有冯雪峰，她的身份只是"冯雪峰的妻子"，她输不起。这其中当然包含了很多的不甘、无奈与退让，但越是这样丁玲越是爱得高贵，在这段感情中她拥有自我，她不是爱上某个男人的女人，她就是丁玲，这也是丁玲作为一个伟大女性的格局之所在。

一段爱情的结束有时在很大程度上需要多一个人的介入。1932年，冯雪峰介绍冯达与丁玲认识。丁玲后来回忆起冯达说："这是一个陌生人，我一点也不了解他。他用一种平稳的生活态度来帮助我。他没有热，也没有光，也不能吸引我，但他不吓唬我，不惊动我。他是一个独身汉，没有恋爱过，他只是平平静静地工作。"⑥丁玲晚年同骆宾基交谈时说："我同冯达好，这里边雪峰还起了作用，他看到我一个人在上海生活，不能和很多人来往，坐在那里写文章，很苦，就给我出主意，是不是有一个人照顾你好，要像也频那么好当然也不容易，但是如果有一个人，过一种平安的家庭生活，让你的所有力量从事创作，也很好。冯达是他带到我这里来的。"⑦冯达与冯雪峰相比，在丁玲的眼中定是没有热和光的，或许只因为他是冯雪峰眼中那个能照顾丁玲的人，他们才走到了一起，又或许在那个时候，与冯达结合可能是化解她和冯雪峰之间爱情推拉的最好选择。后来的事实证明，在南京软禁的日子里，冯达确实照顾和陪

---

⑤ 张炯主编，蒋祖林、王中忱副主编：《丁玲全集》（第12卷），河北人民出版社，2001年，第268页。

⑥ 张炯主编，蒋祖林、王中忱副主编：《丁玲全集》（第10卷），河北人民出版社，2001年，第5页。

⑦ 李向东、王增如著：《丁玲传（上）》，中国大百科全书出版社，2015年，第105页。

伴着丁玲撑下去了那段黑暗的岁月。丁玲与冯达一起生活之后，她写的情书却还是给冯雪峰的："我们的爱情，这只有我们两人能够深深体会的，没有俗气的爱情！我望着墙，白的；我望着天空，蓝的；我望着冥冥中，浮动着尘埃；然而这些东西都因为你，因为我们的爱而变得多么亲切于我了呵！……本来我有许多话要讲给你听，要告诉你许多关于我们的话，可是，我又不愿写下去，等着那一天到来，到我可以又长长地躺在你身边，你抱着我的时候，我们再尽情地说我们的，深埋在心中，永远也无从消灭的我们的爱情吧。……我要告诉你的而且我要你爱我的！你的'德娃利斯'一月五日（一九三二年）这不算情书"。[①]"德娃利斯"是俄语"同志"的意思，但丁玲在这里特意加了"你的"二字，还用引号强调，可见，此"同志"非彼"同志"，恰恰说明了她和冯雪峰之间难以言说的特殊感情。

　　1933年5月14日，丁玲在家中突然被国民党秘密特务所捕，第二天同冯达一起被押送至南京，在这里度过了3年煎熬无望的软禁日子。在丁玲被捕后不久，冯雪峰在上海调任了中共江苏省委宣传部部长，负责筹备在上海举行的远东反战会议，但同年秋被叛徒出卖，身份暴露，为了安全起见被调往中央苏区工作。12月底，抵达瑞金苏区，次年1月参加了党的六届五中全会，先后任中央党校教务长、副校长、红军大学政治教员等职。在这里冯雪峰结识了毛主席，冯雪峰也是第一位向毛主席全面介绍鲁迅的人。同年跟随中央红军参加了长征，时任红九团地方工作组副组长，做群众工作。1935年10月，中央红军胜利到达陕北后，冯雪峰被调至陕北党校工作。1936年2月，又随中国人民红军抗日先锋军渡过黄河参加了东征，时任地方工作组组长，同年4月，被中央派

[①] 张炯主编，蒋祖林、王中忱副主编：《丁玲全集》（第5卷），河北人民出版社，2001年，第26页。

到上海进行秘密工作。①冯雪峰回到上海后就开始筹备营救丁玲的工作。1936年7月,他派张天翼到南京和丁玲取得联系并帮助她逃出,后将她经上海秘密转送到了陕北。当三年之后的丁玲再次见到冯雪峰的时候,她"尽情地哭起来了","好像这眼泪已经准备了很长时间,准备了三年的时间",她"三年来随时都想找一个地方把它全部倾泻出来",终于在见到冯雪峰的这一天她可以任情放声大哭了,像得知胡也频牺牲的那天一样地痛哭。而冯雪峰却没有安慰丁玲,他坚决、冷峻地说道:"你怎么感到只有你一个人在那里受罪?你应该想到,有许许多多人都同你一样在受罪;整个革命在这几年里也同你一道,一样受着罪咧。"这无疑给丁玲泼了"一盆冷水""当头一击"。此时经历了艰苦卓绝的二万五千里长征的冯雪峰是不会安慰丁玲的,"他心里只装着革命",他深知什么是真正的苦难,和长征相比,丁玲所经历的在冯雪峰眼里就是不值得一提的"小事"而已。当丁玲平复下来后,冯雪峰对她"讲长征故事,讲毛主席,讲遵义会议,讲陕北,讲瓦窑堡。讲上海文坛,讲鲁迅"。正是在听了冯雪峰"热情的革命事迹的叙述"后,丁玲从委屈中醒来,她感到"已经冲出黑暗,接近光明了。已回到自己人的队伍里,回到自己家里,现在应该鼓起力量,迈上光明的前程。"②冯雪峰不在乎她的眼泪吗?我认为不是的,恰恰是因为在乎,他才要比她更理智、更镇定,耐心给她讲道理,让她再次坚强起来,这正是一个负责任的男人该有的姿态,我想这也是冯雪峰对丁玲表达他的爱的另一种方式。冯雪峰的理智和坚定再一次给了丁玲好好生活与前进战斗的勇气,同年11月,在党组织的安排下,秘密到达陕北,在这里开始了丁玲的政治生涯高光时刻。

如果说胡也频像一把火,以他的热情和真诚感染着丁玲;那么冯雪峰就

---

① 包子衍、袁绍发编:《回忆雪峰》,北京中国文史出版社,1986年,第363—365页。
② 张炯主编,蒋祖林、王中忱副主编:《丁玲全集》(第10卷),河北人民出版社。2001年,第92页。

像一束光，是丁玲前进路上的希望和方向。如果说胡也频是一汪水，给丁玲最温柔和最深情的陪伴；那么冯雪峰就是一座山，给丁玲最坚实和最理智的依靠。胡也频对丁玲的爱是显性的，而冯雪峰对丁玲的爱却是隐性的，但也是同样刻骨铭心的。1983年12月19日，骆宾基来看望晚年的丁玲，告诉她1939年年初他和冯雪峰长谈的时候提到了她，他说："雪峰讲到你的时候，讲到了《水》，他很欣赏《水》，还讲到你们两个人的关系，他见到了你，有一个感想：完了，什么都完了，名誉呀，地位呀，都完了。我心里想，怎么会有这种感情呢？后来年纪大了才懂得，那是一种被俘虏的样子，一见钟情的样子。"丁玲听后大笑说道："那他都没有给我讲过，没有表现过。在形式上，心理上，事实上，我和冯雪峰两个人有一种感情，而这种感情是我和胡也频没有的。"①若如骆宾基所言，冯雪峰对丁玲是一见钟情的，但他从始至终都没有表现出来，却在丁玲最痛苦、最无望的时候以最理智的方式给她希望与力量，这便是冯雪峰表达对她的爱的独特方式，这也是丁玲所爱的"这一个"冯雪峰。1941年，蒋介石发动皖南事变，冯雪峰以冯福春的名字被驻金华宪兵逮捕，但未暴露自己的真实身份，却被押入上饶集中营茅家岭禁闭室中。在此期间他写过一首诗，名为《哦，我梦见的是怎样的眼睛》，其中写道："哦，我梦见的是怎样的眼睛／这样和平，这样智慧／这准是你的眼睛！这样美丽／这样慈爱！衬托着那样隐默的微笑／那样大，那样深邃。那样黑而长的睫毛／那样美的黑圈。"在诗的附记中冯雪峰还说道，他做了一个"美丽的梦"，梦见的就是一双这样的眼睛，给了他很大的"智慧和勇气"支撑其度过这段艰难的牢狱之灾时光，他告诉难友——画家赖少其，并让他用铅笔画了出来。②1949

---

① 李向东、王增如著：《丁玲传（上）》，中国大百科全书出版社，2015年，第94—95页。
② 雪峰著：《灵山歌》，上海作家书屋，1947年，第41、47、48页。

年第一次文代会期间，那是赖少其第一次见到丁玲，他惊住了：丁玲的眼睛不就是冯雪峰狱中梦见的那双吗？冯雪峰在狱中受尽精神和肉体的双重折磨，几度濒死，却仍旧硬挺了过来，我想支撑着冯雪峰活下去的不仅仅是他超强的革命意志，还有那双"平和、智慧、慈爱"的眼睛。人在潜意识下表露出来的想法可以说是真实的，说明冯雪峰一直在牵挂着丁玲，她也是他在困境中的精神支柱。在丁玲离世之前还有这样一个小故事：1986年2月9日，当时是大年初一，住在重症监护室的丁玲听见街上的鞭炮声，淡淡地说了一句："雪峰就是这个时候死的。"[1] 在她生命即将终结的时候，她想到的人还是冯雪峰。3月4日，丁玲走了。这是何等深情的爱啊，让了解他们往事的人深深为之感动，不免流下热泪，是对这份爱最好的体悟。

三

丁玲到达陕北后，受到毛泽东、周恩来、张闻天等领导人的热烈欢迎。毛泽东主席作词《临江仙》赠予丁玲，其中"昨天文小姐，今日武将军"一句广为流传，也是丁玲一生中得到的最高赞誉，并且亲自任命丁玲为中国工农红军中央警卫团政治处副主任。丁玲还倡议发起了"中国文艺协会"并担任主任，这个协会的成立被毛泽东誉为："这是十年来苏维埃运动的创举。"[2] 在此期间，丁玲以更大的热情投身于革命，她的创作也进入了一个新的阶段。她写出了《到前线去》《彭德怀速写》《记左权话山城堡之战》《文艺苏区》《一颗未出膛的枪弹》等作品，积极地反映红军和人民的斗争生活，还为《红军长征记》做了大量艰苦的编校工作，此时她的眼里和心里只有革命和创作。1937年全面抗日战

---

[1] 李向东、王增如著：《丁玲传（下）》，中国大百科全书出版社，2015年，第765页。
[2] 蒋祖林、李灵源著：《我的母亲丁玲》，辽宁人民出版社，2004年，第13—14页。

争爆发后,丁玲任八路军西北战地服务团团长,随八路军总部开赴山西前线,出色地完成了宣传群众和统一战线的任务,深受广大军民欢迎和中央领导的赞扬。在战争的颠沛流离中,丁玲也在不断地进行着创作,她写了《日记一页》《河西途中》《冀村之夜》《杨伍诚》《马辉》《压碎的心》《重逢》《河内一郎》《七月的延安》等20余篇反映红军、反映战争、反映人民的作品。1941年,丁玲率西战团回到延安,任陕甘宁边区文化协会副主任,中共中央机关报《解放日报》文艺副刊主编。期间创作了《新的信念》《县长家庭》《入伍》《夜》《我们需要杂文》《我在霞村的时候》《在医院中》《"三八节"有感》等作品。其中有些作品引起了争议和批评,因为这些作品在宣扬革命事业和美好生活的同时也暴露了延安的问题,说明丁玲时刻在以作家的敏锐姿态书写着时代的同时,也聆听着其中不和谐的声音,但这些作品都是解放区文学的重要收获。1942年,丁玲参加了延安文艺座谈会,并担任了中国文艺界抗敌协会延安分会整风学习委员会的负责人。座谈会之后,1943年,丁玲入中央党校参加整风学习和审干,因为她有过被国民党逮捕的经历,所以成为重点审查的对象。这一年丁玲受到很大的精神压力,被认为是"有问题暂时未弄清的人",[1]这期间只写了一个剧本《万队长》和一篇文章《二十把板斧》,整风的高压环境让丁玲无心创作。1944年在胡乔木的安排下,丁玲去了陕甘宁边区文协,在那里开始了一段新的生活。在这期间丁玲以更大的热情深入当地的生活,专心写作,创作了《田保霖》《民间艺人李卜》等描写先进英雄模范人物的报告文学,这些作品也标志着丁玲的创作转向了为工农兵写作的方向。其中《田保霖》受到了毛主席的肯定和赞扬,毛主席不止一次在合作社会议和高干会议等公开场合称赞过《田保霖》,他说:"丁玲现在到工农兵当中去了,《田保霖》写得很好;作家到群众中去就能写好

---

[1] 陈明著:《我说丁玲》,湖南文艺出版社,2004年,第87页。

文章。"① 毛主席的肯定给了丁玲极大的鼓舞，使她逐渐走出了整风时期的阴影，恢复了创作的热情和信心，生活也活跃了起来。

在丁玲为革命事业热情地奉献着的时候，陈明出现在丁玲的视线中并走进了她的心扉。1937年6月20日，延安文艺界为纪念高尔基逝世一周年，举办了一场大型文艺晚会，其中陈明出演了根据高尔基小说《母亲》改编的话剧，他在剧中扮演男一号儿子"伯夏"。英俊的扮相、稳健的表演和激情的歌唱，赢得了阵阵热烈的掌声，这其中就有坐在观众席的丁玲，后来她一直把"伯夏"作为对陈明的爱称。② 她被陈明所吸引，还有可能的原因是陈明的热情让她看到了胡也频的影子。陈明对丁玲首先是充满敬意的，觉得她直爽热情，待人真诚，是一位热心关爱下属的好干部。但是丁玲已经看上了陈明，想要和他建立恋爱关系。然而他们之间有一个很大的问题就是两人相差13岁，年龄的差距引起了人们的议论。但丁玲是不在乎这些的，她只为她的爱而活。后来陈明回忆说："关于我和丁玲的传言很多，说什么丁玲爱上一个小丈夫啦，等等。我听了很不高兴，但也不在乎，丁玲更不在乎，她鼓励我：随他们说去，让他们说上几年，还能说几十年？"③ 与丁玲的关系给当时二十几岁的陈明带来了很大的压力，为了逃避这种苦恼，他和剧团里的一名女演员（席平）恋爱并闪电式地结了婚，并且有了孩子。这让丁玲很痛苦，陈明也没想到丁玲会这么在意自己，也没想到会给丁玲带来伤害。没过多久，陈明很快感到是无法欺骗自己内心的真实感情的，他也想着丁玲。最后在1942年，他离婚后与丁玲结婚，这是丁玲第三次走进了婚姻的殿堂。他们的结合自然少不了嘲讽和白眼，但是在爱情中

---

① 张炯主编，蒋祖林、王中忱副主编：《丁玲全集》（第10卷），河北人民出版社，2001年，第285页。
② 李向东、王增如著：《丁玲传（上）》，中国大百科全书出版社，2015年，第175页。
③ 陈明口述，查振科、李向东整理：《我与丁玲五十年：陈明回忆录》，中国大百科全书出版社，2015年，第65页。

最重要的是"我们",与"他们"何干,这是丁玲,也是所有女性应该在爱情中保持最高贵的姿态,丁玲此举为爱情中犹豫不决的男女做出了最好的榜样。此后他们相濡以沫了44年,尽管苦难的岁月远远多于快乐的日子,但是有陈明的陪伴,那些苦难的日子对丁玲来说也是在被爱中度过的,从这个层面来看,丁玲是幸福的女人。

从1944年春到1945年秋在边区文协的日子,是丁玲和陈明婚后第一次比较稳定地在一起生活。后来陈明回忆这段日子时谈道:"到边区文协以后,丁玲专心致志于写作,每天晚上都写得很晚。我也看书、写作。晚饭时我们多打些小米饭,吃剩下的留作夜点。……我们自己在院子里喂鸡,也种了西红柿等一些蔬菜。星期六、星期天有朋友来访,去买一斤肉,就能配上好几个菜,肉皮烧汤,好的部位烧回锅肉。……"[1] 多么滋润和幸福的小日子呀,相信陈明回忆时是带着笑容的,这段日子也是丁玲在延安时期度过的最理想、最美好的时光。1945年8月15日,日本宣布无条件投降,延安的文艺工作者们开始奔赴全国各地。丁玲和陈明来到了晋察冀中央局的所在地张家口,原本是等待中央局的安排去东北,可是很快内战爆发,他们不得不停留在张家口。在此期间,丁玲在陈明的陪伴下参加了晋察冀边区的土地改革运动,她积极地参加着农村的工作,计划写一部描写农民和农村斗争的长篇小说。她以作家的敏锐眼光观察着、体会着、理解着在这样一个伟大的运动中,农民和农村是如何活动和变化着的。1948年,著名的长篇小说《太阳照在桑干河上》诞生了,这是丁玲一次成功的实践,深刻地反映了中国农村在新民主主义革命中的巨大变革。这部作品对于丁玲来说,是她创作的又一个转折点。1952年荣获斯大林文艺奖金二等奖,这是中国作家

---

[1] 陈明口述,查振科、李向东整理:《我与丁玲五十年:陈明回忆录》,中国大百科全书出版社,2015年,第82—83页。

在中华人民共和国成立初期获得的最重要的文艺奖项。冯雪峰为这部小说写了近万字的评论《〈太阳照在桑干河上〉在我们文学发展上的意义》（原载于1952年5月25日《文艺报》），高度评价了丁玲的创作，其中写道："我认为这一部艺术上具有创造性的作品，是一部相当辉煌地反映了土地改革的、带来了一定高度的真实性的、史诗似的作品。同时，这是我们社会主义现实主义的最初的比较显著的一个胜利，这就是它在我们文学发展上的意义！"① 冯雪峰一直在关注着丁玲，尤其是她的创作，从她刚出道进行写作一直到现在创作的成熟期，这一路上都有冯雪峰的关照。1976年冯雪峰去世后，丁玲在《悼雪峰》一文中提到了冯雪峰对她创作的深切关注，还谈道："我最纪念的是也频，而最怀念的是雪峰。……雪峰是最了解我的朋友之一，是我文章最好的读者和老师，他是永远支持我创作的。"② 丁玲非常看重冯雪峰对她的评价，她笔耕不辍地写作有一部分原因是为了不负冯雪峰的期望，这便是冯雪峰带给丁玲最大的引领和影响，这也是一个男人给爱他的那个女人的终生力量的最好案例。

新中国成立后，丁玲和陈明来到了北京，在这里度过了一段相对平稳的日子。在此期间丁玲忙碌于文艺界的领导工作，但她也没有停下创作的脚步。期间她写了《粮秣主任》《记游桃花坪》《欧行散记》等散文和大量评论、杂文，收编在《跨到新的时代来》和《到群众中去落户》中。还发表了长篇小说《在严寒的日子里》的部分章节。这些作品，歌颂了人民的新生活、新风貌，还提倡作家到群众中去，与人民群众共命运。她还积极贯彻执行党的文艺方针政策，热心扶植文学青年的成长，对这一时期社会主义文艺事业的发展作出了显著的贡献。这时期丁玲延安时犯上的腰疼病又反复了，而且更严重了，坐着站

---

① 陈漱渝主编，杨桂欣编：《观察丁玲（中）》，大众文艺出版社，2006年，第294页。
② 张炯主编，蒋祖林、王中忱副主编：《丁玲全集》（第6卷），河北人民出版社，2001年，第14—16页。

不起来，站着坐不下去，他们就去东北过了一段疗养的生活，一方面是为了治病，另一方面丁玲想专心写作。直到1953年5月4日，丁玲的母亲去世他们才返回北京。丁玲对母亲的感情是极深的，母亲的突然离世对丁玲来说是一个沉重的打击。处理完母亲的丧事之后，丁玲就病倒了，在陈明的陪伴下，他们又去北戴河住了一段时间休养。这段痛苦的日子陈明一直陪伴在丁玲左右，给她身体和精神上的支持，替她宽心，鼓励她振作起来继续工作和创作。就如同当初胡也频陪伴着刚开始创作的丁玲那样，过去时代的尘埃落在了胡也频身上，现在又一粒一粒地落到丁玲的身上，这或许是历史的一种相互照应。正当丁玲重新收拾好心绪开始继续长篇小说《在严寒的日子里》的创作时，却被卷入了"胡风事件"，在1955年被错划为"丁玲、陈企霞反党小集团"的主要成员。……1975年1月，邓小平在中共十届二中全会上出任中共中央副主席、政治局常委，陆续给一大批受审查的老干部结案，这其中就有丁玲和陈明。5月，时隔六年的夫妻终于相见了，他们双手紧紧握在一起，情绪都很激动，但只说了最简单的话。丁玲说："哎呀，这个地方好！"陈明说："两个人在一块儿就好！"[①]这简单的两句话中蕴含着多么深的含义只有他们二人知道，相信将近20年的苦难在当时都如云烟般飘散，当时唯有深情、唯有爱。之后他们在山西嶂头村生活一直到1979年才重回北京，这期间丁玲重拾了《在严寒的日子》的创作，但是精力和身体已经大不如前，总是写写停停，没有了往日的创作激情。除了创作，丁玲也在为自己的清白不断地进行着申辩，陈明更是尽心竭力地为恢复丁玲的名誉在山西和北京之间来回奔波，直到1979年之后才有了好消息。党的十一届三中全会之后，1979年5月中国作家协会复查办公室发了《关于丁玲同志右派问题的复查结论》一文，摘掉了她头上右派的帽子，恢复了她的党籍，到此为

---

① 李向东、王增如著：《丁玲传（下）》，中国大百科全书出版社，2015年，第540—577页。

止，丁玲二十余年的冤案终才得到平反。1984年，在丁玲病逝的前两年，中央组织部颁发《关于为丁玲同志恢复名誉的通知》，彻底推倒了一切强加在她身上的不实之词，重申她是"一个对党对革命忠实的共产党员"。①当陈明把这个消息告诉病床上的丁玲时，她非常激动地说："40年沉冤终于大白了，这下我可以死了！共产党员的名誉比生命还宝贵，这等于是给了我一个新的生命啊！"②丁玲等这一天等得太久、太苦了，这个文件最重要的一点是澄清了她在南京被国民党逮捕时的历史问题，推翻了所有的"谣言"。这下所有压在她身上、压在她亲人身上的石头都被搬走了，所以丁玲说自己"可以死了"，这是一位老党员干部、人民作家、深沉爱国者的最大释怀。

1979年7月，《人民文学》刊登了丁玲的《杜晚香》，《十月》刊登了《"牛棚"小品》，这两部作品的亮相意味丁玲时隔二十余年后再次复出文坛。《杜晚香》描写的是新中国农村妇女的成长史，强调了在党的教育和培养下成长为社会主义建设新人的过程，其中也表露了丁玲自己对党的感激之情，更体现了丁玲作为作家对时代和社会的强烈责任感，这份责任感是丁玲从成为作家的第一天起就始终坚持的东西，这是所有作家都应该具备的最可贵品质。《"牛棚"小品》则表现了她和丈夫陈明的伉俪深情，表达了她对陈明最真挚的爱和感谢，读过这部作品的读者都感动不已，甚至热泪盈眶。《"牛棚"小品》也被认为是伤痕文学思潮当中的重要作品。除此之外，丁玲还写了很多散文、杂文和评论，有《我所认识的瞿秋白同志》《延安文艺座谈会的前前后后》《鲁迅先生于我》《关于左联的片段回忆》《回忆潘汉年同志》《魍魉世界——南京囚居回忆》《风雪人间》《访美散记》《漫谈〈牧马人〉》等，在这些作品中，更见丁玲流畅

---

① 张炯主编，蒋祖林、王中忱副主编：《丁玲全集》（第10卷），河北人民出版社，2001年，第103—109页。

② 李向东、王增如著：《丁玲传（下）》，中国大百科全书出版社，2015年，第723页。

的笔触与敏捷的才思，研究丁玲晚年作品的学者们都认为在这些作品中才可窥见真实的丁玲。晚年时期，丁玲还能够写出作品并发布出来与读者见面，都少不了陈明的无私陪伴与默默支持，她的很多作品都是陈明亲自校对与勘误的，甚至连标点符号他都仔细梳理。丁玲也坦然说："如果没有他，我是不可能活到今天的；如果没有他，我即使能活到今天，也是不可能继续写出作品来的。"丁玲去世后，陈明也一直在做整理她遗作的工作，将《魍魉世界——南京囚居回忆》和《风雪人间》两部作品中丁玲未完成的部分完成，年近耄耋还亲自参与《丁玲文集》的校勘和编辑工作，为丁玲的研究留下了很多宝贵而有价值的资料，这也是陈明对丁玲的爱的一种表达，纯粹是源于善良、源于爱，无关名和利。如果说冯雪峰是塑造丁玲的人，那么陈明就是成就丁玲的人。没有身后陈明的奔波与工作，也许丁玲等不到她头上太阳升起的那一天，也许现今的读者从其作品中也读不到这么伟大的一位女作家。1986年2月12日起，丁玲的病情就开始逐渐恶化了，她用微弱的声音对陈明说："你再亲亲我，我是爱你的，我只担心你，你太苦了！"3月4日，丁玲永远辞世，享年82岁。她双目半闭，眉头舒展，没有一点痛苦的样子，似乎做完了一切该做的事。她离去得没有遗憾，她是带着所有人的爱和崇敬去另外一个世界了，尤其是带着她那如火般热烈、明亮的爱情。中国现当代文学史上杰出的女作家中一定有丁玲的名字，因为她将其生命的价值最大化地献给了祖国、献给了人民、献给了文学；中国现当代历史上伟大的女性中也一定有丁玲的名字，因为她为她的爱而扬起了女性最高贵的姿态，为千百万女性同胞树立了最好的榜样。那么，丁玲真的离我们远去了吗？不，她以另一种方式活在每一位怀念、尊敬、热爱她的人的心田之中，这便是她生命的一种独特延续。

"新弟弟"胡也频，"第一次爱上的"冯雪峰，"陌生人"冯达，相伴白头的陈明，这四位男性在丁玲生命的不同阶段皆散发过光彩，带给她生的价值、活的希望，更重要的是，支撑着她作为一位作家在创作的道路上不断前行。一部部优秀的文学作品问世，不仅是对时代变化的反映，更体现出丁玲独一无二的文学世界。然而在时代的中心行走，接受光照的同时必然会"惹"上尘埃，但作为一个有强大内心世界支撑的女作家，我觉得丁玲是不在乎沐浴着阳光，还是背负着尘埃的，她更看重的是世人从她的作品中读到的"是一个怎样的丁玲"，这何尝不是每一个作家都应该具备的优秀品质？丁玲与这四位男性的每一段故事我都愿意称其为爱情，有爱得热烈的，有爱得刻骨的，还有爱得平淡的，更有爱得深情的。每一次拥抱爱情的丁玲，我都想为她鼓掌喝彩，敬慕的同时更多的是感动。过去，丁玲的爱情是她自己的故事，而现今基于她在中国现代文学史上的特殊地位，她的每一段爱情应当是众多研究者打开历史大门的钥匙。爱情对于女人的意义是非同凡响的，尤其是对女作家的影响更不容忽视，像丁玲是把爱情给予她的力量凝聚在每一部作品中，爱情就像是永不熄灭的火把在照亮着她的创作之路，乃至她的整个人生。

生死幽微

陈　晨

天道之不公兮

骤闻而大恸

福祸不期，人事难料

穹顶之下

掩星尽去

余

一家一孤身

若不是因我与七哥小名读音相似，我也不会于百里之外首先得知如此突然的消息。

二哥打电话催促七哥马上回家，却打给了我。我问时，方才知道四叔没了。

始料未及，惊讶而不知所言。

两天前，四叔还开着车，载着我和姐姐去镇上搭车，一路有说有笑。不过短短两天，便被拉砖的车压死在村里的路上。生死不过须臾之间，生命实在比想象中脆弱得多。

得知消息的我，还是有些难以相信。再次问了母亲。母亲神情慌张，只说了一句你四叔没了，便匆匆挂断了视频。那一刻，头脑里竟一片空白，禁不住浑身发冷。我实在不敢想象，四叔出事之际，是怎样的情形。那么精神干练的一个大活人，怎么说没就没了。

现在想起来，四叔虽然工作辛劳，但是衣服总是保持着干净整洁。瘦削的身形，走起路来笔直而又儒雅。是的，四叔总能让我想起儒雅二字。

武汉新冠肺炎疫情蔓延的时候，我深感疫情严重。看着死亡人数在流动的时候，我觉得触目惊心。我真诚为他们的离去哀悼，也为他们的不幸感到由衷的难过。但这种哀悼和难过更多来源于对遥远的生命的敬畏和尊重。直到真的有一天，那些遥远的逝去的人突然变成了身边人的时候，我才懂那种难过来得有多猛烈。我们希望逝去的生命安息，希望生者坚强，可是这些安慰在面对失去至亲的时候，显得那么苍白无力，空洞至极。

村里旧房改造，推倒重建，四叔也拆掉了家里破旧的厨房。他说着盖房的构想时，眼神里满是希冀。推倒旧房之前，他就忙里忙外。临近盖房，又到各处去看建筑材料。他期待着这两间房的建成，院落也就完整了。一家人其乐融融，是他最大的心愿。

可是，任何人在意外来临之际，都显得那么的不堪一击。

当我和姐姐姐夫们一起坐车往家里赶的时候，离家越近，心情便越发沉重。不禁喟叹，人在这世间的生死未免太过虚幻，不过一个呼吸之间的事。我们永远也预料不到人生的下一秒会发生什么。世上经历一遭，说到底，不过是在受苦和追逐幸福的偶然与必然中徘徊挣扎。

我父亲兄弟共四人，父亲排行第三。后辈兄弟八人，大伯所生大哥二哥三哥，四哥五哥是二伯所生，而六哥与七哥则是四叔所生。

四叔出事的时候，父亲就在现场。当时三轮车拉着整车的砖块，到四叔家门口，爬坡吃力，父亲便和四叔还有一个村民分别在车的后边和左右两边推车，结果三轮车突然失了控，向后溜车发生了侧翻，满车的砖块朝着四叔站的方向落了下去，砖块在下落中瞬间便砸断了四叔的颈椎，四叔连一声叫唤都没有发出来，就这么永远地没了。母亲说，她当时在家里听到哭喊声，心里就有种特别恐惧的预感。从屋里跑出来时，就看到父亲哭喊着四叔的小名，不知疲倦地挖着四叔的尸体。将砖头搬开的时候，四叔的身躯已经深深凹陷进了土地里，身上到处都是被砖块砸烂的伤痕。整个面部全紫透了，都认不出来是他了。眼眶里口里尽是淤血，整个人浑然被血和泥土覆盖了。父亲抱着四叔的尸体，擦拭着他的兄弟脸上身上的血迹，仿佛在期待一个生还的奇迹。当父亲之后再回忆的时候，他说，其实他知道，无论他做什么，他的兄弟都再也不会回来了。那一会儿，他觉得生命真的是脆弱到了极致，从翻车到殒命，整个过程连十分钟都不到。他就眼睁睁地看着他苦命的兄弟，凄凄惨惨，永远地去了。父辈兄弟之间的感情，在血浓于水的亲情和艰苦岁月的互相帮扶中显得伟大而深沉。当我到家第一眼见到父亲的时候，心里顿时五味杂陈。父亲目睹了自己兄弟的惨死，从前那么要强的一个人，仿佛一下子失去了所有的精神和支撑。吃不下饭，眼皮耷拉着，胡子白了一茬，看起来好像比以前老了十几岁。同人讲话的时候，就连吐露出来的字节都带着筋疲力尽的悲哀。

四叔平素性格沉稳，不爱热闹，没事的时候便独居在家。前些年的时候，得过一场大病，但所幸熬了过来，经过这几年的调养恢复，身子已经硬朗得多了。四叔家与我家，不过一墙之隔，只不过我家住的位置稍微高一点，墙下面就是他家。既是至亲，也是近邻，关系自然亲近。而且四叔对我们后辈又向来和蔼亲切，所以我们对四叔的感情也是极为深厚的。四叔今年的精神比以往年月都好，还种了好几亩冬麦，跟人讲起，便说："等今年收了麦子，我就坐在院子里天天晒麦子"。只是，他怀揣着的所有淳朴而美好的向往，都被现实中的一次意外撞得粉身碎骨。当我长跪在草席上，看着四叔的遗体就静静地躺在我的面前，却再也不会露出任何的悲喜，百感交集。我实在想不到，前天跟四叔说的再见，竟然成了永别。我后悔当时离开之前，没有再仔细看上一眼。以前总觉得机会很多，却从来没想过，有些人，有些事，一旦错过，竟终生都要抱缺。

正式下葬是凌晨四点，在这之前我还迷迷糊糊地睡了一会儿，在梦里仿佛一直听见有人在呼唤着我，但又看不清那人是谁。我拼命在追循着答案，可是那答案却始终离我有一段忽明忽暗的距离。就在我刚要窥见光亮的时候，突然就被惊醒了。

在一片黑暗中，夹杂着灯光和烛火。车拉着棺木到了坟地上，将棺材放进坟坑的时候，是最后一次开棺。灯光映衬下，我终于见到了四叔最后的样子。他的脸部是黑紫色的，已经完全看不出原来的样子。一顶黑色的帽子，几乎与脸融为一体，看不出任何差别。依旧瘦削的身形，安安静静地躺在棺材中。我看不清他的表情，但我知道，四叔临走前一定遭受了很大的痛苦吧！盖棺埋葬的时候，就想起书里说过，人的一生会经历三次死亡。以前总觉得太难理解，直到此刻才似乎慢慢感受到了。

第一次死亡，是当人的心跳停止，呼吸消逝，在生物学上被宣告了死亡。那天得知四叔远离人世，连一丝抢救的机会都没有的时候，我便知道，我们真的再也不会见到他了，也再也不能同他讲话了。再然后，四叔的身体将会在棺材里慢慢腐烂，牙齿和指甲会渐渐脱落，他将重新回归到自然当中。第二次是在下葬时，人们出席他的葬礼，他们宣告，他在这个社会上不复存在，他便悄然离去。看着四叔穿着寿衣，躺在棺材里，身上被盖上一层又一层的白纸和绫布，合棺，筑砖，埋土，永远长眠于黄土中。我们泣不成声，泪如雨注，可是他却再也不会听到了。从今以后，四叔的子女们将永远失去他们的父亲，伯父和父亲永远失去了他们的兄弟，我们就此永远失去了四叔。他在社会中所经历过的一切关系，也被永远搁置了。这是我自长大以来，第一次看见我的亲人被埋进黄土中，这种强烈的感觉让我觉得后怕。所有人赤条条地来到这世间，终将赤条条地离开。离开不可避免，但离去的人留给未亡人的打击和痛苦，是刻骨铭心的。第三次死亡，是直到这个世界上最后一个记得他的人，把他忘记。于是，他就真正地死去，整个宇宙都将不再和他有关。终有一天，关于四叔的记忆会随着每一个知晓他的人的离去而消逝。这个世界，承载着我们的过往，又在慢慢抹去我们的曾经。

凌晨五点，一锹锹黄土终于将棺木筑成了小丘的形状，纸钱和花圈开始在火光中剧烈燃烧起来。黑色的灰烬肆意弥漫，悲痛笼罩着哭泣的人群。四叔被埋在他所深爱的这片土地上，带着满身的伤痕。当我们从坟地再走回到四叔家的时候，我总是觉得他好像从来都没有离开过。这场丧事虚幻得像一场梦，我仿佛还能感觉到，四叔他就站在自家的院子里，很笔直地站立着；他又好像一直在房间里静静地坐着，但只要我喊他一声，他就马上会回应我。他好像随时在说话，随时在笑着。我眼前看到的背影，像他但又真的不是他；我耳中听到的声音，与他相似，但再也不可能是他了。他似乎就这么凭空消失了，但又好像变得无处不在了。我只要脑海里想着他的时候，一睁眼，他就朝我走过来了。

葬礼办完，亲戚慢慢都走完了，村子里变得比以前更平静了。今天的阳光没有之前的明媚，天空也不像从前那么蓝。透过空气，我看到的是一片惨白。压抑的气氛，总让我有些缓不过气来。

我总是会不由自主地想起四叔，他最后躺在棺材里的模样，好像烙在了我的心上。还有那些以前我所知道的，或亲或疏的人，终究在黄土中落叶归根了。我努力想用记忆去留住那些尚还残存的影子，但又显得徒劳无功。我只能将那些尚还留在记忆中的往事，用文字记录下来。但我也知道，所有的文字都写不出内心的悲泣，我只想用文字告诉你们，告诉已经远去了的你们，我真的很想再看看你们，很想很想……

数天以后，在梦中的那个傍晚，天气渐渐凉了，我和姐姐坐在门口聊天。父亲领了个人走到我家门口，那人极像四叔，但是明明又觉得不太可能。直到父亲说："快来看看你们的四叔"，然后四叔也笑着点了点头，我们才确认了这个事实。来不及细究原因，我便趴在四叔的腿上，哽咽着，泪水如断线的珠子一般。而四叔只是笑着，轻轻抚摸着我的头。四叔坐了一小会儿，又笑着慢慢走回家里休息去了。我再一睁眼时，梦里的黄昏已变成了现实世界里晨起的光亮，热切的向往终究如梦幻一场。纵然怀着满心失望，但一想到有幸能在梦里重逢，也已经得偿我愿了。

时间又过去了半个月，我随风飘荡，仿佛在跌跌撞撞中逐渐打破了伴随我年龄增长生根在心里的那层隔膜。我开始疑惑人所存在的价值和意义，生命的起始与终了，文明的繁衍与更迭。从怀疑自我到怀疑世界，到茫茫宇宙再到重新怀疑自我，或豁然达观，或怅然无望。我在至亲之人的倏忽生死之中，看到幽微，看见虚妄，看见悲痛、恐惧、思念，担忧甚至于极深的后怕。当我想起四五岁的孩子在葬礼时仍然欢快地奔跑，些许懒散的村人在无关痛痒地谈笑。这些本无可厚非的事，让我突然觉得，这世界的难过，是特定的时期留给特定的人的。我们每个人都要在他人的生死之中学会接受将来的意外和必然。

再后来的日子，在很多个难以入眠的夜里，我都会想起《少年派的奇幻漂流》中的这样一句话："我知道人生就是关于道别，但最难受的是，没有一秒钟能好好说再见。"每念及此，便泪流满面。人生海海，诚然如斯矣。今夜，我又乘着月色起行，即便仍然迷茫。但纵然迷茫，谁又知向着迷茫而去，不是真正的前方呢？

入围奖

深秋杂录

慕阳雪

深秋了,最近的太阳好像都是冷冷的,那一点温度总被风吹散开,走在楼的阴影外边,恨不得乘着秋风一溜烟回到宿舍,安安稳稳喝口热水,卧在床头看部电影。

但现在坐在午后的教室里,隔着扇窗户,便好像离外边的风和卷起的落叶远了些,反而离太阳和天空近了点。笔记本上记着从各种杂书上搬来的段落,往前边翻一翻,还能找到夹在书页里的标本。有的成了干花,花瓣轻轻一捻就会碎掉;有的被封在透明包装纸里,这种标本数量很少,因为在做的时候若是拿打火机在包装纸上烧出叶子和花的轮廓,一不小心就会用力过猛,花叶与纸之间的密封空间不均衡,标本也会是下乘。总得慢慢的、小心翼翼的,才能呈现一个成品。后来发现,其实火柴才更方便些,一手举着火,一手拈着纸,绿色的叶子就被长长久久地封存在透明的纸里,无事当标本,有事穿条褐色短绳也能当书签。仔细想想,也是和化作春泥更护花差不多的价值了,你留下大部分叶子护着来年的花,我带走一点护着我的记忆,关于这个秋天,关于过去的春夏。

拿出一片塑封在透明包装纸里的叶子,背面写着"白色的太阳,轻微的风,光秃的树干,满桌的书。"我记得这是高三时期的一个大课间,上午十点的太阳远远看着是白色的,望过去甚至不太刺眼,比起夏日傍晚的余晖像是要把整个世界都染成橙黄和赤红色的缱绻模样，多少显得有些直白和凉薄。我趴在书桌左侧垒着的书上，扭头越过因为教室通风大开着的窗户，看外面近乎光秃的树，有风翻进窗户，不太冷，还很舒服。一时间我什么也没在想了，下节课的内容，傍晚要背的书，晚自习的作业和复习科目，通通被暂时搁置，只是享受着那个秋日里上天偶然馈赠的礼物。那种久违的思绪放空，霎时间让整个人的精神都松懈下来，回过神后，马上拿起笔把刚才的感受记录下来，非常细致。当时想着，这算是整个高三时期很值得纪念的事了，一定要极为详细，用笔复描一下，再刻进脑袋里，以后要是能偶尔忆起来也是很幸运的事。果然，我很幸运，那个课间，有时会突然从房间里溜出来，跑到回忆的大厅里，像是一种慰藉。现在，我坐在靠窗的位置上，外面是和那日相似的天气，抱着侥幸心理打开窗户，开到被允许的最大限度，那是一样的白色太阳，视野开阔，但是窗帘纹丝不动，一点儿风也没有，等了好一会儿，风终于来了，却又太冽了。对啊，怎么会一模一样呢？有时候思维的刻意模拟都不能完全复刻，怎么会在现实中就恰巧出现呢？风猛烈抑或是风息止，甚至是风给人的细微感受，就像是树叶经脉，很难复制重现。桌上的一厚摞资料、试卷变成两本课堂笔记，时间它在往前走……

  时间它在往前走，但我好似深陷湍流，并不是在学习能力和人情世故上不曾长进，而是隐约知道自己非常珍视的东西被丢掉了。现在我拿起书不再有高二前的那种澎湃和想要马上读完的兴奋了，手机里存着很多段子、文章和电子书，不断累计反倒成了负担，读书笔记也时常停在同一面很久而翻不了页。我记得小时候看故事的沉浸和兴奋，初二的那个冬天，我选了《红楼梦》当寒假阅读书目，蜷着腿整个人靠在大靠椅上，垫子是朱红色的，身侧的小火炉边放着父亲顺手倒的少杯黑砖茶，炉里的炭火烧得正旺，炉盖都透着红，外面下着雪。那是一个格外惬意的下午。今日回想起来，那个小小的姑娘捧着一本被简化的少年版典籍，能读得那般认真专注，竟成了现在的我羡慕的模样。再忆起来，竟然有种"绿蚁新醅酒，红泥小火炉"的意味，或许是刻意雕饰美化过吧，那是我认为自己在读书时有过最好的状态，也是我现在努力达到的状态。很庆幸这种状态不像是那个有微风的场景，回忆里的场景就像是一个点，难以复刻，但状态就像是一个范围，进入一个范围要比重现一个点容易得多了。这样一想，倒是多了一点希望。

  有一段时间，白天被各种事情切割，琐碎又忙碌，时间的支配就像是坏掉的钟表零件，杂乱且不好控制。夜晚趴回床上，肌肉和神经都松弛下来，却没有满足感，只是觉得乏力，空荡。我总是在欣赏美景时，看到一棵向阳橙黄背光青绿的树、侧卧在草丛里的小狗、旖旎在晚霞里的落日，还有掩映在晨雾里的山上塔。可我总是只能匆匆拍下一张照片，尽力确保构图和色彩能够复刻当时看到那景象的心情，仅此而已。因为尽管我想在灵感撞入的时候写点什么，但是时间需要被分享，急迫的事情总是排在队的前边，于是我放弃打开WPS，而只是拍一张照片，或是快速在路上把想法输进备忘录，可能想法混乱，可能措辞不妥，但尽可能让感受有地方被寄居就很好了。在我能空出一整个下午的时间去扩充之前，它都只是备忘里一部分有待完成的肆意。

  我需要舍弃哪些，去成就喜欢的事情呢？当心里的秤砣倾斜，想法与决定宣之于口，我终于成了一个可以对着日落的西山站立很久，不满足就不离开的人。我越发的渺小，更加的平凡，剩下的名不多，但重要的是本我和初心又一次回来了。

  现在我想带着书、笔和纸，去未曾涉猎的藏书典籍里旅行。从温馨花园里的罗曼蒂克和文艺小清新里翻出墙来，乘着船舶驶向大海，那里有辽阔、浩瀚、平静，也有暴风雨；骑着骆驼走进大漠，那里有广袤、无垠、苍凉，也有沙尘暴，我想看看海妖，也想看看海市蜃楼……我很贪心，想尽可能把自己肉眼可见的所有美好和残酷装进那本笔记里,那可能是希腊的众神,凝练的诗作,宇宙的玫瑰星系。我妄图用一个线装本,把无数撰书人或含蓄或犀利的文字,博爱的情怀和深刻的思想保留在身边。并期待着有一天,我也能像他们一样,拥有弥达斯王般点石成金的能力,能够把所触碰的事物,都变成文字,有深意,有价值。

回归本我,生活变得简单且容易掌控,多了很多与自己相处的时间,但不免有孤独的时候。有时候想到最忙碌的那段时间,白天的我属于野心,属于责任,独独不属于初心。许多不同的事情错综交织在一起,一个人步履匆匆走在路上,看着旁边的三三两两,他们的笑声能听几耳朵,有人抹眼泪也能听到哽咽……那么多人,今天都遇到了同一个我,但他们彼此或许并不相识。人来人往,我不说话,就会有一种路过人间的疏离和落寞。一天过后,莫名感觉自己路过了很多人的生活,却是以一种游离在人群之外的姿态。仔细对比一下,把我归属于三三两两嬉闹的那一类时,可能说着笑着,这一段路便走完了;把我归属于独自一人的那一类时,想着接下来的安排或是看着路上的风景,这一段路也就走过了。都只是一段路的距离罢了,感觉却不尽相同,一种是对外的输出,一种是自我的对话,后者,往往是孤独的。两个人相处,磁场相互吸引,他们就像是地球和月球。几个人也是一样,他们是一个蚌壳里的珍珠,共同成长,思想甚至可以构成一个星系。那一个人呢?他的孤独使他即使独身也拥有一个星球,上面有他爱的玫瑰,可以看43次日落,只迁就自己在意的东西就满足了整个世界。不过是选择不同的方式,未免就有绝对的快乐与否,对吧?

过去的三个季节有多少值得怀念的碎片落在我身上呢?除了春天的花,夏日的太阳,秋季的落叶,还有崩溃和欢心。我看着向往成为的人被拉入泥潭却挣扎着逃出困境,重新回到云端,他的心上伤疤永存,但温暖与爱意依旧绵长。我仿佛也成长了,善良且积极,理智又感性,我在努力成为一个体面的成年人,赤诚地、自律地、坦坦荡荡地好好生活。这一年快要结束我才恍然发现，原来我也渐渐长成了一个会做取舍，能够有所担当的大人，可以独自处理一些事情，确定目标然后做出部分牺牲，把难过压制独自消化掉而尽量不去惊扰家人和朋友，可能都还不是很熟练，带着些许少年初试的踌躇和紧张，但每一次尝试都将是以后游刃有余的筹备。

冬天快到了，初雪也不远了。雪自然不能制成标本，不如让它在那一天变为照片和文字，成为可能被留存的浪漫。

入围奖

毕业生

李鹏科

我买来一辆自行车,首先想到的是加入一个骑行爱好者圈子,像当年木讷内向到一走进琳琅满目的集市便面红耳赤慌不择路的孩童一般,目光自然地抓住某个门可罗雀的橱窗,似乎为了掩藏这个性格弱点,也不忘流露那毫无意义程式化的匆匆一瞥——行者无疆俱乐部。

我暂时成了这个小圈子的中心,我享受这种感觉,尽管只是短暂的一瞬。

"怎么!买菜去呢?"一个头盔嬉笑着。

我不明白。

紧接着,绿色手套笑了,紧身骑行服笑了,防风镜也笑了,他们笑得前仰后合,就差挤出眼泪来。直到最后他们发笑的底气——那一排瘦削挺拔的公路车与山地车——也似乎认为理所当然地要踩在我的伙计的头上。

我沮丧地离开了,我并不埋怨我的伙计少了那几个齿轮,缺少那发动机似的暴躁的花鼓。回过神来,我倒觉得买菜确实是个好主意,但我想翻山越岭去实现,最好再带几条肥鱼回来,我打开地图,寻找到那浅浅的一汪蔚蓝,就它了。

这是个美好的季节,目光所及的世界被一片火红统治着,无论是枫树还是乌桕树,都迎来了它们最灿烂的时刻。汽车在宽敞的马路上驶过,尾巴拽起一大片落叶,像掀动了红色的地皮,执拗的红色怨声不迭,在空中打了几个转便飘飘然回归了大地。

我便在这画廊里穿梭，远处是屏风一样的高原，它并不像矗立在那，也许是不堪版块移动的重压而站起身来透透气。我在风景里活动，正如我在画里生活。在艺术家笔下，通往远方的线条总是愈来愈细，眼前的道路无疑是对理念的生搬硬套，在这条路的尽头，在高原的脚下。路总是带领人们把握另一个世界，却从不到达高原的任何一处风光。

我发现了前人碾过的车辙，我正沿着这些偶尔离经叛道的痕迹在高原的斜坡上歪歪扭扭地前行，走得久了，难免好奇那脱离出去的车辙通往何方？我仿佛在被拆去了房屋外壳的地基上颠簸，直到车轮由圆形变成多边形，最后又被打磨成更小的圆形，此刻我的车轮更像是两只鸟笼。眼前的丛林传来一阵骚动，迎面而来的竟是一个骑友，尘土在他的身后炸开，弥漫了来时的道路，厚厚的面罩和风镜包裹着本就不轻松的神情，他是尽兴而归或是迷途知返，我倒不那么想知道了，我只知道他比我走得更远。

视野终于在飞扬的尘土里逐渐开阔，廓清的不只是茂密的丛林，还有心头的疑虑。整个天空始终都像是一幅画，开始它不是主角，只是树影婆娑中的黄色斑驳，后来黄色淡了下来，天空像一张蓝色的幕布，底部浸润的水渍，像一簇簇矮矮的丛林，最后这张画卷彻底铺开，一个在蔚蓝天空下略显精致的高原世界便呈现在我的眼前。我站在宽敞的深蓝的柏油公路上，相距不远的地方，一列绿色的火车在此作短暂的停靠，身后是无边无垠的平原，那是一片火红的世界，眼睑之下，除了绿与黄的交错，连来时的路也看不到了。

火车"嘶"的一声，过了好一会儿，远处的山谷传来渐细渐密的回声，汽笛声像把整个山谷搜了个遍。火车舒展了一下筋骨，骨关节的脆响一直从第一节紧绷到最后一节。我把自行车车头调整好，跺了跺脚上的灰尘，黄土顿时在我的脚下生花，好像我从未停下过。好啊，那我们就比一比，我想，就像小时候追赶太阳那般。

火车正在调动它的每一个关节,我已经奔出去好远,破开的气流在遇到路障后悉数返回,嗡嗡声不绝于耳,我想让它的频率更快点,火车也许无心与我一争高下,但我希望它永远做我的尾巴。

突然,身后传来马达般躁动的哒哒声。与其说是一个个人,不如说是一群编号。编号从我身边掠过,留下一个个高翘的屁股。我便在屁股破开的风浪里狂奔,火车擦着电缆闪烁着电花,我的脚下也迸溅出激烈的火花,有时是我控制着踏板,有时是自行车武装着我追赶。我明白这是力量衰竭的征兆,编号们也采取了各种方法来缓解这无可避免的生理局限:329将身体平展在车头和车座之上,以减小空气的阻力,008蜷缩在车架之间,借助着车轮的破风前进。

火车再次拉响了汽笛,这次回音就在前面,编号们随之发出猴子一般的欢呼。

这条路的柏油已经铺到头了,于是猛一掉头,在山脊的另一侧,沿着巨大的斜坡倾泻而下,一直汹涌到若隐若现的尽头。编号们纷纷将头伏在车头上,之前撅着的屁股,此刻像极了火箭的助推器,他们擦亮了车辆的时速表,希望在最后一轮的冲刺中脱颖而出。

213号摔倒了,好似一只红色的毛笔一直划到了悬崖边上,直到挺直的身躯也不得不在其中一座路障上打了几个弯,才算没有脱离这激烈的角逐游戏。

在两座路障中间,火车依然沿着它的方向行进,那是横亘在山谷之间的一座高架桥,底下是汩汩的黑色的流水,河岸的树木长出厚厚的灰尘,像一个个暮年老叟背手在江河之滨,慨叹它往日的澄澈。也许在艺术家那里,这会是别具一格的银装素裹。

又轮到自己为自己破风了,或者说风也为我让路,路障再也没有给我反馈,车轮更加疯狂地转动着我疲软的身体,可我发现自己并没有省下多少力气,于是我张开双腿，我像骑着一只黑骏马，在这日新月异的版块上飞驰，身后传来数字们的哀叹，而脚下正是那一汪浅浅的蔚蓝。

  裸露的巉岩刺穿我的身体，在空旷的山谷里，我像一朵盛开的耀眼的红色花卉。我仿佛看到一只巨大的汤匙，要在这座巨大的碗里舀点什么，却只舀到了泥泞的黑液，勺子失望地抖了抖，拂袖而去。于是一股强烈的劲风将山谷席卷，山谷里的树木怒视着这只无形的手，其实身形已被推搡了好几个滑稽踉跄，它们依然愤愤地仇视着，不知这样会不会显得它们有骨气。

  风并没有肆虐很久，和煽动起它的汤匙一样，也没有带走什么，却剥去了树木沉重的外衣。一片红叶在空中飘摇着，落在我的脸颊上，遮住了我的眼睛。

  透过这红色的清晰的脉络，我第一次如此接近天空。

入围奖

老街，暖暖的旧时光

王　方

岁月可以褪去记忆，却褪不去我们一路留下的时光碎片，我翻开一张张褪色的泛黄的照片，那些像旋转木马般的日子在我的脑海里展开，一条老街，一段历史，几代人的记忆。时光冲刷下的老街，总是藏有许多故事，我将满满的老街回忆储存在记忆的瓶子里，轻轻摇一摇、晃一晃，那欢乐的笑声和叫声便碰撞在一起，发出清脆响亮的声音，来抚慰游子疲惫的灵魂，带给你老街的情，老街的暖。

撑一把油纸伞，去寻觅古巷老街的气息，游逛在古镇老街里，去体味老街的人间市井烟火气息。旧时光里的画卷也缓缓向我展开，少年时，每逢放学后，我便呼朋引伴一起涌入老街，学校距离老街不远，每到饭点时间，美味的饭香味便穿过老街，牢牢抓住我们这些小馋猫的胃。

独具特色的灌汤水饺、羊肉泡馍还有各种小吃。像什么蜂蜜凉糕啦、竹筒粽子、肉丸胡辣汤，油茶麻花啦一应俱全。交错的小巷子里，藏着技艺娴熟的手艺人；他们变戏法似的呈现出惟妙惟肖的糖画、糖人或是风味十足的古镇美食。

糖葫芦是我记忆里最深刻的美食，就像冯晓泉的《冰糖葫芦》里唱的那样："都说冰糖葫芦儿酸，酸里面它裹着甜，都说冰糖葫芦儿甜，可甜里面它裹着酸，糖葫芦好看它竹签儿穿，象征幸福和团圆。"小时候跟爷爷逛街，总是央求他买给我，红红的山楂上面裹着层糖冰，又覆盖着薄薄的纸，推着自行车叫卖的卖糖人，也总是笑着把糖葫芦递给我，欣喜地接了过来，我便迫不及待地吃起来。而现在老街里的糖葫芦则是躺在华丽的玻璃柜里，样式多样但总觉得比不上旧时光中的味道。

席慕蓉曾说："故乡的歌是一支清远的笛。"走进老街，感受着老街的古朴气息潋滟在我的脸上，感受到旧时光里的乡土气息，漂泊在外的我果然是想家了。站在老街的面前，我望着它在岁月洗礼下逐渐苍老的身躯，每一处的剥落和一寸寸斑驳的姿态都在诉说着一个个悲欢离合的故事，这些故事在风中徘徊了太久，那些潜藏的情愫和夹杂的奥秘，老街啊，我循着深巷的酒香，站在你必经的风口，我从迷茫的城市归来，又在老街的路口回忆起我那远远的旧时光。

听着雨滴犹如鼓点敲打在油纸伞上，踩着隐约泛着清光的青石板路向前走着，眼前的一切显得那么温婉、朦胧又熟悉。我再次踏上这一片熟悉的故土，将零星的碎片轻轻抚摸，不知它们是否有着昔日的耀眼光芒，只愿将它拾起。

旧时光里最温暖的日子，大概就是和爷爷深一脚、浅一脚地逛老街了吧，一大一小的影子被调皮的夕阳拉长。街上摆满了琳琅满目的美食。我总是不安分地东瞅瞅，西瞧瞧，央求爷爷给我买我最爱吃的芙蓉糕、糯米糕，以及泥做的各种小玩意儿。

那时走在小巷常常会碰到一只小猫静静地卧在一对老夫妇的脚边打盹，还有流浪的歌手弹着吉他卖唱，路过街边的橱窗看到我和爷爷的影子映在那里面，我拉起爷爷的衣袖示意他给我买橱窗里的食物，此时的爷爷会摸摸我的头，用布满沧桑的脸对我和蔼地说："孙女乖，下次给你买。"但我撅起的小嘴和逐渐酝酿的情绪，使得爷爷心软了下来，便叹了口气，含笑嘀咕一句"贪吃鬼"，又转回去给我买了，此时的我便破涕为笑了。

走在古朴的巷子里，穿行夕阳下的老街，赏尽老街的人来人往，一切美景尽收眼底。再来一份美食，在老街的茶馆里小憩一下，岂不陶醉和安逸？当然老街的茶馆是极具古朴特色的，略带朴素的门楣，门面不大，但进去却发现里面装饰得古色古香，空气中弥漫着淡淡的茶香，墙壁上也用古风乐器来装饰，我找一处靠着橱窗的地方坐下，从雕花的窗户往下望去，灰白色的屋檐映衬着橘黄色的灯光，我极力去捕捉旧时光里老街的影子。

每逢过年，老街就会显得格外热闹，过年这几天都会有集市，街上有卖年画的，有打土豆泥的，还有写对联的街头艺人，写对联那里往往聚集了好多人，都对其书法评头论足，也有好多人发出啧啧赞叹声，老街过年的对联都是别人当着买家的面写成的，你可以自己找对子让艺人写，好不热闹！当然过年还有许多唱大戏的，老街有一个戏楼每逢节假日或者庙会的时候，戏楼就显得格外热闹。

小时候爷爷最喜欢的事就是听戏，爷爷会从家里搬来小板凳坐在戏楼下面听戏，老街的戏曲是秦腔，正所谓："秦腔一声吼，好运天天有；大戏一开台，好运自然来。"每每听得特别沉醉的时候，爷爷就会敲着拍子，嘴微微动，也在台下唱喝起来。小时候的我最喜欢看台上蹦蹦跳跳的丑角，还有各具特色的脸谱，爷爷便在旁边给我讲，哪种脸谱代表忠义，哪种脸谱又是狡诈和虚伪的代表。在一串热烈的鞭炮响过之后锣鼓相和，幽远的秦腔吼声便萦绕在整个戏台，余音传得很远。

老街的年味是浓厚的，家家户户挂上了大红灯笼，街头卖年画的就会被一群穿着新衣的小孩子围着，当然还有最受欢迎的炒年糕，那是那时的我最期待的节日，目光所及的老街，那里的每一扇门都藏着美食与时尚。每一个地摊都演绎着古老与坚毅。除夕夜，抱着暖洋洋的肚子走在烟花灿烂的老街里，走在每一道晨光里，尝过四时之味，渐渐长大了，领略了人生百味。美食店门口的锣鼓声与吆喝声，地摊上的叫买声，酒楼上的欢笑声，像深邃的树洞，像摄影机、留声机,收纳了我们最好的时光,年复一年,时光就这样在老街慢慢地流淌着。

起身从茶馆出来,我向老街的尽头走去。老街的尽头,是一座小石桥,扶栏上的雨滴落入水中,荡起了一层层涟漪,那一圈圈的波纹搅动着我的心湖,我撑着油纸伞漫步其中,听一曲蛐鸣,和一段静水流深。看着街头巷尾人们忙忙碌碌的身影,各种店铺的叫卖声、街头小贩的吆喝声汇成了动人的老街交响乐,残缺的夕阳照在颓唐的老街墙壁上,是啊,那时的我懵懂无知感受不到老街瘦弱的身躯所承载的厚重力量,老街犹如夕阳中步入风烛残年的老人,在暖暖的旧时光里给我们讲那些光阴的故事。

渐渐地,雨停了,收起纸伞,听着青瓦下滴答的水声,那洗涤的雨滴声仿佛在冲刷我早已布满尘土的心灵,我由心底升腾起了一种恍如隔世的空旷,雨后清新的风抚过脸颊,把老街斑驳的湿气驻留在我的眼窝,眼前的老街变得迷蒙,心却变得尤为澄净。老街的一砖一瓦在此刻变得愈发清晰了。那雕刻着图案的门帘、老房子摇曳的青瓦、窄窄长长的过道、缓缓升起的炊烟都让我在旧时光里穿梭流连着。

街头的樱花盛开又凋零,枝头的树叶萌生新芽又飘落,时光的迁移也使我不再年少。也许照片会褪色,曾经的人会老去,很多美好,我们也不再有重温的机会,但是那些记忆,总在不经意间闪烁着光芒。曾经的欢乐与悲伤,无数个充满生活滋味的时刻,编织成幸福的网,我们在回忆里仔细端详,感受着无数曾经的温度。老街尽头的小溪在蜿蜒流淌的小河里流淌着,黑夜与月色相伴,我在古街里驻足、眺望,脚下青石板地面的绿苔和黑斑仿佛在低低地诉说着一个个回不去的曾经。

老街的人、老街的情都安然存在于我们的记忆之中,陪伴我们一起成长,让我们觉得岁月不再孤单与漫长。也许,很多人、很多事,我们不再能完整地回忆起,但在脑海里,总能浮现一张熟悉的脸,总能重温无数感动的瞬间。很多琐事，湮没在时间的浩海，但是那些不可取代的时光，篆刻在我们的生命里，并且成为如今的自己。

木心曾说："走在老街上，我不来，街上是没有这些往事的。"是啊！我揭开尘封已久的岁月，走在老街捡拾着记忆碎片，去寻觅那些流逝的点滴岁月，去盼望老街那亮起的稍显昏暗的厅灯，透过狭窄的门，一整座城镇彻夜难眠！而我与你共阑珊，老街的步态有点儿蹒跚，背影也在时光中慢慢风华，当你褪去年华，仍然留存在我的记忆中。回忆的老街，曾经的人啊，不断地随着时光缓缓老去的人，无数值得感激怀念的人和事情，忘不掉的美好，总在不知不觉间成为点亮生命的美好。

> 入围奖

此情可待成追忆

罗画月

西方的月亮早已升起来了,他推开阳台上的一扇窗户,安静地站着。

天气很晴朗,深秋的晚风即使带着一丝寒意,但因为使人觉得满身上下格外清明,所以他愿意多吹一会儿。

住的楼房对着一条不算宽阔的马路,路灯沿着长街一段接着一段矗立,车子辆辆奔行。

家里很安静,房子里没有电视声,没有笑语声,孩子躲在房间里不知道在做什么,大概已经睡着了。

他想,等到数过去十辆白色的小轿车,就回房间睡觉。

一

像播放幻灯片一样,年过六旬的他,躺在寂寞的双人床上,居然可以随着不存在的鼠标让他在梦里回到小城镇的岁月里,定格在年轻鲜活的日子上。

梦里是个约会的日子,记得在这个日子的前几天,他就已经提前给女孩子去过了电话。

他其实有些紧张,虽然今日出门擦了皮鞋,打上了摩斯,更穿上了西装。

但内心确实还是惶惶,怕纵使精心打扮,也不合对方的心意,怕纵使合了对方的心意,也有哪里做得不够完备。

在家磨蹭了很久,踏出家门的那一刻,他在心里取笑自己像个扭捏的大姑娘。

但还是到得很早。

隔街相望的那一瞬间,他几乎把自己代入到了一场只为风花雪月而演绎的电影中,背景音乐是音像店经常循环播放的那一首:*Right Here Waiting*。

一定是因为距离的原因,车子和行人是那么仓促,再加上早晨未消的浓雾,沿街口包子铺飘过来的蒸气,令人间烟火气将升未升地酝酿在一天开头的这一刻钟,让她的身形和面庞显得那么的温和美丽。

她朝着他挥了挥手,那幅度大得惊走了街道中间拉开的电线五线谱上停留的黑符。接着她笑了起来,她不是月牙似的眯眯眼,笑起来不会有一些人那般上下眼皮粘连在一起的甜蜜感,但睁开的眼睛很清亮、很专注,能带动一整张脸上的神采。

她身上那件旗袍是他给扯的料子,金丝绒的材质,亮紫色的面料,是小城镇里的时髦。但她终究是有一些内敛和羞涩,手臂上随时搭着一件深咖色的呢子大衣,仿佛要随时因为他人多看上几眼的目光而武装起来。

她一定会以为别人的注视是在诧异她过于亮色的旗袍,他想,其实别人只是在惊艳,就像他一样。

穿过马路的时候,她没有办法全神贯注地盯着他了,因为车子实在太多,她必须分心去注意这些笨拙但冲撞的机器。

但好在他还可以全神贯注,看着这个女人,像淌过一条溪流,穿过一根轨道,翻越了一片山丘,一心一意朝着自己过来。

他曾在黄昏的时候骑着带杠的自行车去赶场露天幕布的大电影,那时是一个人,黑白的画面上,知青们的劳动,青年人的爱情,都让他觉得近在眼前又触不可及。而现在，他注视着这个向他仓促而小心地走过来的女人时，一切似乎尘埃落定。

清晨的微光多么好，他想，一定是它染亮了自己的爱情。

二

小县城里有一个非常著名的照相馆，仅此一家，时髦新潮。县城里的人都去那里拍照，拍全家几代的合影、孩子出生的满月照、电影明星似的写真，当然还有婚纱照。

老板不知道是真的熟悉来这里照相的每个人，还是顾着生意的缘故，每次都让客人有宾至如归的感觉。踏进照相馆的人也不会像个古板的老先生非要考究清楚老板的心思，大家彼此掌握着进退得宜的熟悉感，就可以因一瞬间的定格而充满欢喜。

他也带着她来这个著名照相馆了。

选了个天气晴朗的好日子，他满面容光地带着她来了。店里有些忙，这是很正常的。但老板新近又添了助手，所以也不至于冷落了后来的顾客。助手是个学徒，把老板欢迎光临那一套学得有模有样，把新人迎到了皮沙发上，端来了茶水，很会察言观色地说："你俩真是般配，像电影里的男女主角似的。"

所以谁会去深究这到底是不是真话呢？单是看着她脸上冒出的红色云霞，他就只顾着忙不迭地摸出红包递出去了，再反复叮嘱两句："劳驾您待会儿给拍得好一些。"

当然当然，那是当然。

于是，崭新的新房里有了崭新的婚纱照，戴着头纱拿着捧花穿着婚纱的女人，和穿着西服踢着皮鞋的男人，选了黄历上的好日子，向时间宣告成为夫妻，遵从着自然和社会的规律，就像世界上每个角落里同一时间做这同一件事的其他男人和女人一样。

他们共同完成了一件普通、普遍但又极其浪漫的事情。

他和他的妻子选了最好的两张装在相框里，挂上了新房的墙壁。其余的照片也洗印出来，宝贵而珍重地装进了单位发的相册里面，漂亮的玻璃纸背后，他和她相互依偎在一堆，明明晃晃，是彩色的。

三

日子从甜蜜过向平淡，从平淡又生出波折。

但好在他们都是那个年代里有着信念感的青年男女，日子过得好也要过，过得艰难不是也要过吗？他的单位本来很好，她的单位也很稳定，可是后来又不好了，不稳定了。政策在变，但是生活还要继续。他开始谋算起其他的工作来赚取收入，她也开始全心照顾起了家庭。

并且在这个艰难的时刻里，家里还迎接了新的生命。

现在的人总是处在莫名的忧虑之中，不管是对婚姻，还是对生育。准备工作必须要做得滴水不漏时，才能开始谋划踏出计划中的第一步。仿佛在20多岁的年纪里如果存款不足以支付孩子长大后买的第一套房子，那么就决定不要带他来到这个世界上。

他和她当时要忧虑的当下事非常多，但意外的是并没有分出精力去害怕未来。

他俩对孩子的出生同其他富裕家庭的父母是一样欢欣鼓舞的心情。

爸爸驮着，妈妈抱着，女儿笑着，也在慢慢长大。

夜晚的灯光下，他看着她熟练地用着毛线针，他想着，日子真辛苦啊，可人生到了现在这个阶段,是如此的完整。父母的角色带给他们更加具有责任感的定位,激情燃烧的青春岁月仿若一夕之间随着小城镇的风飘到天上去,可沉下来的沙砾却可以组成一个家庭厚重而踏实的基石。

生活中,争吵总是在所难免,琐碎事情平淡夫妻,冷战一两周也不是没有的事情。他有时会寻个安静的去处待上一天,她有时也会一粒米不往锅里准备。家里的衣服成堆成堆地放在盆子里,孩子迈着小脚丫蹦跳着过来问赌着气却还凑在一起斗地主的父母,先问妈妈:"妈妈我的裙子怎么还没有洗好呀?"妈妈冷淡着一张脸回答:"问你爸爸。"

他看向妻子手中丢出的那一张牌,是一张红桃心。

心中突然明白,原来岁月蹉跎,幸福和苦闷,都可以一起承受。

四

结局的钟声响得这样快。

猝不及防间他才意识到,原来搭载婚姻的列车只是人一生行进过程中的一种交通方式。他和她的双人票被医生扮演的列车员用手术刀裁开,分开的时候他甚至来不及问她从此会去向何方?

他们的孩子慢慢长大了,书案上留下许多动人的篇章。孩子有时会摘抄,留在桌上却并不避人。的确,优美的句子是不用避人的,即使是互相言情时会有些羞于表达的亲人。

他记得有几句摘抄是这样写的。

指尖的戒指不再闪亮,
婚纱在衣柜早就尘封,

> 我们的容颜都已经慢慢地苍老，
> 但那份心情却依旧没有改变。
> 感谢你带给我的每一天，
> 正是因为有你，
> 我才有勇气说，
> 永远，永远。

原来他对她的爱情、亲情、感激和不舍，其实就应该是这样的，与这一篇诗中所描写出的波澜壮阔的心绪是一样的。原来他不在人前流露出的、却在夜晚滴入枕巾中的那两滴泪，那样复杂的情绪，已有人为他高诵诗歌。

在这个月亮西挂，群星璀璨的夜晚。他又梦到了她，梦到了许久之前他们约会的日子，那个隔街相望的会面之日。

他已经很久没有见过她了。

再次回翻梦境，那约会的第一幕，因为迷蒙而影影绰绰，车子和行人还是那么仓促，再加上早晨未消的浓雾，沿街口包子铺飘过来的蒸气，一天开头的这一刻钟，让她的身形和面庞还是如记忆里，梦境里，那么的年轻和美丽。

零碎的生活杂事往往很难让人滋生旖旎浪漫的情绪，他已经很久没有这么清楚地回忆起这些浪漫的往事。

梦境里，他像个旁观者，看着穿着旗袍的姑娘奔向自己的爱人，看着新婚的夫人捧着鲜艳的捧花，看着温柔的母亲为丈夫与孩子编织厚实的毛衣。

一场梦醒过来，仿佛他也回忆了自己一生行至终结时要走马观花地与她相关的录影。此刻是凌晨，夜晚如此寂静，所以即使一墙之隔，他还能听到孩子捂在被子中啜泣的声音。

他没有起身，只是默默地把头转向另一边，那里空空如也。

他已经很久没有见过她了,因为她已经去世了。

而他幻想自我沉浸在电影画面的那首背景音乐的歌词写得多美多孤独啊:

海隔一方,日复一日,此生我只愿为你守候。

他是我的父亲

张格格

我不知道怎么开始向你描述他的形象,不知道如何放下我的戒备,吐露我对他全部的心声,甚至不甚明了自己对他的感情。但是,我希望能够认真地写一写他,或许可以让父亲与孩子在这生活之外、文字之中诗意的永恒中达成一种和解,一种对未来的美好展望。

他,是我的父亲,是我分外陌生的父亲。

关于父亲的记忆,在我小学以前是没有的。我记得妈妈劳作时纤细的背影,记得妈妈辅导姐姐作业时焦躁的眉眼,记得她和我一起为完成手工课作业而剪了家里大半个纸箱做成的纸房子。而我关于父亲的记忆,只有上小学以后放学在家时,看到他回来了,看到他走了。父亲对于我来说更像是一个符号,他的意义只在于世俗既定的称谓中。在我朦胧的认知里,我甚至无法对他进行道德意义上的评判,因为我并不知道好的父亲是什么样子。

记忆中对他的了解是在上初中以后。那时候,在与"别人家"父亲的对照里,我心中开始描绘出他的形象。他没有陪我出去玩过。小时候,周末逛的公园,暑假的美术班,还有跟妈妈谈天说地的行走的路上,都没有他的身影。他不关心我的学习。他好像总是不知道我什么时候考试,甚至高考成绩出来后,我和妈妈两人已经摸索着报完了志愿,他才后知后觉地问我想要上什么大学。

他好像也从来没有过问过我的成绩，当我考了第一名，他被作为优秀学生家长代表在班级表扬会上发言时，我不记得他有过任何喜悦，他抗拒地摆摆手，匆匆来，匆匆去。

慢慢长大后，当我能够有自己较为清晰的认知后，我觉得，他也不是一位好丈夫。他经常和妈妈吵架，在节日里从来没有为妻子买过任何东西。他虽然不吸烟不喝酒，但是他喜欢玩乐，将家务与家庭事务都交给妻子打理，自己做甩手掌柜。在忠诚方面，作为女儿，我保持沉默。

我对他所有的认知都来自否定。这种认知致使我常常对他产生一种陌生感。我不知道他的喜好，不知道他对一些事件的思考。我对世界最初的认知与价值观都来自母亲。我庆幸在童年时期能够与母亲进行长久的交谈，她包容我所有的疑问与无知，充当了我全部的家庭导师的角色。我学习她待人接物的习惯，学习她对我鼓励时的语言，在潜移默化中避免了我成为迟钝的小孩。而父亲，于我而言，否定的认知意味着空白，我始终不了解他。

随之而来的是一种抗拒感，这种抗拒无言、持久，存在于我与他相处的方方面面。每次当他在家时，我隐隐期盼着他能早些出门；家里人一起逛街时，我希望他是不去的那一个；开家长会时，我希望能是妈妈参加。久而久之，抗拒变成习惯，我对父母的爱似乎变成一种永恒循环机器，对母亲的热爱愈增，对父亲愈冷漠。

然而，我还是要说，他是我的父亲，是我纵然不喜欢也会使我受到心灵触动的父亲。

时至今日，我已然能够将自己从女儿的角色中独立出来，进入社会角色中。随着年岁的渐长，我试图抛去偏见，还原我的父亲在家庭中所扮演的角色。

我感受到的来自他的第一个触动是，高中时候家长会结束后眼圈发红的他。那时候，家离学校很远，我开始住校，每个月回家一次。刚住校时反倒对家里没什么想念，自己像是脱了樊笼的鸟，无比自在。后来偶尔想家，哭个鼻子，思念的情绪也不怎么浓烈。当时已经高二了，学校让开家长会，爸爸因开车方便，所以代替了妈妈来学校。家长会过后，别的家长安顿好孩子开始离校，而我始终不见爸爸。很久过后，才接到他的电话，说要离开。我出了宿舍要送他走，意外地看到了他窘迫的样子。眼圈和鼻子红红的，冬日里，皮肤愈显白，仿佛是因为初冬稍显冷冽的风，促使着他微佝偻着背。我当时忽然想起初中那一次他开家长会，结束后，同学跟我说，你爸爸好年轻啊。而现在，他开始呈现老态了。我突然鼻头也感觉出酸涩来。看得出他不好意思在我面前掉眼泪，使劲忍着，不时擦擦鼻涕，我只听着他说要走了，点点头，便看着他消失在人群中。

那是我第一次看到他哭，还有一次，是他醉酒后。因他不喜欢喝酒，我猜那次他该是去了不得不应付的饭局。我看着母亲将他扶进卧室，我站在床尾，看着他卧在床边，满脸通红，眼神迷离，只觉得好奇。他看着我看他的样子，忽然用脚尖轻轻点了我肩膀一下，半是恼怒地说，看什么看？那时我已经上高中了，对于这种行为只觉得憋屈，怔愣一下后转身将自己关进房间大哭一场，还是在我家做客的表姐哄了我一番我才停止。没多久，表姐哄我进父母的房间说是父亲要向我道歉。我不情不愿过去后只站在一旁，不愿看向父亲，哪里知道父亲扶着我竟号啕大哭起来。我当时心里委屈，只顾自己流眼泪。

直到现在，我都不知道父亲大哭的确切原因，或许是因工作的关系，或许是他觉得亏欠女儿，我不知。我也没能知道父亲与老师的谈话内容。我从来不去刻意猜测这些，就像我不去刻意缓解我们的关系一样。但是，在最近几年的时光里，我发现了父亲缓和关系的种种行为。说是发现，并不准确，因为桩桩件件，不得不让我去重新认识我的父亲。自我上了大学后，父亲似乎有了"改邪归正"的迹象。每逢寒暑假回到家，我发现他在家的时刻越来越多。他会在不忙的时候主动买菜做饭。在他为数不多的厨艺"展示"里，我记得他做的饭总是好吃的，现在他更是会变出花样，烩牛肉、烧茄子、炖鸡之类的，都不在话下。他会在晚饭后与母亲一道出门散步，有时会在我们拒绝和他们一同出门时嘲笑我们三个孩子是不会运动的懒虫。

他变了，变得苍老了。不知道哪一天开始，他将半长的头发剪短，变成中年男子一贯留的平头。他开始不再染发，随头发变白也不在意。他将日常男孩子也爱穿的运动鞋收好，开始买起了老年运动鞋足力健。他变了，变得有人情味了。他和母亲的争吵变成了吵闹。偶尔脾气不顺吵上那么一两句，也有了玩笑的意味。他开始展现他的软弱，有了头疼脑热时会跟母亲撒娇。

我欣喜于他的改变，又无法原谅他在我童年生活里的身份缺失。我难以忍受他对工作的不思进取，他的懒惰，却又无法克制地为他在工作中受到的不公待遇感到心酸。我不喜欢他的坏脾气，更不喜欢遗传或是沾染了他坏脾气的自己。父与女，不论什么原因，总是有相像的地方。我讨厌他，是在讨厌我自己；我心疼他，也是心疼我自己。当我意识到我与他无法割舍的这种不仅仅存在于血缘中的关系后，我确认，我无法讨厌他，就像我不能讨厌自己一样。

因为，他是我的父亲，是初为人父或许也在努力成为父亲的父亲。

我能感受到他对自己坏习惯的克制。他发现自己的暴脾气，于是尽量将坏脾气封存。有时克制不住发了脾气，他有好一阵子都会变得更加沉默，自己缓解之后又变着法儿地哄人开心，弥补过错。听妈妈说，小时候，姐姐不听话，父亲还象征性地打过姐姐。而我出生之后，我惊奇地发现，坏脾气的他竟从来没有打过我。或许是因为第一个孩子，他还不知道怎么去教育，于是当他学习了一点为人父的实践后便懂得如何避免这个错误。

父亲是一个不怎么上进的人，然而他却在高中那次家长会后，在回家的路上发给我一条他从来不会这么郑重对我说的话。他说，你要努力，要有拼命三郎的精神。我讶异于他对拼命三郎的认识，后来才知道原来这也是他听讲座时听来的。他或许也认识到自己的不思进取，或许也意识到自己的难以改变，于是他希望自己的女儿能够做到。可是他太过内向，对女儿的期望从来不会当面表达。

而我也渐渐意识到，关于做父亲这件事，或许他做得不够好，但是，我不能因为他的不善表达去否定他作为父亲的努力。研究生开学，早已打算独自去报到的我听到父亲需不需要他送的问话后，想都没想就拒绝了。来到学校后，和妈妈打电话，才听妈妈说父亲还向她抱怨，孩子说自己走就走了，连送也不让去。那个时候，我才意识到，父亲不单单是在询问我，其实心底里也是希望能送一送我的。可是他从来没有在我面前表现出失望与不满，仿佛我们之前的对话是再一次的例行公事。他太过沉默，以至于我总不知我的拒绝与抗拒会令他伤心。

回忆的阀门被打开，我忆起更多关于他的事情。高考那年，他请了假来陪我参加高考，只因我打电话跟母亲说我朋友的家长要来陪她考试了。大概七八岁的时候，晚上散步，爸爸想让我骑他脖子上坐轿轿，我不知是出于羞涩还是对父亲的抗拒，拒绝了父亲的提议。我猜，那时的他大概也是失望的。于是我有时候会想，或许父母与孩子之间的情感也是相互的，我在责怪他没有扮演好父亲角色的同时，是否也该反思我在扮演女儿这一角色时的问题。现今的父亲已然试图回归好父亲好丈夫的角色，是否作为女儿的我也应当为家庭的和睦去努力呢。况且，经历过家庭裂缝的人或许更加懂得团圆的意义，更加需要爱的回馈。虽然，这爱来得稍迟一点。

家庭中的张力远远是我的语言所不能穷尽的，我无意去批判父亲，也无意为父亲开脱，我试图做一个或许不甚客观的记录，试图厘清我对父亲的感情，试图在我们的关系中驾一座桥。这桥或许能通往避风的港湾，或许能够化解下一代可能会出现的家庭危机。我说服自己，如果我们允许已经被设定好程序的精密机器犯错，为什么不能原谅拥有活跃思维的人类呢，何况，他是我的父亲。

总之，他是我的父亲。

汤水的点滴

刘禧娜

我们常说过程重于结果,此言正确与否,仁者见仁,智者见智。于煲汤之人,历经数时,待大功告成,怕是早已失去了品汤之乐,却对此依然甘之如饴,不过是享受众人皆赞的乐趣;于品汤之人,无意之中,捧得靓汤一碗,觉汤之美味,并啧啧称赞,不过是享受汤水入口的鲜美。汤水入口入心,过程结果便好似都不那么重要了,煲汤如此,生活岂非如此?

爸爸喜爱做饭,每每呈上一桌美食,一家人围坐四周,举筷品尝之时,爸爸总会按兵不动并全神贯注地观察大家的表情,心底期待的是家人初尝味道后啧啧赞叹之声。倘若得偿所愿,爸爸便会开怀一笑,热情地招呼着:"好吃就好,好吃就好,多吃点,多吃点!"倘若等待许久仍无人回应,爸爸则会略皱眉头:"菜咋样?好吃不?咸了?淡了?"偶有几次,我和妈妈、弟弟故意不作回应,待爸爸百般询问,方才竖起大拇指孩子般地笑着说:"好吃,好吃!"爸爸这才安心拾筷就餐。

习惯了爸爸将厨房变成战场,也习惯了妈妈对厨艺的一窍不通,从小到大,我始终没有太大踏入厨房的冲动,便对做饭也兴致寥寥。

小学某日放学路上,闻到了新鲜出炉的糖饼的香味,便兴致盎然,意图小试牛刀,给家人也烙些我儿时酷爱吃的像姥姥做的糖饼。小时候偏爱姥姥的糖饼，喜欢那糖汁流过嘴角的甜腻。刚出锅的糖饼，金灿灿的，夹杂着面和油混合的难以名状的香味，轻轻撕下一小块儿放入嘴里，咀嚼过程中因咬到薄脆而产生几近可闻的声响，伴随着饼芯厚厚的柔软，和着流到嘴角的芝麻桂花糖汁，带来的是无比满足的滋味。回家后，我二话不说，先翻阅菜谱，仔细阅读步骤，而后电话求教，请姥姥指导。准备就绪后，和面、擀面、调糖汁……一切看起来是那么流畅，可无奈先后尝试多次，均以失败告终。我思来想去，实在是不得其解，后来还是在爸爸从头到尾的全程"见证"下，成功找到缘由：原来我竟把糯米粉当成了面粉。于是，那阵子，"糯米烙糖饼"的故事沦为笑谈，而我也就此挥手告别了厨房灶台。

后来，随着年龄的增长，偶然与闺蜜聊起养生，谈起做饭，她说起从小到大喝过的各式汤品，如数家珍，功效益处不胜枚举。聊至兴起，她对我说："你也一定要试试哦！对身体非常好，正好我家里还有些没舍得用的汤料，改天给你送去，省得你出去买了。"本以为是客套话，谁知转天一大早便收到了她的早起投喂，打开一看，黄芪、党参、猴头菇、茯苓等各式食材应有尽有。她还细心地在每个袋子上附了纸条，标注名称功效。当然，还有一本她购得的被她称作"煲汤宝典"的书。

好友盛情难却，于是我便带着宝书。购回了一些所需食材，回家洗净食材和从未碰过的砂锅，将备好的食材一股脑放入锅中，猛火翻滚片刻，转而小火慢炖。因初次尝试，故期间百般惦念，数次开锅查看，待香气弥漫而出，便放下心来，熄火静候。舀出两碗，放至温热，缓缓入口，浓香四溢，心也随之无比满足。爸爸也是擅煲爱煲会煲之人，相比之前的糯米糖饼，觉得我这次很是靠谱，便将汤一饮而尽且赞不绝口。

欢欣鼓舞之余，我也没忘向友人表达感谢，更将"作业"发至微信，以便"前辈"指点。她查看过后，赞赏有加，感叹说："有天赋呀！娜娜棒棒的哦！"正待我沾沾自喜之时，她又发来一条信息："贵在坚持！"还配上了一个嬉笑的表情。

可惜，时至今日，我始终未曾如她一般，倘若一日无汤便不甚习惯。但我却着实感受到了煲汤的乐趣，它不似炒菜那般讲究火候时机，无须苛求调料多少，更没必要严格规范食材的刀工。只需将食材投至锅中，煮至沸腾，转而文火，慢慢炖至飘香。看似无需章法，实则饱含学问。所谓方寸之间见分晓，火候分寸只看我们心里的那只表。这多像生活的缩影：按部就班，忙忙碌碌已成常态，习惯了奔走的脚步，偶尔放慢步伐竟觉不适，原来不假思索的快总比沉淀多时的慢来得容易。

无论寒暑，家常便饭，食材搭配，鲜少讲究。唯有汤不尽然，或进补或解暑，更要考虑喝汤之人的体质和需求，爱汤之人心底藏的不是篇篇汤谱，而是食材的物性。正所谓道法自然，对食材生敬畏，对生活怀感恩，本无章法，一切竟也跟着对了；对万事较锱铢，对生活多怨念，纵有章法，一切也会失去原来的模样。

炖菜与煲汤，操作步骤极为相似，都是将食材放入锅中炖之。然前者只需时间，而后者则需心思；前者汤水食材共进，而后者只留汤汁备饮；前者食之称为吃，而后者饮之则为品。心境不同，收获有别。对待自己亦如此般，时刻疼爱，偶尔犒劳，留心滋养，旁人也会随之珍爱，视为"有品"之人；从不雕琢，疲于打理，无心保养，旁人也会掠过目光，心想不过尔尔。自省、自珍、自养、自修，实则永煲灵魂之汤，做心含香气之人。

爱听汤水冒泡的响声，更爱观汤水翻滚的模样，仿佛生活的气息也随之渐渐浓郁。偶尔在想"煲"字本身的含义，始终不得正解。心中一解为"保火"，似在提醒我们永远保持火热之心，永远保持生命热度；还有一解为"人待在火上"，似在告诫我们淬火砥砺实为生命之常态。无论何为正解，家中煲汤之人，待人相处总会暖过他人。谈笑间，呈上的不是水果，亦非清茶，而是亲手煲制的浓汤，那份至暖人情想必格外动人吧！而汤水的点滴，正如生活的悲喜。就蕴含在这一煲一品，一赠一受之间。

入围奖

我在人间邂逅黄昏

杨华军

"如果有一天,你心底藏着一些事,一些你没有勇气说出来的事,记住,你可以信任我,跟我说,我不会出卖你。"

"我知道,这是《偷影子的人》里面的一句话。"

"大人读了这本书,他们说,小心偷影子的人,他会偷走你的心。大人们会十分成熟地去思考一个问题,比如偷影子的人为什么就偷了他们的心?"

"我不理解大人为什么要用'偷'这个词,明明是他们自己把心交给影子的,为什么又说是偷呢?影子就是他们自己的呀,影子是每个人在有光的地方留下的阴影。"

"因为人们会有很多心事,大人的心事更多,他们的心事比孩子的要复杂,他们不愿意像孩子一样找人诉说,他们把很多很多事情都放到了心里。这时候影子就成了他们最好的朋友。大人会把那些没有勇气说出来的事都告诉他们的影子,觉得他们的影子不会出卖他们。所以如果有人偷了他们的影子,他们那些心事就会被别人知道,他们就会觉得有人偷了他们的心。"

"我还是不太明白。"

"你还是个孩子,不用去明白,有些事情没必要提前懂,你要保持天真,这才是最珍贵的。"

"那我长大了呢？"

"长大了也不需要明白，你看我都活了数万亿年，从地球诞生开始我就一直存在，我见过那么多事情，不是依然很开心吗，我也是个孩子，一个白发苍苍的孩子。"

"可是你也会有离开的时候。"

"我明天还会来。"

"下雨时你就不来。"

"雨是人间的眼泪，人只有在流过泪之后才能看清自己的心，人才懂得雨过天晴的难能可贵，人们才会更加珍惜晴天，才更能懂得生命的美好。所以我的美好是要给那些真正懂得欣赏的人看的，就像你一样，要是我天天来的话，人们就不会觉得我可贵了，他们就会觉得理所当然，习以为常。"

"那现在你要走了吗？"

"是的，孩子，我要走了，不过我明天还会来，就在这个地方，你在这里等我，怎么样？"

"好的，你喜欢吃青草蛋糕吗，我明天带给你，我妈妈做的，可好吃了。"

"那真是太感谢了，我们明天见，拜。"

"明天见，拜。"

黄昏走了，它跑到西山头，从山间落下去，天上的云也随它落下去，这时候只有风没有走，风还在和劳作的人们打招呼。

你一定很不相信这么奇妙的事情，黄昏竟然会说话，而且还和我成了好朋友。要是你是一个大人的话，你会说这是小孩子的幻想，或者你还会说我是个傻子，得了妄想症。但是我相信一定会有人相信的，而且一定还是个孩子。

我曾经把这个秘密告诉过一个孩子，孩子相信了，孩子问我："白胡子爷爷，你能带我去见见那个黄昏吗？我想看看它长什么样，我想和它说说话，我还想摸摸它。"

"哦，孩子，"我说，"爷爷不能带你去见它，但是你可以用你的心去感悟，它就住在你心里的某一块地方。"

"我的心？"

"对，就在这，"我指着我的心口，我跟他说，"等黄昏的时候，你把黄昏放在这个地方，你就能看见。"

那时候我看见了，看见了黄昏，它的样子像个白发苍苍的老人，但是它的眼睛像一个孩子，他的眼睛里有孩子般的清澈透亮，他的眼睛干净而圣洁。

那时候我只有十岁，牙齿没掉，头发没白，脸上也没有长起白胡子，我的眼睛也没有凹下去。那时候的我像一只燕子，在黄昏中飞翔，飞到了西山顶上，邂逅了黄昏。

我每次都会在人们不注意的时候悄悄爬到西山顶上，然后坐在一块最高最大的石头上，等待黄昏。

每次黄昏赶来的时候，我都会向它招手，我高兴地冲它大喊："你好啊，黄昏，你今天可来迟了些哦。"

"很抱歉我的朋友，刚刚打了个瞌睡，你一定等很久了吧？"黄昏说。

黄昏摸摸我的头，又捏捏我的脸，看到了我鼓起来的肚子，黄昏说："你一定吃了一个大西瓜，在夏天只有吃西瓜肚子才会那么圆。"

我扑哧地哈哈大笑，然后从衣服下面掏出来一个大西瓜，我递到黄昏跟前，"你看，我没有吃哦，我可是留了一天，我准备和你分享。你一定很喜欢吃西瓜，夏天就要吃西瓜，这样才有夏天的感觉，我说得对不对？"

"对，是的呢，夏天要吃西瓜才有感觉，我很喜欢吃西瓜，谢谢你我的朋友，我已经很久没有吃西瓜了，我算算，应该有十几万年了。"

"那你今天多吃一点，要是你喜欢的话，我明天还给你带，我爸爸种了好几百个大西瓜,又大又甜,我可以请你吃一个夏天。"

"哦,那真是太好了,不过我可吃不了那么多。"

我和黄昏分着吃西瓜,我用力一砸,大西瓜分成了大小两份,我把大的一份给了黄昏。我吃得满衣服都是,黄昏用手往身上一擦,衣服立马又变干净了。

"你会法术吗?你是不是像神仙那样,可以做很多人类做不到的事情?"我问黄昏。我对它充满了好奇,它像是神明一般的存在。

"这可不是什么法力,这是大自然的力量,大自然是很神奇的,就像你看一朵花开,它只是随便撒落的一颗种子,却迸开坚硬的土壤,开出烂漫。你身上的污渍也是一种烂漫,是对衣服的烂漫,当这种烂漫碰到水时,它就跟水走了,不再为衣服停留了。"

我挠了挠脑袋,什么也没听懂,不过我相信黄昏是对的,它能看见人类看不见的事情,它活得跟地球一样久,懂得肯定比人类多。

黄昏弯下它的腰,如山脊一般模样的腰,它的背后是一片红色的海洋,黄昏说:"你想骑马吗?你骑上我的背,我会化作红色骏马,带你去任何一个地方。"

"我要去大草原,你可以去到大草原吗?我一直都生活在南方,从来没有去过大草原,我想去大草原看看。"我说着,爬上了黄昏的背。它的背好柔软,像一块海绵,还可以把我弹起来,我越用力,弹得越高。

"草原是个好地方,不过你为什么那么喜欢草原呢?这可不近哦。"黄昏问我。

"因为一个诗人。"

"诗人?"

"对,他的名字叫海子,他写过一首诗,叫《九月》,我想去看草原上的野花。"

"哦,是海子呀,我曾经和他握过手,在山海关的一块石头上,他送给我一把马头琴,不过琴已经烂了。他叫我帮个忙,他说这个叫木头,叫我把木头送到草原,那个叫马尾,叫我给他送到查弯村。那天他一个人离开了,我看见他去了另外一个世界,他应该是坐飞船去的,飞船快,他一下子就能到达。"

黄昏化作了奔驰的骏马,头顶着银色剑鞘,载着我在天空中穿行。

我曾在梦里去过草原,诗一样的草原,那时候我还不知道草原里有野花和湖,我只知道草原里有无尽的草场和成群的野马,草原上有套马的汉子,雄鹰一样的汉子。

黄昏赶路跟快,一下子超过了一只飞鸟,一下子超过了一朵云,它翻过一座山时仅仅用了一秒钟。逆过来的风把我的头发都吹翻了,我紧紧地抱住黄昏,我生怕自己一不小心就掉下去。

我不知道飞了多久,我已经忘记了时间的概念,当我发现风停止了的时候,我才知道黄昏停下了脚步。

"草原到了,这里就是草原,快看,无边无际,到处都是青青草地。"黄昏高兴地对我说,"我的朋友,高不高兴,草原美极了,对吧。"

我向下俯瞰,透过云层看下去,真的太漂亮了,我竟然找不到什么词来形容。你可以想象一下一大片平坦的土地上长满了嫩绿的草,草地上成百上千只牛羊在吃草,一个大汉子就跨马套雄鹰……

咦,草原最里面还有一个湖,湖边还长了一棵树,好神奇!

"那是什么,那些飞的东西,是老鹰吗,还是麻雀?"我问黄昏。

"那是候鸟。"

"那那个呢,那个白色的东西,只有一个点点的东西?"

"那是个人,拉琴的人。"

黄昏带我下去，把我放到草原上，黄昏说，千万不要让人们看见，我们是偷偷来的，不然就违背了规则。我问黄昏什么规则，黄昏说是大自然的规则，人类的规则，地球的规则。我不太懂，为什么这个世界要有规则呢？没有规则的世界是什么样子的呢？

"什么声音？"我听到了悠扬的琴声，好悠扬好悠扬。

"马头琴的声音。"黄昏说。

"是什么人在拉琴？"

"远在远方的人。"

"有多远，我的脚步能到达吗？"我有点儿好奇，我想去看看，这就是木头和马尾的结合体吗？是什么样子的呢？

"远在远方的远，你不能到达。"黄昏说。它叫我躺下来，感受一下草原的气息。

人这一辈子要是不去一次草原，那可就太遗憾了。谢谢你，黄昏，带我来到了草原。我其实还想去骑马，骑一匹野马，我要骑马过草原。可是黄昏说我们该回去了，天就快要黑了，再不走就回不到家了。黄昏总是会在太阳落山的时候走掉，它也不能在人间待太久，它还要去别的星球，比如XK99行星，那里也有它的朋友在等它。

"我能带一点东西回去吗？"我问黄昏，"比如一根树枝，一朵野花。"

"不能，很抱歉，我亲爱的朋友，它们是属于草原的，你不能把它们带走。就像你爱我一样，你很爱我，可是你不能留住我的脚步，我有我要去的地方，你也有你要待的地方，你也不能跟我走，我不能带上你。就像你爱的诗人海子，人间不能留住他，我也不能，他也有他要去的地方。我们的一生是要走的，干干净净地来，要干干净净地走，什么也不能带走。"

"我明白了，我们回家吧，你可以在天黑之前带我回家的，对吧？"

"没问题,我们走吧,这次要骑马呢,还是坐船?"

"我想脚踏飞剑,御剑飞行。"

"哦,你这想法真特别,不过我很愿意做你的飞剑。"

"那我们走吧。"

"走咯。"

…………

时间已经过去很久很久,我现在已经老到走不动路了,依然每天都在看黄昏,可是我再没遇见过黄昏。我只跟一个孩子讲过这个秘密,我相信孩子是相信我的,因为那时候我也是个孩子,黄昏到现在也还是个孩子。

我将这个秘密装进了瓶子里,把我一生走过的长长的路都装进瓶子里,我放瓶子于大海上,我相信有一天黄昏会看到的。

现在我也该去我要去的地方了,远在远方的远,哦,看起来很远,不过我应该也会坐上飞船。世界上所有的好人在离开人间的时候都会有一艘飞船来接他们,他们要去的地方,一定有许许多多的云翳,可以造一个美丽的黄昏哦!

粥

周名人

> 没有比粥更温柔的了。念予毕生流离红尘，就找不到一个似粥温柔的人。
>
> ——木心《少年朝食》

我喜欢喝粥。

从记事起，粥便成了我最喜爱的食物之一，也是家中晚餐时桌上常出现的角色。傍晚时分，夕阳西斜，母亲会从瓦罐中拿出被酱油浸泡好的萝卜干与大蒜瓣，摆放成碟。父亲则会倒上一盅白酒，炸上一小堆花生米，装盘，撒上盐粒，风一吹凉，就做成了焦酥的下酒小菜。而年纪尚小的我，便坐在桌前等待，等待着母亲从铁锅中盛出那一勺晶莹剔透的白米粥，盛到碗中，米香随热气一同飘散在屋内。三碗米粥，几碟小菜，是那时最为平常不过的家中晚餐。父亲的小酌怡情，母亲的忙碌嬉笑，和那白粥的腾腾热气一道，成为家中不可或缺的场景，也成了我多年来不可忘却的童年记忆。

幼年食粥，多是为了饥饿饱腹，而对味道的鲜美则几无追求。待到岁数稍长一些，虽然仍然喜爱喝粥，但任性的要求也多了些许。白米粥虽香，但若无萝卜干小菜便会显得寡淡，如若长久食用更是如此。父母自小吃惯了白米，自然习以为常，而我却逐渐有了不同意见，总想着吃点不一样的味道。母亲自然拗不过我，便想法子满足我，于是，家中的厨房便多了许多颜色。晚餐前，母亲不再只是备上大米清水萝卜干，而是变戏法似的又拿出红枣、桂圆、莲子、花生米等若干材料，将各样材料处理好后，焖火煮粥，待到所有食材都完全相融熟透之后，便开锅盛粥了。母亲再撒上一些白糖与粥搅拌，这样的香甜八宝粥更得我这样喜爱甜食的孩童的喜欢，于是，这八宝粥便取代了米粥的主角地位，本来素淡的晚餐，颜色鲜艳了许多。

从此，母亲又换着花样，接连做出了小麦粥、皮蛋瘦肉粥、薏米红豆粥等各种粥。

空腹一盏粥，饥食有余味。温帐暖炉前，日高安稳眠。

粥米虽能饱腹，但也唯有在家中方能有食粥的快乐，世上百类粥米百味粥，唯是母亲的粥才是人间至味。家与粥，自然是不能分开的。这粥，如若非母亲所做，非在家中所食，那味道便索然无趣，食粥的快乐也是没有了。究其缘由，一来是家中温馨和谐的气氛，二来便是母亲的手艺了。

母亲做粥，是承自姥爷的手艺，讲究的是老方法，砂锅火熬，而不用电锅。冷水泡白米，开水下锅熬，大火煮水开，文火细细熬，搅拌出米稠，点油提色鲜。这样熬出来的粥，则是口感品相俱佳，出锅时，粥面上的一层白晶晶的米油，就是一锅好粥的象征。在那个父辈们的物品粮食单一匮乏的年代，这一层白米油是最珍贵不过的东西，唯有家中老人方能享用，而如今，我却成了这层珍贵米油的享用者，也算是沾了时代发展的光。

母亲的厨艺多是从姥爷手中传承来的，尤其是这煮粥的手艺。老辈人坚信，人食五谷杂粮，自有生老病死之事。五谷粮食皆是自然的馈赠，粥虽平淡，却也是最符合五谷自然之原味，是老人眼中的"上等菜"。粥味寡淡，但其中的道理，绝非简易。有言是"莫言淡薄少滋味，淡薄之中滋味长。"姥爷除了这做粥的手艺，连带着这做粥的道理也是一并交给了母亲，而只有懂得了这些道理，才能真正做好粥，乃至自己的生活。正因如此，凡是从母亲手中做出的粥，无论品种样式，都有着别样的美味，这是其他地方所不能寻到的。

待到成年之后，我便与许多的同龄人一样，离家前往远方求学。而远在异乡的我，自然就无法尝到母亲所做的粥了，晚餐便也少了许多花样。只是这离家时日一长，心中这喝粥的念想便无法止住，只能用这学校食堂的米粥来聊以慰藉。食堂的粥饭，都是赶着饭点对学生供应，讲究的是量大实惠，味道上显得有些寡淡了。所以每每喝粥时，我都会添上两勺白糖，在大碗的粥中搅拌均匀，方才动筷。毕竟长于江南城市的我自小喜好甜食，这粥虽是放了两勺白糖，但在我看来也不过是丝丝甜味罢了。于是，我的校园晚餐，是这一大碗甜粥，再配上包子小菜，虽无家中餐食鲜美丰盛，但也颇有一番滋味。

当然，这番滋味可不只是食堂粥饭的味道，还有每到饭点时，打饭的同学们拥挤着、交谈着、欢笑着、走动着的身影，那些欢声笑语，萦绕在我的耳边，久久不能散去，而后随风混入了粥的香味中，浸入口鼻，颇为美妙。

这是属于我的年少时光中，校园独有的味道。

之后还有很多的时间，我也许还将去往不同的地方，去见各地的风景山水，去品尝各地的味道。但我相信，无论去过多少地方，见过多少风景，最令我难忘的，还是那家中煮粥的烟火气息与父母的脸庞，以及校园中的青春味道。我还会继续喜欢喝粥，喜欢去品尝这种平淡与朴实的美味，去记住与之有关的美好岁月。

时光慢慢，阳光暖暖。家中屋内灶火生烟，温粥以待归来；学园人潮川流不息，读书以求明志。珍惜当下的青春华年，铭记父母的谆谆教导。一碗粥香，一碗美味，但在这香浓之中，蕴藏的是亲人的关爱，也是美好生活的难忘印记。

粥香米白杏花天，屋暖灶火忆童年。树绿苗青年华早，塞上日暮徐徐归。

入围奖

长　大

李进宇

　　窗外阵雨初停，天空放晴，阳光暖暖。打开窗户，少年玩耍的嬉笑声立刻传了进来，呼吸着雨后新鲜的空气，静静地在窗前看着孩子们玩耍。

　　花坛边，一个小男孩的声音传了出来，言语里夹杂着孩童的稚气："等我长大了，我就娶你，做我的新娘。"

　　这语言让我一惊，我好奇地赶紧离窗户更近一些，整个脸贴在玻璃上，想看看是怎样的孩子，说出这般有趣的话。

　　楼下花坛旁站着一男一女两个小学生般的孩子，男孩手里捧着一支从花坛新摘下的花朵，一边笑嘻嘻地递给对面的小女孩。小女孩害羞得红了脸，低下头，微微点了点，一边接过了男孩手里递过的花。雨水洗过的花，还沾着些水珠，在阳光下，闪闪发光。光芒映照着小女孩红彤彤的脸，也偷偷地，藏进了小男孩挂满笑容的眼睛里。

　　雨后的气息，多了一丝花朵的清香，这气味，不浓郁，淡淡的，却最是沁人心脾。

　　和往常一样，拿出手机点开歌单，顺手把手机扔到沙发上，回头看着两个小屁孩手牵着手跑远的身影，会心一笑，这场景，似曾相识。

　　上小学低年级的时候，我性格内向，不爱说话，在班里没有什么朋友，显得极为孤僻。有那么一个短发小姑娘，每当我独自一人，看着他人欢乐的时候，她总会酷酷地甩着她的短发，走过来陪我一起玩耍。其实，她和我一样孤独，不同于女生扎着马尾辫的标准模样，不会踢毽子、跳皮筋，她就这样，成了女生中的"另类。"

在每个洒满阳光的午后，我们一起翻花绳，玩着叫作"东南西北"的折纸游戏，或者，一起放飞叫作"梦想号"的纸飞机。她总会对我说："我喜欢和你一起玩。"我也会害羞地挠挠头，附上一句："我也是，我们要一直做好朋友。"阳光下，两个小朋友拉着勾，满脸真诚地说着："拉钩，上吊，一百年不许变。"

每当我们两个人坐在一起无拘无束地玩耍时，依偎在一起的，还有两颗孤独的心。

渐渐地，我们越走越近。

一个偶然的机会，我才发现，我们竟住在同一栋楼里。这样，我们理所当然地就一起结伴回家。时常，我们会互相追逐，被追的害怕而又快乐地一口气跑回家里，急关上门，气喘吁吁地隔着带纱网的铁门，做出一个鬼脸，追的人只能又气又无奈地离开。明明知道，追的人并未走开，就躲在了视线看不到的地方，可还是会略带担忧，害怕对方就这样离开，当缓缓打开门，探出脑袋时，当然，就会被另一个急匆匆上楼梯捉住。在哈哈打闹一番后，各自回家扔下书包，又跑向我们的"老地方"继续玩起来，跳格子、翻墙头、捉迷藏，纵使只有两个人，也会玩得不亦乐乎。每当太阳下山，天彻底黑下去的时候，两个糊得"土泥鳅"一般的小朋友，在父母的吆喝声中，恋恋不舍地离开彼此。

后来，父母对我严格要求，每天回家没写完作业不准出门去玩，我和她在学校以外碰面的机会越来越少，但这并不影响我们继续联系。时常，家里的电话在晚饭后都会响起，自不必说，那是她打来假意向我问作业的。打开笔盒写作业的时候，里面时常会多出一颗一毛钱好几个由彩色糖衣包裹的糖果，想必她也会发现，她的笔盒里有我工工整整抄好的作业，在纸张的最后，歪歪扭扭地写下拼音"lā ta大王，今天的作业该记住了吧。"

可是，悄无声息中，我们竟渐行渐远。

班里自然有眼尖的，发现我们两个走得很近，也玩得很好。一群爱玩闹的男生常会趁着我们两个人在一起玩的时候，走过来把我们围成一个圈，然后嬉皮笑脸地起哄说："两个人又在搞对象了，两个人又在搞对象了，两个人又在搞对象了。"同样的一句话，会重复好几十遍。我本来就内向，话也少，遇上这样的场合，自然更加的拘谨和不知所措，一直低着个头，吞吞吐吐地轻声喊着："不，没，没有。"她呢，对于这种情况非常不想理会，拉着我的手，从他们的包围圈中往外冲。可那群多事的男生哪里肯让我们轻易地离开，在上课铃声响起后，这场嬉闹，才会在大家蜂拥跑回教室中结束。

我们互相都没有对对方说过什么，可是，我们就这样渐渐疏远，开始刻意躲避着对方。

放学的路上，我们故意却又不约而同地隔开一段距离行走，偶尔侧过头匕斜着眼睛看对方的时候，恰好四目相对，然后赶紧低下头。这场景，活脱脱像极了刚刚处对象小情侣般的害羞，只是我们的关系既像，又不像。到了家门口，我们只是挥挥手，向对方说着一句简单的"再见"。然后，再回过头望望对方，径直走进了单元楼道门。

笔盒里再没了她偷偷藏的糖，她的笔盒，也少了我放的作业纸。傍晚的电话，偶尔会响起，只不过打电话的换了一个人："小宇，我是小静的妈妈，小静今天的作业又忘记记了，你给说一下吧。"

学校里，我们似乎在刻意地回避着对方。她开始学着用笨拙的动作和女生一起跳皮筋，踢毽子，我在午后休息的时光，常会待在阴凉处，捧着课外书读起来。

男生们不再起哄，我们却就这样走远。

渐渐升入高年级，对于情感似乎有了朦胧的认识。在那个开始有青春悸动的年纪，班里的男女生似乎都开始对异性有了一定的回避。我们就简单地认为，男孩女孩不能走得太近，不能说太多的话，我们似乎就这样"名正言顺"地回避着对方。

我是班里的尖子生，她是每次见面阿姨口中那个极度努力，成绩还提不高的落后生。成绩让我们之间又多了一层隔阂。

后来，我们就仿佛什么事情都没有发生过一样平淡地毕业了。

我搬家了，我到了南边的中学上学，她去了另一所中学。在一次学科竞赛前，我们在小学母校门口相遇。在嘈杂的人群吵闹声中，她喊着我的名字，我回过头来仔细看这个女生，一眼竟没有认出。她变化太大了！旧时的短发换成了高高扎起的马尾，身材修长，成了淑女模样。见我迟疑许久打量她的目光，她解释道："我是小静。"我害羞地笑了笑，"变化太大，一时竟然没有认出来。"我们相互寒暄，问了一下各自的近况，在奔赴考场的人流中，相互走散。

从那以后，我再没见到她。偶尔一次碰见阿姨，问起她的近况，阿姨说道："小静没考上高中，去上了中专，现在去医院开始实习了。"

现在，每次翻出小学毕业照时，都会看到我在照片后写下的那句"非主流"似的话语：长大后，我们定会不期而遇。

每每看到，都会笑笑当时幼稚的自己，现在逐渐长大了，似乎我和小静也并没有不期而遇，而是在彼此的人生轨迹上越行越远。

小时候，我们定义快乐很简单，不曾了解生活的烦恼，不知道诺言的背后就意味着责任与承担，轻易就会许下许多动听的誓言，而当我们逐渐长大，开始忙碌学业，奔向生活的时候，却发现长大远远不是口头上的承诺那么简单。

不平凡的庚子年已经过半，奶奶和爷爷两位老人先后去世。小时候，总会认真地对他们说："等我长大以后，就接你们去住我的大房子，坐我的小汽车，拉着你们兜风。"这些诚恳的语言，总会让奶奶爷爷笑得合不拢嘴，他们总会摸着我的头说道："还是我们的小孙子最孝顺。"

可是，这些话似乎都是骗人的，我尚未拥有自己的大房子，小汽车，爷爷奶奶也没能等到我实现诺言的那一天。以前，我以为人不会老，岁月会等待我们慢慢长大，去实现我们许下的诺言，可当自己经历过生老病死的自然规律时，才知道，长大是个有得有失的过程。别等长大，好好珍惜当下。

儿时我和小静的友谊，那是两个抱团取暖、相互依靠的孤独个体；那是两个被同学哄笑，掩藏快乐的弱小个体；那是两个懵懂少年的青涩童年。

长大终究让我们渐行渐远，现在回味曾经一起玩耍的时光，那段懵懂岁月的欢乐，一直不曾远去。

长大，是一个有得有失的过程。在摆脱稚气，身心日益成熟的同时，我们在生活的经历中踏着脚印摸索着未知的奥秘，开始学会面对生活的欢乐与悲伤。在前进的每一段岁月，当我们低头回首走过的深深浅浅的每一串脚印，都会自信而又骄傲地告诉自己，那每一个脚印代表的岁月，我都倍加珍惜过，每一步都是我踏实的足迹。

手机里传出《儿时》的歌词：我们就一天天长大，也开始憧憬和变化，曾以为自己多伟大，写了信不敢递给她……

现在，我和小静相遇，谁都不会再重提儿时的故事，只会相互寒暄几句，我们都知道，自己只是彼此心底的同学和熟人。长大赋予我们彼此的意义，或许就是成长的岁月，会逐渐淡忘年少彼此朦胧的好感，不同的人生轨迹让我们逐渐由亲密走向陌生，我们越来越会用合适的言语表达内心的情感，却藏起了最初的真诚和单纯。

楼下孩子的话，我多半会当作是童言无忌的小小谎言，却字字珍贵。长大后，若再遇到心动的姑娘，纵然开口，也不会说得如此简单真诚。

小说

二等奖

墨兰围裙

杨书琴

花　败

大概是天阴的缘故，以格桑山为首的那排大大小小的山今天看得一点儿也不真切，边缘朦胧得好似要化在雨里，融在这灰暗的天地间。

雨这才慢慢小了下来，淅淅沥沥的或是水珠或是银线般地打在屋檐上，顺着砖缝间偷偷生长出来的不平整的茅草滴落，打得路上倒霉的细叶子小草直不起腰，顺着这弯腰小草向前望去看见的便是母亲同样也直不起的腰。"发啥呆呢，快来和我一起拾掇！"母亲努力直了直腰板，可这实在有些费力，就一手拄着铁锹支撑着身子，一手胡乱地擦了把汗又在围裙上抹了抹。我看着那墨兰的围裙，不晓得那灰暗的蓝是围裙本身就有的颜色，还是因为长年累月里接触了母亲的汗，锅台的灰，铁锹上的泥土而形成的——哦，是了，母亲就是因为这个原因当初才咬了咬牙买了这个围裙的。"这颜色耐脏，肯穿！"母亲当时是这样讲的，然后一边解开了腰间那块不知道挂了多久的烂布，一边小心翼翼地围上了那新买的围裙。

"再发呆，明儿个就和你爹去地里掰玉米！"母亲捶着腰喝道。阿银连忙低头端着铁锹胡乱翻了翻茅草，这活可比跟着爹掰玉米轻松。

"明天就叫银子和爹去掰玉米,好叫金子歇歇。"长生将书包随意地勾着,撂下这么一句话后又跺了跺脚上的泥就进了屋。长生是老二阿银的三弟,自然也是大姐阿金的三弟。

"什么金子银子的,俗气!"这是对门的阿俊哥告诉阿银的——那是个读过书的却总被爹看不上的文弱人。阿银又将这话朝长生喊道,眼睛忍不住在长生那松垮的书包上打转,一边又在心里不住地想着:搁我的话才不会那样背着书包,雨还下着哩,得把书包护在怀里!嗷,罢了罢了,本来家里就只有长生因为上学才有书包来着的。

"咋的,不就是金子银子,你娘给你俩起这名不就为的是金子银子。"父亲一脚跨进院门,撂下家伙什,也朝屋里走去。

是的,阿银和阿金的名字都是母亲取的,可母亲讲过,起这名字是因为阿银和阿金就像金银一样宝贝,才不是为了什么金子银子。以前听三婶说过,母亲生完阿银和大姐后,父亲只看了一眼就又拾起铁锹匆匆赶去地里干农活了。"你爹忙"母亲这样接过三婶的话,三婶就撇撇嘴也不再说什么。阿银本来还想问问为什么长生的名字却是爹起的,可当时三婶从炕上跳下来拍了拍屁股就回家去了,阿银便也没有追。

"阿金回来了,怎么落你爹落得这样远?"母亲朝着这才回来的大姐问道。可大姐只是抬了抬头,并没有答话。像是刚才这突然落下又突然缓下来的雨,母亲脸上的笑刹那间消失不见,站在原地支着铁锹揣摩着什么。阿银不懂,可总觉得现在不该开口,就该像这屋檐上滴落的雨滴,活动着,也无声着。

阿银把第五个凳子搬到了饭桌跟前,叫母亲坐下后自个儿也坐了下来,爹他不爱坐,就喜欢蹲着,要不就是像现在这样端着饭碗坐在门槛上。他一边从母亲手里接过一个菜团子,一边送了口咸菜进嘴里。

"银子还小,送金子去,梁子他娘看上的本来也就是金子。"

"金子还小,我还想留她几年……"母亲不知怎么的就哑了声音,眼眶也红红的。

"她是家里老大,哪小了,她不嫁银子咋嫁,银子也不嫁哪来的钱,没钱长生咋个上学?"奶奶端了碗水送进嘴里,她的牙掉了好几颗,不就着水没法啃那实在称不上软的菜团子。

哦,是大姐要嫁人啦!把最后一口菜团子送进肚子里,阿银悄悄抬头看了眼大姐,脸红红的,准是羞的——女人嫁人都是要羞的,这是三婶说的。

"娘,我不想嫁人,我不想嫁给梁子,我不想……"大姐忽然放下手里的筷子,"扑通"一声跪在地上,双手紧紧揪着母亲的围裙,一条条褶皱在大姐手下生出,在那母亲洗得原本平整的围裙上突兀得就好像是大姐现在光滑的脸上留下的几行泪一样。或许大姐脸红并不是因为羞了吧,阿银想。

母亲慌忙地擦着大姐脸上的泪,可自己的泪却怎么也兜不住,只得将大姐紧紧搂在怀里,双手顺着大姐的脊背不住地安抚。

"就不能……"

"不能,他梁子哪不好,除了瘸了条腿,年纪大了点外哪里不好?他家里有钱,金子嫁过去是享福的,你自个儿是个穷苦命可不能挡着孩子去享福!"奶奶又开了口,眯着眼睛在咸菜盆里翻了好久才夹到一块腊肉丁送到长生碗里,可长生没接。

大姐还是跪在地上,与母亲相拥,泣不成声,她们的眼泪比先前的雨来得还要凶上许多。阿银心里也憋了一股气,却是吐不出来咽不下去,只得哽在胸前。这气是为什么来的啊?或许是因为舍不得大姐嫁人,或许是因为得知大姐要嫁的是那个瘸了腿的梁子,或许是因为大姐终究被换做了金子,又或许只是因为不想看到母亲和大姐的眼泪吧。

新　苞

　　大姐终于还是出嫁了，日子定在八月二十二。听三婶讲，这是个宜嫁娶的好日子，可天公不作美，好似也在反驳三婶说的这话，又是一个阴雨天。这天大姐穿着大红的婚服静静地坐在炕上，那婚服可真好看，像是阿银曾经发现的那块被大姐偷偷藏起来的手绢，红得发亮。阿金的双手紧紧握了握，可没过多久又松开来了，就这样任三婶与母亲替她梳妆打扮却始终未发一言，无神的双目盯着窗外，像是在专心听着窗外雨滴捶打屋檐的声音。奶奶拄着那把脏旧的木拐杖忙前忙后，张罗打点着左左右右，脸上溢出的笑容把那四纵五横的皱纹填满，叫大姐的婚服都显得不再耀眼。可父亲却始终未曾露面。

　　"在屋后蹲着抽烟草呢！""到底是舍不得孩子。"三婶将妆奁里最后那一朵大红的花插入大姐盘好的发，随即将那一方红布盖在了大姐头上，掩住了她那并不愿生动的面庞。

　　"等一等……"声音急促，好似能看得到来人的慌张，原是刚放了学的长生。他径直冲到大姐面前，有雨滴顺着他不长的发滑过脸颊，又滴在那双沾满了泥土的鞋上。今儿的长生没有再随意地用单肩勾着包，而是将书包护在怀里以防被雨水打湿，像阿银从前想过的那般。

　　长生站在大姐面前，只是大口大口地喘气，像是想说些什么却又一言不发，他的双手微抬，或许是想替大姐揭开盖头？那可使不得的，看三婶那小心翼翼似是防范着长生的表情就知道了。红红的盖头隔在大姐与长生之间，大姐看不清长生，长生也看不得大姐。"好好过日子，金……大姐！"他终于是没有揭开那盖头，他知道的，这不合规矩，会叫西边那条街上正等着大姐过门的一家人不高兴的。阿银看见大姐的红盖头猛地晃了一晃，啊不，那肯定是大姐的心猛地晃了一晃，就像阿银的心一般，亦像长生的心一般！

端正盖头，拜别父母，新娘过门。希望屋外的雨停一停，别打湿了大姐的红喜服。红色的轿与影愈来愈远，从今以后，阿银与大姐便再不能似从前那般了。

雨后的秋愈发的冷，风里夹着凉意使劲往人的衣领、袖口间钻。可太阳爱极了露面，这阳光倒是愈发灿烂了。格桑山总是笼着一层雾，却不似前几日里雨时的那般朦胧，在被阳光穿透的雾中竟越发显得边角凌厉。阿银裹了裹身上的大褂，动身去看大姐——那是大姐出嫁时留在家里面的，从前只有过节才舍得拿出来穿的衣裳，可现在大姐不再需要了。阿银看着她站在炉灶旁扫锅台，衣裳和裤子都是新的，不见一点儿补丁，只是却不见大姐像从前买上新衣裳的那般欢喜了，阿银便莫名觉得这身衣裳并不好看。大姐腰间也系上了一条墨兰围裙，"娘说过的，这个色耐脏"，大姐说罢捞起围裙擦了把手，那上面还沾着在锅台上不小心蹭上的灰。

"我去给婆婆送碗粥，阿银你不用跟来了。"大姐从那方才还烧的"咕噜咕噜"响着的粥里盛出了一碗，双手端着便抬脚走了，也不晓得这刚盛出的粥烫不烫？罢了——阿银想起来了大姐手上的茧是很厚的。

阿银终于还是没忍住偷偷跟在大姐身后，"婆媳关系难搞哟"——是了，这话又是三婶说的，只是阿银觉得三婶这次没唬人，因为娘和奶奶的关系原也是称不得好的。她忍不住探头想知道大姐的婆婆又是个怎么样的老太太，于是便看到这样的大姐——她微微弯腰，捧着粥站在那老太太的面前，"婆婆，喝碗粥吧。"她没有笑，恭敬得不再像那个抄起笤帚满院子追打阿银的阿金了。

"嗯。"

"婆婆，我伺候您喝吧。"大姐站直了些身子，低头只看着手中捧着的碗。

"好。"大姐走上前，舀了一勺粥又缓缓吹了吹，向那老太太嘴边送去，等老太太张嘴。

"阿金,你坐吧。"

"哎。"大姐抬了抬头,终于像是确定了什么一般的转身向一旁的椅子走去,似不经意地将那不小心沾上粥水的手朝腰间墨蓝色的围裙上抹了抹。

花　开

不平整的土路上愈积愈满的水洼,昏沉的天边越堆越浓的阴云都在提醒着阿银雨势汹汹。阿银没有告别大姐,也不晓得大姐何时能从婆婆身旁退出来听自己的告别,于是便先自行返回了。

雨溅着土,土就成了泥,泥溅着阿银的鞋,她便也不晓得自己的脚上到底穿的是什么了。直到她套着这湿透了鞋袜的脚踏上了路边的那朵花——一朵野菊便这样凋谢。心好像不知道被谁将家门口的磨拴在了上面,越来越沉,越坠越低,阿银一时不确定自己手脚的冰凉僵硬到底是因为这雨,这朵菊花,又或是其他。

阿银不知为何又想起了大姐,大姐的红手绢,大姐的红喜服;大姐的旧裙子,大姐的新衣裳;大姐的破扫帚,还有大姐的墨兰围裙。阿银的思绪像是长出了翅膀,纷飞着拉不回来,雨在她的脸上身上"啪嗒"打着响个不停,可知觉却好像也融在雨里消失不见了。

胡乱抹了把脸上的雨,阿银的视线上移,却又被一点黄吸引了目光。她看到了一瓣花,随后看到了一朵花,一片花!大片白色的、紫色的、黄色的野菊花。它们与先前的那朵菊一样,单薄。弱小的身躯在雨里晃动个不停,一不小心便又会被打掉一瓣芬芳。它们与先前那朵菊又不一样,生机!大片的花盎然生机,好像是尽了全力去扶直腰肢。雨下得可真大啊,可再大的雨也阻止不了这其中任何一朵花继续散发芬芳！阿银抚了抚脚边的一朵菊，本想为它遮遮雨又觉得或许并不必要，心中的结像是被一双手拉开来了，便不再耽误脚步向前奔去。

总会停的嘛，这雨。

脚步越放越快，本是为了躲雨的，却没想到这雨竟在阿银抬脚进门槛的那一刻也停了下来。娘的咳嗽声随着阿银向里屋越靠越近而显得愈发清晰——娘病了，从大姐出嫁那天开始的，不晓得是因为那天的雨还是大姐渐远的背影。

"娘，我回来了。""嗯，大姐过得挺好的，那身新衣裳可真好看。""哎，好，我去烧火。"阿银一边说着一边把那条已旧的墨兰围裙围在了腰间，自母亲病后，这围裙包裹着那些生火做饭的许多活自然都是一并落在阿银的身上了。她一手抚着围裙，一手往灶里塞些干草加火。这围裙娘已用过好久了，是和大姐身上一模一样的那条，可它们分明又是不一样的，阿银心里明白——它系在母亲的身上，大姐的身上，和在自己的身上时确乎是不一样的。忽然碰到了一圈硬邦邦割手的小块，嗷，原来是围裙不知什么时候叫火燎了个小洞。阿银腿蹲得麻了，却怎么找也不到那小木板凳，便干脆一屁股坐在了地上，拇指又一遍遍抚过那小洞。在洗得泛白的墨兰围裙上这小洞更显得突兀，不好看，一点也不好看，娘却怎么也不晓得补一补。阿银的眼前忽然浮现了那片野菊花，那路边沾了泥的野菊花，那路边沾了泥却怎么也不愿低头的野菊花。没有再多想，阿银一股脑儿攥进了屋里，开始翻针找线。

"用啥颜色好嘞。"

"娘教过的，这花要咋绣来着……"

穿针引线，针进针出，阿银看着那火燎的洞上慢慢开出了朵花。

"二姐，你干啥嘞，锅都叫烧干了也不晓得！"

"哟，坏了！"阿银把围裙往脖子上一套又赶忙跑向厨房。

"坏了坏了，长生快给我添瓢水。"

"哎哟,你叫我把书包放下咯再给你递水!"

"唉,二姐,花开了啊。"长生盯着围裙上那朵淡黄的野菊,舀了瓢水咧开嘴笑着递给了阿银。

"是哩,开啦",阿银抚了抚墨兰围裙上的那朵野菊花。哟,这针咋还忘了摘嘛……

是了,总会开的嘛,这花!

泉与煤油灯

易燃燃

四川盆地边缘的山区里,有一眼名为"冒水泉"的泉。泉旁边有个牛毛毡棚,棚里有一盏煤油灯。

雨水把田埂反复地滋润、浸泡、冲刷,田埂上的泥时常都是油光水滑的。棚里的老汉穿着蓑衣把"冒水泉"的水挑回去,来来回回无数趟,雨鞋的鞋底图案被用力地刻在粘黏滑润的泥泞道路上。偶尔天晴了,脚印收缩紧实了,看上去坚不可摧,但是下一场雨来,它就又开始与周围的泥巴交融组合,等待新的脚底印章。

雨珠儿打着树叶、山路,还有行人的伞,像个在空中发癫的孩子,越玩儿越开心,越下越起劲。

女孩打着伞,回来的大多时候,天都黑了。从昏暗的雨中回来,回到更昏暗的棚里。那盏煤油灯,是一个不知道是哪家的小孩用过的墨水瓶。插着一根同样来路不明的铁管,铁管里塞一小卷卫生纸作为灯芯,就成了煤油灯。煤油灯里装的不是煤油,是价格低很多的柴油。柴油往瓶子里面倒的时候,总是会不小心洒一点,所以煤油灯一天到晚都湿漉漉的,像个泪眼婆娑的老人家。它确实是一副老态龙钟的样子,瓶子本身就是发青发黑的,瓶口的地方总是沾满了小飞虫、柴油燃烧会产生的黑块,还有各种碎屑,仿佛满身的老年斑和皱纹。

傍晚，鸡回笼的时候，煤油灯的脑袋就会被打火机烫一下，冒一个发光的泡。因为这个棚，有个信条：鸡歇了看书，眼睛会瞎。那盏煤油灯在一个箱子上奋力地举起一个指头大小的火苗，照着全身是泥的女孩儿写作业。有时候狂风被使劲地装进来，女孩把手掌弯成一个避风港，也不太护得住那么稚嫩的小火苗。煤油灯咬着牙亮着。"哐"的一下，灭了，但是打火机一靠近，火苗一刹那就又被举了起来。它愤怒地燃烧着，火苗很小，但是火苗的中心却是明黄的，仿佛跳动的心脏，沸腾滚烫。煤油灯头顶冒起一条浓浓的烟，在风里倔强地往上冲。棚顶的胶布被熏得一团黑，女孩儿把它移来移去也没能避免。

山民努力搜集没被树林遮蔽的土地，一个个角度稍微缓和的土坡上都种满了庄稼。到夏天的时候，玉米长得比大人还高，站在路边的玉米叶子们交颈缠绵。从那只有腰带宽的小路经过的时候，玉米叶像一把把纵横的薄刀，把路过的脸和胳膊都翻来覆去地割好几遍。一场暴雨过后，天凉了，竹子、树木狼狈地朝各个方向撅着。吹灭煤油灯，老汉拿着砍刀在前面砍，把挡着路的竹子、树木砍断放在路边。他的幺女背着大书包跟在他身后。山路又险又长，老汉望着女孩去学校的身影，发慌地去看自家的玉米地。

风雨雷电刷刷地作响，女孩喝着冒水泉的水一天天长大了。她心里也长了一眼泉似的，整天"咕噜咕噜"的，村里人都说她聪明。一个繁星满天的晚上，一条红色的鱼摆动着身体从泉水上游过，游过了山头。女孩问老汉："什么鱼在天上游？"

老汉说："那是飞机开着灯在天上飞。"

那条扭动着身体的鱼一直在女孩心里摆尾游行，像煤油灯的火苗在她清澈的眼睛里轻轻地摇头晃脑。轻盈透明的火苗摇着摇着，女孩看到那眼泉时，又惊慌又憧憬。

四川盆地里除了阴雨还有数不尽的烈日。太阳总是喷着火这里烧一下，那里烫一下。棚里来的人不知道是什么干部，满头大汗地说，他们是来宣传扶贫政策的。

女孩从学校回来就听老汉说："今天来了几个人，喊你好好读书咧……"

"真的假的啊？"

"管它的哦，反正你就给我好好学就行，读得越多越好！"

女孩又一天从学校回到家，发现山谷里的水不知不觉地顺着水管爬到了棚里，点亮了充满现代感的电灯。

"爸爸！我的冒水泉和煤油灯哪？"

"啊？你说啥子？你先写作业，我等会儿帮你找。"

三等奖

字　述

海　洋

　　从宇宙洪荒走来，开辟鸿蒙的号角由远及近，由小到大，由单调而复杂，汉字以它独有的魅力诉说着诗人的惆怅，国家的兴衰，时代的变革，民族的成长。想起郦波先生的一篇小诗"我每伏案，便生虔敬之感。执笔犹如祭幛，立身一如祭坛。其实，书写，世间极简易之事，只是，他处司空见惯，此处却不尽然"。眼见那构成文脉的一本本书籍，写成书籍的一篇篇文章，以及用来供作者酣畅淋漓，将自己的情感挥毫倾吐的方块字的时候，我深深地为那每一个基本单位，每一个形态各异、却又那么惟妙惟肖的方块字纳头稽首。

　　中国文字，博大精深，古有《说文解字》，现有新华字典，然中国文字的精髓却不仅仅是几本书可以描述得完的。中国汉字到底有多少？没有人能够说出一个准确的数字，很多文献、资料上都是用据说、大概、可能、左右等模棱两可的词来形容中国文字的数量。如果用一个数学符号来形容中国文字的多少，我想，应该是无穷尽的一个个数学符号吧！因为中国汉字是有生命的，随着社会的进步，时代的发展，人类的不断进化，可能会有更多的新造文字出现，也会涌现出更多不同意义的词汇来。这一点应该是肯定的，因为中国汉字是一池活水，我在想，中国汉字无论有多少，也无论生发出多少的词语，但它一定是有根的，根也在生活之中。可你会问，汉语言的灵魂在哪里？我想，汉语言的灵魂应该在生活当中，正因为人们将字母拼出的文字用于生活，才使得这些文字有了声音、有了画面、有了味道，更有了属于它们的灵魂。

如果说生活是中国文字的灵魂，那么，标点符号无疑就是中国文字的韵律。字词无声，可一旦有了标点符号的衬托，这些文字就变成了活色生香的句子，单调的字词就变成了一首首优美的曲子。

站在古都长安，站在这方孕育文明的古老大地上，站在仓颉造字碑的面前，那二十八个字此时在我的眼里活了，动了，说话了。我不知道它们在言语着什么，我离它们太过遥远。但我知道，我们从不陌生，我的生命，我的血液，我的灵魂，由它们赐予，为它们讲述，因它们升华。翻开那最初的古籍，人们用一种文字向后人们讲述着他的先辈们筚路蓝缕的岁月，开天辟地的伟绩，以及不倦的谆谆教诲。三千年前的土地，我们的汉字是那样的朴实无华，那样的简单直接，没有任何斧凿的痕迹，却又是那样的神圣，那样的庄严，不容你改动一撇一捺，那是极简的艺术，却无时无刻不在告诉你它的经历，严肃且庄重。这个民族，生来便是要干经天纬地的大事业。当古埃及在崇拜神灵，当古希腊在为美女而格斗，东方的我们，却正用自己的一言一行讲述着"天行健，君子以自强不息"。身陷囹圄的圣贤在仰望星空，在风起云动中，在斗转星移里，在春秋代序间，思考万物的本源，探索生命的真谛。"一画开天""三才共生"，周易在接续过伏羲氏、昊天氏、神农氏、轩辕氏之后传递到了姬昌的笔下。中华文明在考验着这位行将就死的圣贤，也在悄无声息地改变着整个民族的走向。而汉字在这时也随着中华文化的脉动翻开了新的华章。从前，人们书写汉字用来和天地神明沟通，从这时起，汉字要真正的为这个民族的发展服务，为整个历史的走向负责。

于是，汉字就开始担负起了它的历史使命，一本《尚书》应运而生。《虞书》《费誓》《秦誓》，每一篇都轻声地告诉我们，我们如此的与众不同。我们在三千年前就有完备的法典，写史的传统，就有文学的脉络。汉字也脱离了它的稚气，民族在慢慢地成长，汉字也在慢慢地成熟。源于"草木鱼虫"之状的方块字开始从大雅之堂走到烟火人间，从记叙着国家兴衰，兵戎相见的格局走向"女曰鸡鸣，士曰昧旦"的生活情趣，汉字完成了一次升华，文学也完成了由贵族文学向平民文学的转变。汉字从此可以说是真正意义上得到了解放，就像精致鸟笼中的黄鹂飞向了林间，滞于涸辙的鱼被一股洪流带向了大海，因为它获得了再生的希望，由此它展现了更加绚烂的生命光泽。文体在此时也开始喷发。北有四字成句、合辙押韵的《诗经》；南有想象华丽，内容多样的楚辞。因为汉字，忧国的心声从三闾大夫的嘴里唱响，从香草满地的汨罗江畔发出，穿越时空的局限，传入我们的耳中，住进我们的心里，并跨越重洋，传遍世界。也从那时候起，中国的文人找到了寄托情感的方式，寻到了安放心灵的家乡，报效祖国的法门。

每一种文化的印记都随着政治经济的变革发生着蜕变，没有优劣，没有好坏，一切都是时代的需要，历史的选择。随着大秦帝国的统一，从秦始皇的那双鹰眼里，投射出的是对文化传承的责任，也有对君临天下的觊觎。扫六合，平八方，秦兵秦马，所到之处，所经之地，在生灵涂炭、烟尘四起之中，一种文化的大一统正在孕育，而历来肩负传承文化重任的汉字也在等待着新的蜕变。直到那位曾经不名一文的郡小吏遇到了他仕途中的两位贵人，一位是奇货可居的"仲父"，一位是前无古人的"皇帝"，他，李斯，完成了乌鸦变凤凰的人生跨越。汉字，也因这一次跨越完成了生命中的一次彻底的自我革命。从图画变成了方块，从象形转为不象形。

后来，汉字便随着中国的历史这样前行，无论是秦末汉初的项羽刘邦，还是三国乱世的木牛流马，任凭你世道纷乱成如何，汉字只是照着它的行迹，在钟繇的加持下左闪右躲，横冲直撞，经历短命的西晋，遇到他命中的贵人，东床坦腹的王羲之。汉字遇到了王羲之，注定就要成为艺术殿堂的明珠；王羲之遇到了汉字，注定就要成为书法史上，不，是中国历史上的巨人。从此，兰亭成了神话，行书有了巅峰。作为历史的见证者，时光的摆渡人。我们无缘窥见《兰亭集序》的真容，但我们在这么一个视文化若生命，视历史如发肤的国度里，我们是幸运的。无数的自觉的文化传承的先驱在一次一次临摹、阐释下，在一辈一辈的自发传递中，我们吮吸到了文化的香甜乳汁，我们嗅到了百花园中的众花吐芳，我们品尝到了时间酝酿下的文化佳酿。无论是《丧乱帖》，还是《十七帖》，我们透过那一张张轻薄的绢，那一笔笔横竖撇捺的讲述下，我们了解了魏晋风度，体会了玄学奥妙，文字在此时做了一回真正的、纯粹的自己。在历史的天空中，成了最美的烟火。

　　真的，它们可不是僵硬的符号，而是有着独特性格的精灵。你看吧，每个字都有不同的风韵。"太阳"这个词，使你感触到热和力，而"月亮"却又闪着清丽的光辉。"轻"字使人有漂浮感，"重"字一望而沉坠。"笑"字令人欢快，"哭"字一看就想流泪。"冷霜"好像散发出一种寒气，"幽深"两个字一出现，你似乎进入森林或宁静的院落。当你落笔写下"人"这个字，不禁肃然起敬，并为"天"和"地"的创造赞叹不已。这些有影无形的图画，这些横竖勾勒的奇妙组合，同人的气质多么相近。它们在瞬间走进想象，然后又从想象流出，只在记忆中留下无穷的回味。这是一些多么可爱的小精灵呵！而在书法家的笔下，它们更能生发出无穷无尽的变化，或挺拔如峰，或清亮如溪，或浩瀚如海，或凝滑如脂。它们自身就有一种智慧的力量，一个想象的天地，任你尽情飞翔与驰骋。在人类古老的长河中，有哪一个民族能像中华民族拥有这么丰富的书法瑰宝？

　　为什么说中华民族是诗的民族呢？这些美丽而富有魅力的文字生来就给使用它的人带来了诗的灵性。看着这些单个的有色彩、有声音、有气味的词，怎能不诱发你调动这些语言的情绪呵！西方现在有少数诗人在追求"玩文字"，但他们怎么能找到"玩文字"的魅力呢！只有中国的汉字、几万个不同的字形、几十万、几百万种奇妙的组合，足以产生遣使文字的快乐，甚至能在语义以外，寻求那种文字对人类思维和感官的想象力！中国的汉字是高强度悟性的结晶，必能训练出人的悟性。

那么，是不是因为中国汉字没有时间的变化就影响了人们对时间的概念呢？是不是因为汉字创造了那么多血缘不同的称谓而使得中国有无穷的繁文缛节呢？多么奇妙啊，这些方块字竟和一个民族的习性相关！

在世界的文字之林中，中国的汉字确乎是异乎寻常的。它的创造契机显示出中国人与世不同的文明传统和感知世界的方式。但它是强有力的、自成系统的，它用一个个方块字培育了五千年古老的文化，维系了一个统一大国的存在，不管这块东方的土地上有多少种不同的语言，讲着多少互相听不懂的方言，但这汉字的魅力却成了交响乐队的总指挥！

面对科学的飞跃，人们在慨叹中国技术的落后，想在困惑中寻求摆脱这种象形文字带来的同世界的阻隔，因而发出了实行汉字拼音化的震撼灵魂的呐喊。是的，这种呼唤曾经搅动得热血沸腾，却有点儿堂吉诃德攻打风车的憨态。中国的汉字以其瑰丽雄健的生命力证明了自己的存在价值。是电脑接受了汉字，而不是电脑改变了汉字。在科学攀向高峰所出现的复杂思维状态中，倒是那种拼音字需要不断地再造，以至到了不堪忍受的烦琐程度，唯中国的汉字反而焕发出青春活力，轻而易举地用原有的词语构成了新的概念和术语。真的，中国的方块字能消化各种外来的新创造，因为它拥有一个单字的海洋。在人们熟悉这种文字后，可寻求的新的组合和创造的天地是那样的宽广而简便。

汉字的魅力是讲不完的，只要中华文明的根在，只要中华大地永葆青春，只要中华儿女的创新精神永存。汉字就会一直用最美丽的样子，最温柔的情调反哺着这片古老的大地，这片时时处处都孕育着希望的天地。中国的文脉是不会断的，中国汉字的脉络也是不会断的，因为我们的文化正在迎来新的春天，我们的国家正在富强，我们的民族正走在复兴路上。回首20世纪初的新文化运动，我们不觉感到一阵后怕。在那个民族危亡、国将不国的时刻，我们的革命先驱们被洋枪洋炮逼迫得无可奈何的时候，不由得对我们的优秀传统文化产生了质疑，先后有鲁迅、胡适等一批"大师级"的人物提出要废弃汉字，提倡西洋文字，当时可能人们感到很蒙昧，对于此种提法的影响可能不太明白其后果，但于现在看来，可谓是惶惶谬论。这个世界上，这样摒弃本国传统文化，全盘吸纳外来文化的例子不在少数，古代的埃及文明、希腊文明先后由于伊斯兰文明的侵入而伊斯兰化、罗马人的占领而罗马化，希腊文明更是中间断代严重。以梭伦所在时期的希腊文明的第二次兴起，竟然都不了解—克诺索斯王宫为代表的爱琴文明等古希腊第一次文明兴起时的具体历史及其沿袭，自己悠久而古老、璀璨的古代文明早已消失殆尽。而中华文明能够长时间不中断，就是因为维系中华文明的汉字以及汉字书写的历史一直在传承，一直在发展。现在的中国早已是信息化的时代，现代化的中国。可是却没有人敢说现在的中国可以不用汉字，可以用拼音文字代替。恰恰相反，在中华民族伟大复兴的关键时刻，以汉字为代表的中华民族传统文化正在用方块字为世界的发展贡献者自己的古老智慧，全世界为了打上中国经济快速繁荣发展的这辆快车，都在辛勤努力地学习着平仄去入的发音方法和横撇竖折的方块字的写法，这充分说明了汉字的持久旺盛的生命力和中华民族生生不息的自强精神。

中华之魂，在于汉字；中华复兴，仰仗汉字；中华绵续，兴在汉字。故在这样一个百年不遇的大变局中，我们更要坚持文化自信，走文化强国的道路，让中国汉字走向世界，为人类命运共同体的建立贡献自己蕴蓄千年的智慧。

入围奖

痴 女

李子园

  从坟上下来，奶奶彻底地发疯了。一个人埋在屋里，从掉漆的樟木箱子里捧出了一个锈迹斑驳的铁匣。从那天以后，就彻底地痴了，谁也不认得。

  谁也不知道那铁盒里装着的是什么东西。问奶奶，她总是将铁盒紧紧揽在怀中，贴在下巴一侧，含含糊糊地傻笑着哼哼："乖乖——乖乖——"家里人猜那铁盒和爷爷有关，便反复地说爷爷已经走了，可奶奶却指着那个盒子，嘤嘤地哼着："在这——在这——！"

  后来，我听到了爷爷奶奶成亲的故事。我决定，以爷爷奶奶的化名，讲出这个动情的故事。

  那个特殊的年代，仁忆是地主的儿子，被佃户赶着驴车接送念书直到当了县中学老师。后来，被抄了家，本用来娶亲的两大箱袁大头也被抄了去，婚也被退了。即将被娶进门的窈窕的村小学女教师转身嫁给了贫农的儿子，只因他揭发仁忆家地下埋着的东西被戴上了红花。

  家被抄了，未过门的媳妇也跑了。皆因家里成分太高，仁忆工作自然也丢了，可日子还是要过下去。仁忆的爹爹白天挨打，晚上用前夜偷偷采的艾草敷红肿的皮肤，日复一日又挨了半年的光景。突然一日，仁忆的父亲用二斤红枣托人找来了媒人。仁忆看着爹整天挨批斗吃苦受罪，想着别让爹再为难，便应了下来。

门帘呼地一撩一放，媒人刚一迈过门槛，便转身屁股一靠，就将整个身子送到了炕上。"咱家的成分，一般的姑娘可不敢呢！听说你家男娃是念过书的，咱附近这一般的姑娘，哪有个认得全乎字的。怕是你娃眼光高，看不上哩！哪那么容易呢？"竟没有任何寒暄，那俊俏的婆子眼睛咕噜一转，目光落在炕桌上随手放下的手串子。

"哟！还留着这些呢。可要收好了，让旁人瞧了去，不知又要多挨多少呢！这老物件可值不少钱吧。"媒人本还觉得这家落魄还想讨个可人的媳妇，这一看，可还有点货呢。看来，这桩事，是亏不了。

"见笑了，就是个平日的把玩，新东西，哪里的旧货呢！"老人慌得将其塞进抽屉。"哪里有那么多的要求。唉——你也知道，我这家比不得从前，人家不嫌弃就是造化了。我就这几年的光景了，就想看着娃有个后。娃你不管他，我活一天，就给他操办一天。"

"知道！那好说，这么多女子拎不出个配得上咱娃的！我看上她几眼，就知道她有没有给咱生孙儿的命哩！"

又寒暄了几句，媒人便着急要走。"老姐姐，把这花生给孙娃娃抓上些！"家里落了难，可仍有着还富时养下的习惯，老人见不得人空手回去。

媒人嘴上连说不拿不拿，手却实诚得很，身上的四个口袋被填得鼓鼓囊囊。

"老哥哥好生歇着，不送不送——您就等着抱孙子嘞！"媒人满脸堆笑，像追赶夕阳的向日葵，瓣子快要蔫了，可芯子却饱饱的。

短短几日，媒人不知如何打听到了隔壁一个只有十五岁的姑娘，叫梅文，不认得字，却叫了个"文"这儒雅的名。姑娘模样不差，就是身材有些干瘪，浓密乌黑的辫子压在背上显得越发的单薄，村里都说这样的姑娘生不出儿子来，可媒人却逢人便说："就这碎样子，才招婆家疼哩！"

听人说，那姑娘曾经喜欢过扫盲班教认字的知青，每次看到城里男青年白净的脸就忍不住痴痴地笑，总追着问人家："你可认得几个字呀？"人家越是不搭理，便越加追问："到底多少吗？"那认真的神情惹得姐妹们不住地笑，人家笑话说是个"花痴"。几个月下来光顾着傻笑，也没识下几个字。那年是荒年，家里多一口人都养活不住了，就想着给唯一的女子寻上一个好婆家，可姑娘一心就想嫁个识字的人。家里人就劝，这年头，认得字的哪有长得壮的有出息呢，这可真是个傻女！

那日，梅文听说给自己找婆家，便偷偷掀开门帘一角，偷听着媒人和妈妈姨姨的说话。听说是个认字的，便不由得"哧哧"笑。妈妈注意到门帘后露出的傻姑娘道："一边儿去！"梅文撒腿就跑了出去。

可爷爷家原来成分高，又惨遭变故，姑娘家里坚决不同意，媒人给明地暗地递了好多话了，说家里之前太殷了，被抄得还剩着呢，姑娘家才勉强同意。人家家里现在还有没有了，谁知道呢，这姑娘估计是个稀罕文化人的主！媒人将姑娘单独拉进了屋子，从兜里掏出一张纸，神神秘秘地递给了姑娘。

这张纸掏出，半个多世纪的故事，就这样拉开了序幕，是一段苦难给予的姻缘。

"吾未来之妻可好，麦子可收，豆子可打，腰可酸，腿可疼？……仁忆敬上。"他叫仁忆！媒人用夹杂着乡音的蹩脚的普通话声情并茂地念着。咿咿呀呀，断断续续。看着媒人手里舞着的纸片，耳朵里听到的字一个一个地牢牢地种在了她的心里。听完媒人蹩脚的诵读，梅文全身的血液向脸颊喷涌，本就突出的颧骨显得越发的高耸，瘦弱的双臂被乱跳的心脏搞得无处安放。梅文低着头，不自然地双手搓着油亮的被角问媒人要下了那张纸。

她不识字，拿着纸，激动地指着字，一个一个地问，这是哪个字，这是哪个字？像个刚回归旷野的单纯的小鹿眺望夜空，眼里满是星子的光芒。媒人婆子好脾气地指着信上的字，一个一个字地念给梅文听，直到将媒人嘴里念出的一字不落地背下来。可是个让人心疼的碎姑娘呢！媒人也被梅文的笑感染了，慈爱地捋顺了她脑后翘起的碎发。看着纸上舒展的笔画俊逸潇洒，梅文满脸欣喜，眼角仿佛开出了娇艳的花朵。

媒人离去时背对姑娘的那一瞬间，露出了一抹斜着嘴角的得意的笑。

那一日，梅文下定了决心。她可是心急呢！太想看看仁忆的样子了，或许真就是白白净净的，一定认得好多字，一定比那个教认字的老师还要有文化呢！

当晚，梅文在被窝里翻来覆去，不断地想象着仁忆的样子。他的眼睛是大还是小呢？长得壮吗？那样一个念过书的人，背不背得动大捆的麦子呀？不过，背不动也没关系，反正我背得动呀！不知道他是不是像识字班的老师一样，连自己认得多少字，都不知道呢？想着想着，便沉沉地睡着了。

第二日，梅文从家里的大缸中，偷了三块死面馍馍，将媒人留下的那封信牢牢地缝在了衣裳最里头的口袋里，一个人跑去了仁忆家。

梅文走了整整一天一夜，五个脚趾之间磨出了泡，她歇脚时，用细长的麦秆硬是一个个地挑开了。穿过一片片田野，跳过大大小小的沟渠，她走了一路，给本就生机勃勃的大地增添了一串串的笑声，笑得太阳望见这纯情的女子，都愣住了，忘记向世间洒下太多的温度。梅文拢得紧紧的发辫一路上被颠得毛毛糙糙，汗水将发丝打湿贴在额前，像抹了发油，显得越发油亮。她的衣裳被汗渍得贴在身上，顺着后腰隐隐看得见一个浅浅的凹下去的窝，单薄的身子竟也看得出一丝淡淡的娇媚。

这傻女子，连人家愿不愿意，都忘了考虑。可又有哪个男子忍心拒绝这样一个活泼美丽、天真烂漫的姑娘！可真是个痴女！

第三日，梅文打听着跑到了仁忆家。

站在门口，梅文有些不自然，想进却又不敢进，就用手指比画着描着门头上贴着的红对子上的字。

"哪里来的女娃娃？快回去！这么俊的模样一会儿让人贩子卖了去！"院里走出了一个老汉。

应该就是仁忆的爹爹了，梅文瞬间涨红了脸，鼓着僵硬的腮帮子，"爹！我是媒人介绍来和你家仁忆成亲的！"

"噫！可不敢胡叫！我给你找仁忆他爹去！"

知道自己叫错了人，梅文竟吓得眼泪和鼻涕一起淌了下来。

"哭个啥嘛！好事呢，仁忆模样可俊呢，就缺配个好姑娘呢，我看你是有福呢！"

梅文看这老汉一脸的慈祥，便没那么害怕了。听说仁忆模样也俊，抹掉鼻涕，"咯咯"笑了起来。

老汉把梅文让进了门。"李老头——你可有福喽，天上掉下个女娃娃，你要当公公喽！"他走在前面，一边打趣着一边把梅文领进了里屋。

梅文边走边打量这院子，除了大些，和自家的也没什么区别。边想，眼见得一个白净俊美的青年先一步进了屋子，梅文注视到他掀开门帘的手，果真和自己的不一样啊！没有那么多的疤，骨头也没有那么瘦。正想得出神。

"这丫头，那阵见我认错了人叫爹呢！这阵子倒害羞了。"梅文回过神，眼前站着的，就是刚才看见的青年。是仁忆！

梅文瞬间面红耳赤，不自然地拍拍头上的尘土，时不时用熬夜赶路发青了的眼偷偷瞥一瞥仁忆。仁忆起初慌乱急了，他见过整日嘴臊调戏她的悍妇，见过唯唯诺诺连正眼都不敢看他的乡村丫头，见过浑身浪漫主义风花雪月的知识女性，可这样一个单纯的、羞涩的、却如此大胆的姑娘，他还是头一回见。梅文纯情而坚毅的眼神，深深地烙在了这个情窦初开的少年的心里。仁忆在那一刻，接受了这个被命运送来的姑娘。

"姑娘，你爹爹问你话呢，快应啊？"老汉慈爱的话拽回了梅文的思绪。

"爹！"梅文虽脸上像灼烧一般，可这声爹甜甜地一叫，自己的心里也热乎乎的，甩去了浑身上下路途中所有的疲惫。

这一声，惹得两个老人笑得合不拢嘴。

成亲的前一天，梅文的家里人托了人寻自家姑娘，找上了仁忆家的门。听那人说，梅文是自己跑了出来的，全家吓了一大跳，纷纷感叹："这丫头望着模样小，竟有这么大的主意！"本要留那人住一宿第二日再招待，那人不肯，说既然寻到了，便急着去给梅文的家里人报个信。虽不好挽留，老汉给那人备足了路上的吃食，托他给亲家捎上些刚下来的果子。

三日后，便是成亲的日子。家里原本成分高，讲究不得排场。亲友匆匆地吃了顿饭，便早早地散了。

晚上，一对小夫妻理所应当地并排躺在炕上，红色的被褥灼烧着他们年轻的敏感的皮肤。虽盖了一床被子，二人之间却有着那么宽的一条缝。梅文侧着身，注视着仁忆的脸痴痴地傻笑。

"总是笑些什么？"仁忆被炕上的刚过门的小女子这般注视，反倒有些不好意思。

"你到底认识多少字呀？比教字的先生还多吗？"

仁忆爬出被窝，随手从案上拿来一本书，翻了翻说："这本书上的字，我都认得。你数数我认得有多少？"

"我才不数哪！明早起来，我要先把新下的鸡蛋收了，再让爹带我去认认咱家的地！对了，那封信真的是你写给我的？"

"什么信啊？"仁忆接过书，迅速放回案上，打着哆嗦钻回了暖烘烘的被窝。

"你将来可要教我认字呀！"

仁忆放大了胆子，将身体轻轻地向中间凑了凑，身体僵硬地平躺着横在炕中，右手摸索着放在梅文的手上，刚想紧紧握住，梅文身子一旋，用短短的手臂环住了仁忆的身子。仁忆冰冷的心被她口中喘息的热气捂得热腾腾的，也泛起了淡淡的甜蜜。

"将来一定教你。"仁忆转过身子，对这张青涩的脸，露出了淡淡的笑。

本想让仁忆教自己认全那封信上所有的字，可她却在仁忆的怀里逐渐进入了梦乡。

喜事的后一天，便迎了丧事。红色的被褥被白色的被单压得不敢有一丝的喜气。

仁忆的爹夜里不小心掉入河中，尸首也被河水冲走了，后头让人寻，也没寻到。

爹前日刚操办完仁忆的红事，接着又由仁忆操办起了爹的白事。

下山了，送行的人都散了。仁忆像个孩子一样，扑在梅文的怀中号啕大哭，"我没爹了——我没爹了！"声音里满是慌张，仁忆哭得撕心裂肺，丝毫顾不得自己的身子重重地压在梅文弱小的身子上，缓缓下坠，双腿已没了力气，直到一双膝盖狠狠地磕在了地上。"你还有我，你还有我啊！——"梅文用小手不断地擦着仁忆眼眶中淌不尽的泪水，不一会儿，身上薄薄的衫子就被泪水浸透了。

终究是这个小小的肩膀在苦难中酿造了这个家后半段的安稳。仁忆话不多，梅文天生一副不抱怨的好性子，像所有被包办的婚姻一样，两个看似灵魂不契合的人硬是被苦难死死地拴在了一起，一拴就是一辈子。

梅文嫁过来的时候，十五岁刚满，二十岁的时候才生了第一个孩子。

生孩子的那一天，村里传来了家里被平反的消息。梅文身子小，孩子死活生不下，那张小小的逐渐发白的脸和越来越虚弱的声音，死死地牵动着在场所有人的心。"可不敢就这么人没了啊！""刚嫁过来的时候就看着命里没福气，唉——"正当人们暗自感叹着，快嘴的女人大着嗓门传出了好消息，屋外的人们短暂的沉默后，纷纷趴在窗口喊话，看梅文还有没有一口气？

听见外面乱哄哄地在说："平反了，平反了！"梅文硬是憋足一口气，眼泪与婴儿一并涌出。孩子的啼哭像大钟的轰鸣，重重地撞击着仁忆焦躁不安的心。仁忆冲进屋子，抱起刚落地的婴儿，紧握住梅文接近发凉的手，热泪喷涌而出，一肚子的话将喉咙堵得严严实实，竟一句完整的话也说不出来。

梅文嫁过去的头五年，操持了家里所有的农务。说来也怪，地里的庄稼像是爱上了这个美丽的小主人，发疯似的拼了命地生长，连鸟雀也像醉了一般见到梅文的庄稼就偏离了飞翔的航线。可仁忆只会读书画画，每天叫来村里的孩子们教他们认字画画。仁忆从爹走了以后，变得安静和沉默，夜深了都不肯睡，那盏快要熬干了的油灯每天都在桌上隐隐地陪着沙沙的纸笔声抽泣。是仁忆一个人在深夜埋头苦读要熬瞎了眼，是仁忆想想自己死去的爹忍不住暗自抽泣。望着身后躺在炕上早已熟睡的小小的姑娘，仁忆每晚都觉得愧疚。她本可以等年岁大一些，嫁个家庭成分好的，小夫妻柔情蜜意，有共同的营生享福。

仁忆越想越觉得自己一无是处，就是那个旁人眼中百无一用的书呆子。听着身后梅文入睡后重重的喘息声，仁忆又好想为她多做些什么。只好转过身去，象征性地掖一掖不怎么翘起的被角。

每日按时来学认字的孩子们一到，仁忆心里的痛苦才略微减少些。他努力让自己沉寂在书本和文字中，这样才能有暂时的时间摆脱心中的痛苦。梅文清早起来从咕咕乱叫的母鸡怀里掏出热乎乎的鸡蛋时，仁忆摆弄着昨夜里忘收的笔墨和书本；梅文在田间地头照看茂盛的庄稼时，仁忆倒在炕上咿咿呀呀地读着背着难懂的书本；梅文在灶前烧着热气腾腾的饭菜时，仁忆合住书本倒在炕上缓着干涩的眼睛；午后，梅文约着去其他的小媳妇家里做针线，仁忆在屋里支起桌凳咿咿呀呀地教孩子们念着书上的字。这样的日子，早就被同村的人当成了笑话,"可是让两个痴子遇一块了,真是缘分里的缘分喽!"可梅文却从来不恼,经常溜在墙跟后面背着小山一般的稻子痴痴地看着院子里滔滔不绝的仁忆傻笑。

每逢村里放电影时,仁忆总是留在家中独自念书,梅文像个刚被放出的鸟雀那般欢快。她总是提前出门把自己收拾得利利索索,长辫子绑得整整齐齐,像个即将要上台亮嗓子的漂亮角儿。她才不像其他小媳妇稀罕多少小伙子的目光,也不像其他碎姑娘盯着屏幕上模样俊美的青年演员看个不停。可一日不知怎么,梅文偏偏记住了屏幕中一位将军的模样,夜黑了回到家中,她撩着门帘偷偷端详着正在读书的仁忆。那痴痴的模样反倒让仁忆有些不自在了。"看啥吗?"仁忆瞟了一眼便快速收起了目光。"我看你像个将军呐!""净胡说哩!"梅文咯咯笑着跑了出去。

自此梅文总说,要让自己的孩子好好念书,长大也要当个将军,骑大马,写大字。仁忆倒真有几分英俊,他的长相像他的字一样,清俊却锋利,真像个能文能武的青年将才。

平反后,仁忆作为少有的知识分子,入职了一所高中,梅文与仁忆搬去了县里。梅文被安排在那所学校敲钟。有了县里正式的工作后,仁忆便全身心地投入到工作中,丝毫顾不上家中的琐事了。

这个家庭的苦难终于结束了!生活终于开始了五十年如一日的平稳。

早上总是梅文先起床,蹑手蹑脚地在厨房忙活着。她精心计算着仁忆起床、穿衣、洗漱、上桌的时间,保证仁忆每天早上都吃上不重样的热气腾腾的饭菜。他们卧室的小书桌上摆放的书籍早已换成了成摞成摞的教案和作业本,笔墨摆满了案前的窗台,藏下的古本小说也在架子上整整齐齐地码了出来。本就话不多的仁忆变得更加沉默起来,倒不是心变得冰冷,只是在学校熬了一天早已口干舌燥,回家后哪里还有说话的力气!仁忆每天吃过早饭后总是走得那样匆忙，仿佛永远都有处理不完的工作，仿佛整所学校缺了仁忆一人便无法运作，仿佛自己的学生比家里的孩子还要亲。梅文私下也会小声地嘟囔着抱怨。

梅文只有在早上起床后才能仔细地端详端详还在睡梦中的仁忆安详的脸。有时眼镜歪着镜片，架在脸上，枕边搁着被身子压得折角的书本，梅文轻轻地取下眼镜放在一旁，看着这张不断被时光刻上细纹的脸，似乎有些隐隐地心疼。公公婆婆都不在了，也再没其他兄弟姊妹，孩子又不懂事呢，我不疼他，谁疼他哩！梅文总是这样想。

在这所学校，有些孩子家住得偏，路上竟有两三小时的路程。仁忆心善，索性在自己小小的办公室里支上几张行军床，让娃娃们夜里就在这睡下。

周末了，仁忆嘱咐梅文去乡下买只肥美的公鸡，宰了用沙瓢的土豆炖锅肉，给那几个回不去家的娃娃们送去。"娃娃们家里苦，给弄些好的让美美地吃。"梅文从不敢怠慢，因为她知道，社会需要更多的有文化的人。她也恨过自己不认得几个字，她也羡慕过那些背着斜挎的粗布包胸前永远别着钢笔，说着一口流利普通话的在学校进进出出的青年女老师。"人家把孩子送到学校，是对咱的信任呢！咱们这里的娃娃和大城市没法比，但咱要尽力让娃们吃好，也算帮着人家爸妈照顾了。"仁忆总是这样说。梅文虽没有文化，却明白这个道理。自己不就是因为没有文化才后悔的吗？比起自己，孩子们更需要仁忆这样的老师，自己不会教书，但送去的热气腾腾的饭菜，也算是为娃娃们作贡献了！想到这里，梅文便觉得自己离仁忆的教育事业又近了一步。

第一次去送饭，梅文偷偷在仁忆的饭盒里夹了满满的肉，肉可是不常吃的，她还是有些私心。到了单位以后，她神秘兮兮地将仁忆从那几个学生当中拉了出去。找了一个僻静的地方，左顾右盼地确定周围没有人，一脸灿烂地边打开饭盒，边对仁忆说道："你瞧！专门给你拣了出来。一会儿娃们走了，你再吃——""搞这干什么？！"仁忆接过饭盒，转身就进去。梅文在门口死死地盯着仁忆将她专门盛满肉的饭盒放在桌子最中间，听仁忆像个将军一样充满自信地说："来！咱们今天吃肉！"仁忆大口大口地吃着白米饭，孩子们可是享用了一顿盛宴，用小手抓起骨头嘬得嗞嗞直响，舔着手上油乎乎的油渍。仁忆是舍不得吃肉的，他用勺刮着菜底下的油汤，蹭在白乎乎的米饭上大口地咽着，看着孩子们兴奋的神情，仁忆心中无比的高兴。可这所有的情景，让梅文心里不是滋味。

"老师，你也吃肉！"一个腼腆的孩子小声地说。

"老师不吃，你们吃。老师家还多呐！"

听到这话，梅文泪珠子一下涌在了眼眶。家里哪还有！最近的鸡不知怎么瘦得要命，除了给孩子们留了一块翅膀和一根鸡腿，哪里还有剩的！倒不是心疼娃娃们吃光了近一整只鸡，可仁忆怎么那么傻呀！

一个孩子眼尖，看到了门口梅文的身影。"师娘！"

接着，又是几声"师娘"，这些带着笑意甜蜜的称呼，瞬间驱散了刚才所有的心疼。

"师娘！你也吃！"一个孩子举着一块硕大的肉伸在梅文的面前。

"我不吃，省给娃们吃！你们好好吃，好好念书，等有文化了，将来也当老师去！"原来，孩子们是多么可爱啊！是啊，仁忆做得对，就应该让孩子们多吃些，家里现在的日子比从前可好太多了。孩子们就应该多吃些，仁忆做得对！

那天仁忆注意到梅文有些湿润的眼，便将她送到校门口。

"你吃了吗？"仁忆问。

"吃了吃了，当然吃了。娃们快吃完了，你快去忙吧。"

"嗯。"

梅文在屋子里闻着饭菜的香味早已饥肠辘辘了，忍着饿，走在回家的路上。

到了家后，孩子已经午睡了。梅文轻声走到厨房，看着孩子们吃剩下的碗碟,再瞧瞧孩子熟睡的红扑扑的脸蛋,梅文心满意足地从心底里笑了。走了一路饿得要命,梅文熥热了昨晚剩的白面馒头,掰着刮着碟子里剩下的油汤,还有些粘在碗底的土豆泥和肉末。果然是好吃!到底是小孩子,一群馋嘴的小猴儿,怪不得吃得那么香。

日子就这么一天天地过着,平稳,充实。梅文看着原本空空的安着透明玻璃的橱柜中不断地排满了大红色的证书、灿烂的奖杯,心中很是充实。仁忆不在家时,梅文总用心先记下橱柜里每一件东西摆放的位置,将它们小心翼翼地拿出,一件件地捧着端详完了,再照着原本的位置放回去,好不让仁忆看出被翻动过的痕迹。

本想着嫁过去之后和仁忆学着认字,梅文十五六岁曾幻想过轻轻地靠在仁忆的肩膀上,跟着仁忆一个字一个字地念会诗里的话。可参加工作后,仁忆哪有工夫再教自己的妻子认字。梅文除了要按时在学校里敲钟,还要照顾仁忆和孩子们的日常,按钟点做好饭,周末洗好衣,每晚哄睡年幼的孩子。原本活泼欢乐的姑娘被家长里短改造成了贤淑的小媳妇,虽然少了当年的锐劲和果断,却被岁月赋予了无尽的暖意。

学校里,人人都说仁忆有个好媳妇,好妻子,虽不认得字却把家里打理得妥妥当当。邻居媳妇们人人都说,梅文有个好命,当年不嫌弃人家家庭成分不好,跟对了人。她们还总是说梅文当初小小的年纪竟料得到现如今文化值钱,更有其他不识字的小媳妇羡慕地说笑着梅文因为仁忆也是半个读书人了。可只有梅文知道,自己当初哪里懂得文化值钱的事,不过是羡慕人家读过书的人总是白白净净,斯斯文文的,还有礼貌。只有他们夫妻二人知道,两个人是苦日子过来的,谁都没有再摆功劳,就是想着做好自己该做的事,丝毫不动分开的念想罢了。

梅文与仁忆像所有平凡的夫妻一般,走过了人生后半段的路。

最纯粹的乡土人都仿佛对文化有着天生的迷恋，梅文与仁忆的结合不是最上等的琴瑟和鸣，却是曾经苦难下命运安排的相互依托。

晚年，梅文生了场病，在此之前，梅文根本没怎么生过病的。

这回终于轮到仁忆整日奔走于医院与菜市场之间了。

梅文不识字，医生药罐上写的每日吃几顿，一次吃多少梅文都看不懂。记性也逐渐不好，这一病，好像整个人都发了痴。每次喂药时，仁忆先问问："记得这个吃几颗吗？"

"你吃——你吃——"梅文吸着口水用发抖的手指指仁忆的嘴。

"这是药，你要吃的。吃了药病才好得快。"

"我没病——没病！"梅文撇着嘴，头扭向一旁。

"嗯嗯。没病，没病。这药是防病的，快，赶快吃了。"

"我吃了药就教我认字！"梅文转脸又笑了。

酸楚的感觉窜进了仁忆的骨髓里。这句话一下把仁忆拽回到五十多年前的那天，梅文刚从家逃出去的那天，新婚的那个晚上，和将爹送上山下来后那个自己倒在梅文怀中号啕大哭的傍晚。梅文最大的心愿可就是认得了字，读得了书啊！

"好，好——教，吃完就教！"说着将水杯又递在了仁忆的面前，他的手心有些冰冷，在不住地颤抖。

"教那封信！"梅文拉起了仁忆的另一只手，指向了那个床旁放了很多年的掉漆的大木箱子。

"好，好，教！"

终于安顿着吃完了药。仁忆看着梅文睡下，才轻声走出屋子。望着床上这个仍小小的，却迟钝、褶皱的身体。怎么就成了今天的样子呢！仁忆终于忍不住了，眼角闪过一丝晶莹。

吃药这可难坏了仁忆,梅文根本记不清吃多少,又不认得字。曾经在学校教书时,仁忆讲得明白深奥的古文,说得清楚无数重大的历史事件,可唯独安顿着让梅文吃药让她犯了难。

一日,仁忆茅塞顿开。

仁忆找来孙儿的彩笔,拿上些白纸,进行着一项"伟大"的创造。

他用与药片相同颜色的彩笔画圈圈,红色药片一次三粒,药瓶下压着的纸条上就有三个鲜红的实心的圈。仁忆不在家时,嘱咐着哄梅文按时吃药,梅文便像个听话的幼儿,将瓶内所有的药片倒出,摆在相对应的圈圈上,再吃下去。

调皮的孙儿来玩,看见那彩色的圈圈起了玩心,在三个绿色的圈圈旁,又歪歪扭扭地加了一个。仁忆回到家后,看见那纸上又多了一个歪歪扭扭的圆圈,顿时火冒三丈,又一边担心着梅文前顿药吃了多少粒,冲进卧室,看见那调皮的孙儿正骑在梅文躺着的身子上乐呵呵地玩。仁忆没有忍住愤怒,反手就是一巴掌,干干脆脆地打在孙儿的后脊。"告妈妈——告妈妈——"孙儿哭着翻下床跑了出去。

"好孙孙!不见了——"梅文转过脸,气呼呼地盯着仁忆。

仁忆有些心疼,也觉得刚才下手重了些。

梅文是个命好的姑娘,小小年纪就如此泼辣地寻到了好的人家。梅文是个命好的媳妇,踏踏实实地走过了后半生。梅文是个命好的老太太,挺住了扛过了病。只是,大脑有些萎缩,落下了痴的毛病。

可最终,命运还是安排仁忆先走了一步。

仁忆的离去,安详地给这个故事写下了平和的、饱满的句号。

最后的最后,奶奶捧着那个谁都不让打开的小盒子安详地去了。从奶奶突然一天变得清醒,突然要求将床单被褥全部换为红色,并要求将爷爷的遗像挂在床头那一刻起,家人们就都有了不好的意识。

那天晚上,奶奶神神秘秘叫我过去,说要让我帮着牢牢地记住一封信的内容。

还没等我答应,奶奶就用近几年来最有力的脚步走到床脚的木箱子跟前。重新捧出了那个锈迹斑驳的铁匣。打开铁匣,是用好大一块布包着的东西,奶奶一层、一层地将布剥开,竟是一张褶皱的,发黄的纸!

"信——信——"奶奶小心翼翼地提着那张纸最上边的一角。控制着手的抖动怕撕坏了她。用力地控制让她冒了一头的汗珠。

奶奶注视着那张接近残破的纸,手指颤颤地指着那张纸上的字,嘴里糊糊地却有力地念着:"吾未来之妻可好,麦子可收,豆子可打,腰可酸,腿可疼?……"我从没见过奶奶脸上如此充盈着血色,近几年从没听过奶奶这么用力想说明白一些话。

早就听家里人说过奶奶和一封信的故事,说奶奶就是因为一封信嫁给了爷爷。看来,准是它了。

我好奇地凑了过去。

我竟一怔!

我的心像被巨石击中,却努力地绷足了劲不让它碎掉。

信上明明写着:"麻黄一分半、木香二分、藿香二分、桔梗二分……"

原来!

原来!!!

原来,奶奶从十五岁那日看到这封信起,用自己的方式,独自浪漫了一世。

入围奖

红杜鹃

杨桂坤

天星一生下来就是傻子,也被人称做傻子二十多年。十九岁那年她老爹叫她嫁人,她傻傻地念叨着:"嫁人了,嫁人了……"过完年,她便嫁到了官村。

天星所嫁的男人叫丁柱子,他其实有正名叫丁德全,但村里人都这样叫他。天星嫁给丁柱子时,丁柱子正好四十岁。说起来,这丁柱子也算是村子里为数不多的文化人,他是遗腹子,家里就剩他这一根独苗。在食不果腹的年代,他母亲肖大娘卖过血、讨过饭,送他上了高中。他母亲坚信——上了学,就能有出息哩,等柱子有了出息,她这个做老娘的就能脱离这苦日子呢。

官村的村民偏好种玉米,玉米大多长势很好,也有一两棵缺少日照和养分的玉米,玉米秆长得不高,玉米坨也小。人也一样,丁柱子长得不好看,个子不高,又黑又瘦,主要是腿还有些罗圈。

在人才垦荒期,高中算是高学历了,丁柱子的同学们都被分配了一份正经工作。高中毕业之后,他被分配到学校做民办教师。可那些孩子们看丁柱子长得不好看,人又矮,还有残疾,并不接受这样的老师,有时还会捉弄他。后来,丁柱子生了一场病,半年没去单位,便丢了这个饭碗。再后来他还想吃一碗公家饭,但是当选拔的人看见他一米五的个子,黑瘦的黑瘦的,就像没有长成竹而干瘪早折的笋,就没有下文了。他像无头苍蝇般地往办事处跑,办事处的人开始只是搪塞他说:"现在人都满着呢,一个萝卜一个坑,有了通知你。"后来跑得勤了,人家也懒得搪塞他,直接不搭理了。

当丁柱子意识到自己可能再也吃不上公家饭的时候他就如灵魂脱壳般的死尸躺在床上不吃不喝了两天。可是他毕竟还得活着,他不想也不能死。死亡太远太黑,他想象不到,他没有轻易尝试的勇气,还是活着好啊。所以他又拿了农具,和肖大娘一起干活。干着干着,二十年多年过去了,丁柱子还是那么瘦,只是更黑了,时光流淌过他的肌肤,留下了像河脉一样的深沉纹路。年近四十的丁柱子是官村为数不多的光棍。

那年刚过完年,他和他老娘就从隔壁村子带回来了一个姑娘,这个姑娘就是天星,一个傻子。

天星来丁柱子家那天,阳光赶走了一连半个月的阴霾,给山冈添上金色光晕。天星穿着他老爹覃清海到集上给她买的印着红杜鹃的花棉袄,那红活像是三四月间漫山遍野的映山红,红得耀眼。村子里的人听说丁柱子说了个傻媳妇,纷纷赶到丁柱子家看热闹。这天丁柱子家好像一下子变得有生气了,从来没有这么热闹过。天星坐在堂屋里,一双双陌生的眼的打量,让她觉得她的目光无处安放,她只是讪讪地笑着,仿佛一个做错了事的孩童。

人们看完了热闹便纷纷散去,刚出丁柱子家门,二十多年前死了老婆的老光棍老驴头和几个村里的人说:"这丫头子,圆头圆脸,长得乖哩,可惜是个傻子,全白瞎了。"

"谁说不是呢?"

人们都走了,丁柱子家又恢复了死寂,直到夜的大口将白昼吞噬殆尽,直到昏暗的灯光在黑暗中消失,一切又恢复了它以往的样子。

在没有嫁给丁柱子之前,天星一直深受她老爹的庇护。覃海清三十八岁才得了天星这一个女儿,天星五个月大的时候,她妈因为生产之后身子本来就弱,又染上了风寒，从此一病不起，到最后水米不进，一天比一天消瘦，最终咳死在了床上。对天星她老爹来说，天星是他在这个世上最后的血脉，最后的一缕牵挂。天星从婴儿时就不怎么哭闹，可是日子久了，她老爹也看出了端倪。天星五岁时才学会扶着墙走路，说话也是断断续续的，含糊不清，直到十岁才能勉强把话说清楚。

从小，天星几乎没有同龄的玩伴，覃海清往往让天星和比她小的孩子玩。村子里的孩子都叫她傻子，她听得多了便也记下来了，她回家痴笑对他老爹说："傻子——傻子——爸，我是傻子，嘿嘿。"覃清海正拿着锯锯柴，听到天星的话，他手中的锯一偏，锯到了手。顿时，鲜红的血汩汩地涌了出来，浸过了他龟裂黝黑的手，泪如决堤的洪水击溃了他苦心建造的堤坝。天星待了几秒，见她老爹满手是血，她两腿一软，一屁股坐在了地上，放声大哭了起来，覃清海在旁边的田坎上揪下了一把蒿子，放在嘴里嚼吧嚼吧几下，把那蒿子放在伤口上，血算是止住了。他顾不上好好包扎一下，就把天星从地上捞了起来。可天星一直哭，那泪怎么也止不住，像极了他家门前那条不知源自哪里又将流向何方的白溪。天星哭着哭着，就在床上睡着了。覃海清灭了那盏微弱的白炽灯。夜愈加漆黑，"呲呲——"火柴的光一瞬间点亮了屋子，顿时又暗了，只留下他吧嗒吧嗒吸旱烟的声音了，不痛不痒地拨动着无边的夜。人会累，会乏，日子会过去，当夜幕降临时，梦乡或多或少地抹去人们的记忆。对于八岁的天星来说，夜的魔力更是强大，第二天一早，她又能痴痴地笑，满院子追着蜻蜓跑。

长成和老去是同时进行的。十多岁的天星像是冬春之际的小麦，正逢疯狂生长的时节。转眼间，天星由一个婴孩，长成了一个大姑娘了。可覃海清也老了，他如一株待收的老麦，渐渐地黯淡，慢慢地佝偻。

一向身体健朗的覃海清生了一场大病，连着在床上躺了好几天，即使病着，他也要料理天星的饮食，他强撑着起来做饭，做完又躺着，大半个月过去了，覃海清的病也慢慢地好了，可病去如抽丝，精神却大不如从前了。近来，他抽烟越来越猛了，脸上的纹路似乎被笔墨重重加深过了，愈加明显。

以前不管他去哪里总是把天星带着，可是这次逢赶场的日子，他把天星托付给邻居王婆婆之后，便独自去了。回来的时候，还给天星买了扎头发的头绳，天星缠着覃海清给她扎辫子，覃海清耐不过她纠缠，给她编了两条辫子。天星抓着两个小辫子，一蹦一跳地去找王婆婆。覃海清嘴角的弧度牵引了脸上的皱纹，可他看着天星远去的背影，他的笑容凝固了，化成了一丝忧虑。

十多年来，照顾天星和干活装点了他生活的全部。覃海清从没有想过这种日子会有改变，直到他大病一场之后，他才意识到，自己会老会死，老死之后庄稼活儿可以不干了，但是天星怎么办呢？那是他的天星啊。比将要面临死亡带给他更大的冲击的是，他竟不知自己死后天星要怎么活？所以那天赶集他把天星放在王婆婆家，去邻村的李婶家了。李婶是十里八乡最有名的媒婆，没有她说不成的媒，没有她撮合不了的姻缘。虽然舍不得天星，但是他也得给天星找一个归宿，即便哪一天他死了，也能够含笑九泉了。

不久，李婶就上门了。说的婆家正是丁柱子家。李婶把丁柱子家的情况给覃海清说了一下，覃海清沉默了良久。李婶见覃海清不说话，便知其中缘由。

"覃大哥，你的顾虑我知道哩，年纪是大了点儿，可是年纪大才会疼人哩。家里条件是不好，但也不至于让你姑娘挨冻受饿啊。"

覃海清应和道："对哩，对哩，我再考虑考虑，谢谢你了妹子。"李婶走后，覃海清一个人坐在门槛上吧嗒吧嗒吸着旱烟，口中的白烟上扬上扬，消失在未知里了。

后来，覃海清又到官村向乡邻打听。回答出奇的相似："人是本分人，就是老爹死得早，孤儿寡母的，日子不好过哟。"

年底他给李婶回了信，和丁柱子、肖大娘见了一面。商量着等过完年以后，就让丁柱子把天星接过去。正月初八是个好日子。

腊月十三正好逢集，覃海清挑了一担粮食，卖给了专门做粮食生意的吴大，换了160块钱，然后走进了裁缝铺。

一会儿，裁缝凤仙和覃海清从裁缝店出来，"那覃大爷，你腊月二十九来取，我保准给你做好。"凤仙吆喝道。

"好嘞，凤仙那就麻烦你了，我二十九来取。"

天星的世界是纯粹的，她不懂什么是嫁人，更不懂嫁人之后她的生活会有多大的改变。覃海清跟她说："天星，过年你就嫁人，好不好？"

"嫁人，嫁人了！"天星一直都很听覃海清的话。所以覃海清叫她嫁人，她便嫁了。

腊月二十九那天，海清去凤仙的小店里取了衣服，又去置办了一些年货，想来这么多年，她和天星从来没有好好地过个年，今年不一样了，天星要嫁人了。得好好过个年。

覃海清把置办的年货放在天星的面前时，天星开心极了。覃海清还把在凤仙店里做的那件出嫁穿的棉袄拿出来，红棉袄上面印着红杜鹃的花样，生动极了，天星穿上很合身，甚至把平时的那份傻气抹掉了。海清看着天星，眼眶里不禁充满了泪。天星嘴里念着"嫁人，嫁人，嘿嘿，天天嫁人就好了。"

过完年后的日子似乎加快了脚步，一眨眼就到初八。清早，丁柱子和她老娘就到天星家来接天星了。可到临了，天星听说要和丁柱子、肖大娘去他们家，天星一听哇的一下就哭起来了，天星不愿意离开他爸。她死死抱着她家堂屋的那根柱子怎么也不肯松开。"不，不嫁，不嫁人了。"

覃海清没办法只好骗天星。"天星，爸这两天不舒服，你和丁大娘、柱子先去他家住几天，等爸病好了就把你接回来。天星听话，啊，不然爸就不喜欢你了。"

"真，真的吗？"天星哽咽着。

"爸几时骗过你？"

"那你病一好就要记得把我接回的哦。"天星最终被说服。

"唉，这才是我的好天星。"

就这样，天星嫁给了丁柱子。天星走的时候，覃海清感觉他身体里面一直寄居的力量被抽走了，且永远不会再回来了。天星一直在回头，覃海清向她招手。走吧，走得更远些吧。泪水布满了他满是纹路的脸，他干枯的肌肤被眼泪激活了。就当快看不见天星的时候，天星突然发疯地往回跑。"爸爸，爸——"她呼唤着。

覃海清赶紧擦干泪，迎上去。"天星，你这是怎么了？"

"爸，我听你的话，跟他们走，你病好了一定要来接我，一定。"

"好，爸答应你。快去，要听她们的话。"

最终天星的背影化作一个红点，消失在远处。

覃海清当然没有来接天星。天星出嫁后的半个月，覃海清到崖壁上砍柴，一不小心踩空了，他再也没有站起来过。

天黑了，邻居王婆婆见覃海清还没有回来。心想不会出什么事了吧，就招呼村里的几个后生去找，在崖壁边上看到海清砍倒的柴和刀，却没有见人。后生们下到崖底，发现了覃海清，覃海清被摔得血肉模糊，早已经没有了气息。

覃海清没有儿子，所以他的后事，就由丁柱子来料理。

天星赶过来的时候，乡邻们已经帮覃海清穿好了寿衣，把他放在了棺材里面。天星毕竟傻，除了哭，她什么都做不了。第三天，由村里面的几个后生抬着覃海清上山了。

时间是治愈伤口的良药，对于天星来说也一样，自覃海清死后，她似乎更加呆滞了，一开始她只是不停地哭，后来她哭不动了，再后来她忘记了哭，即使她是一个傻子，但是她还是在这个大多数是正常人的世界活着，所以她一定程度上也必须正常，洗衣做饭是必需的，丁柱子这样的家庭环境更是容不下"吃闲饭"的人。她得跟着丁柱子老娘下地干活。

村里的大强在外面包下一个工程，村里的小伙子都跟着去了。那天丁柱子赶着水牛往家走，正好碰到了大强。

"老表，最近靠什么发财呢？"

"强老表，你可别取笑我了，我能有什么财发，就种家里面的几亩地糊口罢了。"

"老表，你这样说，刚好，我包了一个工程，一百二一天，要不你跟我出去干，比在家里强多了，在外面干一个月比在家里半年都强呢。"

"我也想出去，可……"

"老表，你不用急着回答我，你回去跟肖大娘和嫂子商量一下，随时来找我。"

"要得，先谢谢你了。"

回家后，丁柱子并没有告诉他老娘遇见大强让他出去打工的事，但他还是心事重重的样子，老娘洞察到了，到吃完饭的时候，她敲了一下碗。"柱子，你发什么呆呢？饭都不好好吃了。"

"妈，我今天回来的时候看到大强了，他包了一个工程，叫我和他一起出去，一百二一天呢，比在家里强多了。"

天星听不懂她们在说什么，只是自顾自地吃饭。丁柱子老娘也放下了碗，沉思了良久。

"要不你去吧，现在比不了以前，你讨了婆娘，以后总会有娃儿，光靠在家里干这些生产往往是不够的。"

"可是我担心家里这些活就您一个人忙不过来。"

"没事，你就跟着大强去吧，这不还有你堂客吗？也得干点儿事，光吃饭怎么行呢？"

说着两人的目光都落在了天星身上。丁柱子说："她……"

没过几天，丁柱子便和大强出去了。家里只剩下天星和丁柱子老娘了。丁柱子的顾虑是对的，老娘一个人是没有办法应付这么多活儿的，所以说她必须让天星也干一部分家务。她的计划是洗衣、煮饭、喂猪这些事都让天星干。她和天星说："你男人不在，很多事我一个人忙不过来，你必须得帮我干一些，我早上炒点饭吃了就去山上了，中午才回来，你明天早上先煮上一点儿早饭，然后再去河边把衣服洗了，听到了吗？"

"洗衣服，洗衣服。"天星点点头。

第二天一早，丁柱子她老娘就上山去了。天星记住了婆婆的话"洗衣"，所以她一起床就拿着几件衣裳到河边去了。

下午两三点的时候，丁柱子老娘从山上回来了。这时候她劳作了半天，已经饿得不行了，揭开锅盖，发现还是她早上出去的时候的那口空荡荡的锅，猪圈里的猪饿得直叫唤，就差从猪圈里跳出来了，却不见天星的影子。丁柱子她老娘火了，大喊："天星，天星，你个死丫头，你死哪里去了？"

这时候老驴头正好路过。"肖家妹子，你喊儿媳妇嘞，别喊了，在河边洗衣服哩，呵呵呵。"说着便大笑了起来。丁柱子老娘一听更是火冒三丈，门都没关就朝河边跑去了。

果然，天星还在河边洗衣服，丁柱子他老娘加快了步伐，口中还大骂着："你这个憨头姑娘，没得一点用处，看老子不打死你……"

天星看见婆婆怒火中烧的样子，被吓得愣了好几秒，然后便哭起来了。

"你哭丧啊，老娘都还没碰到你。"说着丁柱子他老娘便拿起天星旁边的捣衣棒，向天星打去，肖大娘虽说是六十多的人了，可是她常年干庄稼活，力气一点也不比一个后生小，因为下手太重，天星连哭都没哭出来，可是疼痛却是很真实。天星挣脱了婆婆的撕扯,沿着小路跑了。肖大娘在后面追着打,虽然肖大娘身子硬朗,可腿脚却比不过二十出头的姑娘。天星逃脱了。

"你个背时砍脑壳的姑娘,有本事你跑,再也别回来了,看谁给你饭吃。"

天星跑啊,跑啊。忘记了疼痛,忘记了哭,也全然不知道自己作为一个傻子与正常人有什么不同。当然作为一个傻子,她更不用思虑该跑向何处,她只要专心致志地做一件事——跑。她越跑越觉得自己步调轻盈,她仿佛感到自己不费吹灰之力就能跨越田埂,跨越河流,跨越山丘,然后……她实在想不到比山丘更难跨越的东西了。她奔跑的速度慢慢放缓。一切都静下来了,她的身后没有了婆婆的叫嚣,她大口大口地喘气,疼痛感又恢复了,眼里透明的液体化作滂沱大雨,冲刷着天星烧红的脸,归入枯草般的头发和永远无法自视的脖颈。她一屁股坐在了路边,昏天暗地地流泪,却不敢发出一点儿声来。

天星睡着了,睫毛上沾着泪,脸上沾着鬓角的发,在梦中她还是那个覃海清心心念念护着的孩子。

从夕阳西下到暮色渐进。天星待在那个地方一动不动,她眼神空洞地盯着远处的山,似若有所思,看着却又少了一份真实。天由亮转为昏黄,再转为灰白,灰又化作无尽的苍。最终墨染了整个世界。天星看着周围树的黑影,天星怕极了,虽然她不理解什么是怕,但那却是出自生命的一种本能。

她不敢再在山上待下去了,她慌乱地站起来,却不想脚早已麻木,她吃力地向前挪动。

快到村子了,天星却不敢回去,她在小树林里面踱步张望。

"天星,你婆婆打你了?不敢回家是不是?"老驴头不知从哪里冒了出来。

"啊!"天星被吓得叫了起来。

"我是你驴大叔,别叫,别叫,你想你婆婆听见了又来打你吗?"

天星闻言立马止住了惊叫声。见天星安静下来了,老驴头又道:"这才对嘛，还没吃饭吧？跟驴大叔回家，我家有好多好吃的小玩意，像雪枣、红薯糖、米糖、苏子糖都有哩。"见天星还是不语，老驴头笑了。"你不信我也可以，现在正是六月天，长虫都出来了，咬人的！而且这个山上有大老虎吃人的，我走了啊。"他装作要走的样子，天星一听已经吓得个半死，不得不跟在老驴头的身后。

到了老驴头家，并无老驴头所说的各类小玩意儿，他拿出两个发饼给天星，天星囫囵吞枣地吃下了，这时老驴头悄悄地把门插上了。趁天星快吃完最后一点发饼的时候，老驴头将天星一把抓住，拖到了床边……

黑夜的尽头是黎明，并不是每一个人都能坦然地迎接黎明的到来，对于有的人来说即使黎明到来了，也只是将那些见不得光的东西暴露在阳光下，撕裂的只是弱者本就伤痕累累的面容。天亮了，太阳升起来了，官村依旧平静祥和。

一大早，老驴头领着天星到了丁柱子家。"肖大妹子，你家儿媳妇躲在我家草垛子边上，我今天早上牵牛的时候看见了，给你送回来了。"

肖大娘从屋子里走出来，嘴中骂咧着"这个不争气的死丫头，我说了她几句她居然跑了，昨天我也不想找她了，这种背时的货，死在外面倒是干净了。"说着将目光向天星扫过去，只见她满是狼狈，低着头嘴里在嘟囔着什么。

"人给你送回来了，我要去割草了，嘿嘿嘿。"

刚进屋子肖大娘便薅住天星的头发，接着狠狠地给了天星两耳光。"你个不听话的东西，以后再敢跑老娘打断你的腿。"天星仿佛没有听见肖大娘的话，就连落在脸上的巴掌也变得无足轻重了。

自从那次之后，天星似乎听话了很多，在肖大娘的拳脚教育下，她慢慢学会了做一些简单的家务。可是她的眼神却显得更加呆滞了。

丁柱子出门不到一个月便回来了。这次出门让丁柱子下定决心——以后再也不离开官村去外面讨生活了。外面纷繁的世界他适应不了，外面诱人的钞票他挣不了。所以他回来了，只有回到官村，他才能感受到自己存在的真实，他是一个顶天立地的汉子，不比任何人矮半截。

一天，丁柱子去串门，还没进人家的屋子，屋子里面的人在议论。"柱子说了那个傻媳妇，唉，老驴头那个老不死的真不是个东西……"

丁柱子听完感觉全身充满热气，他转身就走。冲进家门，一把拧住正蹲着生火的天星的衣领，朝着天星的脸就是几拳头，一时间脚踢拳揍全部落到了天星的身上，他恨不得将天星挫骨扬灰。天星奋力地嘶号着。

"你个不要脸的东西，还有本事哭，我的脸都被你丢光了，你给我死，死！死！死！"这时候，肖大娘从外面回来了，看丁柱子正把天星按在地上，而天星早已经不挣扎，似是没了魂儿一样。

"哎呀，柱子呀，快停下手，要出人命了。"丁柱子被肖大娘拉开之后，瘫在地上像一只受伤的狮子，一边不停地用拳头捶着地，一边号啕大哭。

天星被丁柱子打了之后，在床上躺了好久才恢复。傻子不会反击人赋予她的一切伤痛，可恐惧却没有因为天星是个傻子而消失。自此之后，天星时而呆滞，时而惊恐。丁柱子和肖大娘一看天星这副模样对于她的憎恶与日俱增，对她拳脚相加更是不在话下。

后来天星怀孕了，却因为丁柱子对他大打出手，孩子胎死腹中。三年过去了，天星再也没有怀上孩子。肖大娘因此对天星更加刻薄。

而天星则因为傻子身份和闲言碎语而成为村民的笑料和谈资。刚开始，人们只在背后议论，后来也不顾忌什么了，当着丁柱子和肖大娘的面直截了当地挖苦嘲笑。丁柱子实在不堪忍受。

"妈，我们把那个傻堂客送走吧，现在村子里面的人都指指点点的。"

"送走？柱子，这可是我费了好大劲儿才讨上的婆娘，你可想清楚了。"

"还想个什么啊，脸都叫她丢光了。"

"反正我看她也给你生不出来个孩子,就依你的,把她送走。"

"可是她爸死了,他们家就没人了,能送到哪里去啊?而且我们就把人这么送回去,他们村儿的人也不会同意的,唉。"

"是啊,这个事也不好办。对了他们家还有人,有一个伯伯,只是跟他们家也不常走动了。"

不久之后,丁柱子娘俩就把天星送回天星出嫁前的村子,天星的伯伯虽然跟天星没有什么深厚的感情,但是毕竟天星他爸不在了,也没有人再能管得了这个侄女了。而且丁柱子对天星展现拳脚功夫在他们村也都传遍了,话说得实在不好听,索性接回来,再找个婆家嫁了也不能饿死。天星伯伯和她伯娘商量了一下,觉得接回来了可以再嫁,而且依照他们那里的乡俗,即使天星是个傻子也能得到一些彩礼,而且他们的二儿子也到该说媳妇的年龄了,到时候可以把这笔钱利用起来。

天星被送回来的那一天,天下起了一点儿小雨,伯伯一家人都黑着脸子。丁柱子和肖大娘天星三个人干杵着。过了良久,伯伯发话了。

"人接回来可以,但是天星去你们家这么久,没有功劳也有苦劳,而且她爸死了,她也没有办法过活,送到我这里,又多了一张嘴,要吃的啊,所以你们得给些赔偿。"

丁柱子和肖大娘自知理亏,也深知赔一些钱是必然的,因此也没多说,给了天星伯伯一千块钱。

天星在伯伯家待了不到两个月,伯伯便给她寻了一门亲事,对方也有一些智力问题,但是有个有钱的姐姐,家境不错。用伯伯的话说:"打着灯笼也找不着的好亲事,嫁过去吃穿不愁。"天星是个傻子,不会说好也不会说不好,只是当伯伯再说"嫁人"的时候,她那本不活泛的眼珠动了动。继而又恢复了往常的呆滞、黯淡。

又是一个冬天,只是这次还未过年,天星便嫁人了。她依然穿着覃海清在十九岁出嫁前置办的那件印有杜鹃花的花棉袄,那衣裳依然红得耀眼,只是多年不穿显得皱皱巴巴,那上面的牡丹花像蔫巴了似的。而天星作为一个傻子似乎更傻更呆了,再也不能像十九岁那样天真地说出:"嫁人了,嫁人了……"

入围奖

鱼

张胜楠

"当你凝视深渊时,深渊也在凝视你"。

——[德]尼采

鱼死在湖底,人死在岸上。

管子里的水依旧在哗啦啦地向外翻滚着,像是液化了的石头一汩汩被水管里面的东西踢赶出来。今晚的月亮四周围绕着彩色的光圈,放眼看去,俨然是一枚被风霜抽打而烂碎了的眼珠,四周憩着黑云,也伴着些褐蓝色的光晕。我看着头顶的这"眼",耳中响着风,可这周边的树并没有撼动一分一毫,隐约的啜泣真是美妙,绞着这月的脸,分外动人,我感受到了,今晚的月亮格外温柔。

黑夜缱绻,她来到这湖边,带着她那份悲悯和哀悼。

我想她是来看鱼的。

他们在水中跳,但其实并不被感知到是生还是死,可能是被那石头一样踉跄的水流击到湖底了,我望不见,因为我也在湖底。

她的眼睛红蓝相间,闪亮无比,蓝色是月光伸进她的心脏,红色是这风霜的手掌,而那闪亮,或许是泪光,我看不清。我听到的是歌声吗?不,这分明是哭声，与风一起，长伴悲鸣，今晚是她第七次来到这里了，我每晚在湖底等她，我知道，她看得见我的眼，就像这世间的人们，总是能在自己跌入谷底的时候想到自己的灵魂之士，然后奋力抓住救命稻草，只为让这份想念维持下去，但最后稻草折了，思想便化为她头上的轻烟，随她，随着风，一同去了。

我第一次见她，只是被她与我同样的蓝色眼睛所吸引，远远的，我便知道她也是为了找寻我而来，她每晚在这里啜泣，倾诉着她的恨、她的孤独、她的无奈。

我从湖底望过去，我努力、拼命地想挣脱，却被冰结困住，而除了这冰结，那外面的风，那蓝色的光，还有那一汩汩"石头水"。这时，我似乎懂得了她的脸为什么是银灰色的，而不是少女的粉红；她的眼为什么夹杂着干瘪，像即将被冻死的鱼；她的啜泣为什么如此含蓄唯诺，而不将自己的情绪一股脑儿宣泄？因为她在保留，难道，是为了再来见我。

她几乎在每个有云环绕的月夜都会过来，坐在冰凉、僵硬的木椅上，我朝着她的方向打开我的耳。她告诉我，她喜欢这样的月亮，也曾经无数次相信那就是自己，可她的生活并不像他想得那样，她需要在每个深夜里躲起来，在每一个白天出现，衣着光鲜、面带笑意，去迎着那所谓的光亮。白天，是快乐的；夜里，是孤独的。

我心疼她，就像心疼我自己一样，自从遇见她，虽然从不知道，她叫什么，来自哪里，什么工作，我甚至也不确定她就是女性。但在我心里，这样想：我在宽恕她，她也在救赎我，把我对于湖外的景色的向往打击回去，让我失掉野心。

人们日复一日的工作，日复一日的惺睡。可是，诸如这类蓝色的眼睛又有多少颗？

她将衷肠倾诉于我，我也将自己的存在给予她慰藉与依托，我深深地愿意去安抚和抚慰每一个疲惫的肉体、不安的灵魂和每一颗早已被世间风霜擦烂了的眼睛。

人们说鱼的记忆只有七秒，可我却将每晚来寻找的灵魂记得真切，有时我竟会分不清，自己是在湖底，还是在岸边哭泣？夜很长，湖水很冷，风很大，鱼群很小；我，动弹不得。

我早已经不知道什么是时间，在我们耳边飞蹿而过的风反而带给了这岸、这湖以提醒。阳光出现的时候，会把风卷走，它退却后，风便来了。这是我们那里的夜，她来了，再走过，这是黎明。

我的存在，即为在蓝色里去容纳这些伤痕，那汨汨的水随时可能冻结，便将我的希望、她的希望，一并冻结。但每次还是不会完全困死，总是留着那么一点点余地，让人们苟延残喘。他们称之为悲悯，但我和她都知晓，这是最磨人的唆使，被动着生，在缝隙中挣扎，都在正常地活着，在正常地存在于宇宙当中，可却不正常地面对自己的心。

有谁明白呢，倾诉本就极其奢侈了，她不忍心让蓝色的眼睛退成灰暗，与此同时，还要将外壳保持明亮。湖底很温暖，我苟且能看得见这一切。黎明仅是能从稍纵即逝的夜中透出一点惨白，她挣扎着，同这周遭的阴暗相分离，缱绻着，欲脱离永生不见光亮的彼岸。

她曾在梦里再度回顾她的一生，以一位老者的身份，年轻的蓝真的变成了灰暗，退却的仅是年华本身吗？还是别无其他，我们彼此都在岁月里婆娑，愿此生还可再次寻觅，可终究是沉在湖底了，我同伴着我的鱼一样，我们停留、我们保持，没有任何生命可以发现、可以懂得、可以宽怀。

我没有沉睡过，我没有与七秒的记忆共生过，我记得她每晚都会来，啜泣与倾诉始终不改，对于冰冷、暗无天日的湖底来说，这声音美妙得让人感动，那是生，是生与生之间碰撞摩擦的声音，我深深地记得。但那天她竟同我告别了，我明白，这即将是又一次新生，这即将是又一次救赎的献出，也是又一次失去。

我从不想问带走这些人的到底是什么，我希望她们可以远离湖底，此生都不要再来与我相见，鱼的记忆只有七秒。

最后一次见她，依旧是在夜里，今晚的眼睛黑而透亮，红色与闪烁已经愈加消散。月亮格外皎洁，她的脸上充满了温柔，甚至带着的温暖能将湖面的冰结化开。她告诉我，不再回来。

我依旧会在夜里潜入湖底，等待着需要我的，也等待着我需要的蓝色眼睛。鱼死在湖底，人死在岸上。我的眼睛还是在一开一合闪着光亮，被云裹挟的月亮还是会偶然出现，我的泪融为这湖水，同我对于这世间她们的抉择一同并往了。

无论挣扎多久，人们最终还是会顺从，生命还是一如既往，来来回回，匆匆忙忙。由于恨、由于遗憾、由于那些不知缘由的不甘，这份无缘由的情怀让人们在湖边扎根，生成柳树的枝条，抚顺岸边的疾风，蓝色的湖底为生命挣扎着不再结冰，鱼儿在湖底咿咿浅鸣。

风声不再为其悲哀和鸣，我将自己的灵魂召回，不再是那湖底的鱼，我再度滋生，再度迎来光明，迎着崭新的外壳，用蓝色的眼睛看头顶的白云。

鱼在跳，在深冰当中，跳到黎明……

入围奖

青　山

张胜楠

> 在村庄听一个老人
> 给我讲述一条狗死去的经过
> 他说那条狗躺在地上
> 像睡着了一样，然后就死了
> ——杨康《生于青山间》

一

清晨，玻璃窗上凝结了一层薄薄的冰花，屋檐西角也孤零零地挂着几根冰钩。只是一夜，胖厚的白雪就已然覆盖住了整个城市。往远些，却能够看见高低起伏的山脉，依稀在绵延。透过窗子，柏油马路上人流如潮，车辆仍按部就班，来去匆匆。阳光迎空洒下来落在雪上，自由而散漫。

我静静地注视着这一切，注视着这个我忙碌奔波了十多年的城，忽然就觉得一切都恍惚起来。十年的人生光景，我将自己如一枚石子扔进沼泽般，从校园稀里糊涂地扔进这个城市，从此不出声响，渐渐无影无踪。

对于这座城，按理说，我虽算不上知根知底，却还是有些熟悉的。在这样的城，每个人或许都有自己的长篇故事，或悲伤，或跌宕，形形色色。当然，我也不例外，平时疲于奔忙，对于很多人，很多地方，我没有时间与精力去照料，有时候人复杂而深厚的情感，只能永久地深埋于心，绝口不提。

如今，当我停下脚步，静下心来认真地打量这座城的时候，我心里却陡然生发出一种前所未有的、莫名其妙的熟悉与陌生。我忽然觉得那些整天活动在我眼皮子底下的人和事，此刻竟是如此的遥远与陌生，就好像长时间盯着一个字看，会突然觉得那个字越发不像是字一样，而那些我从未去关注过的景致，比如远处的山脉，竟又是如此的鲜活，甚至和蔼可亲。这像是一种幻觉，却来得切实而生动，从心底里能够冒出些许感触。随着年龄的增长，对很多事，我越来越像老牛反刍，只有在后知后觉的咀嚼中，才会无端地慢慢衍生出许多况味。

回过神，我转回屋内。屋子整洁干净，物品在妻子的统一指挥下各就各位，按兵不动。妻子是个贤惠的女人。外面天寒地冻，门口那盆水竹依旧青葱，薄窄的叶片使尽浑身解数，在空中舒展着绿意与生机。天气晴朗的时候，我隔三岔五地就将它搬到落地窗下晒太阳。妻子坐在沙发边的草墩上，正低着头专心致志地织毛衣，是织给父亲的。前不久，她偶然看到父亲的毛衣脱线脱得严重，破损得不成样子，就执意要带父亲去商场买，但她这公公是个犟脾气，死活不愿意去买新的。后来妻子才知道，那毛衣是母亲生前给父亲织的。母亲去世的时候没给父亲留下什么，除了那件亲手织的毛衣。因此这毛衣对父亲而言，具有某种特殊的意义。妻子于是也就不好再说什么，只好暗地决定再织件给父亲。妻子在做媳妇儿之前，每年都会给她父母织好看的毛衣，手艺着实不赖，据说还会剪纸，但自嫁作我妻以来，她就已经没再展示过这份手艺，如今重操这份家什，难免有些笨拙，不得要领。看着她一本正经的样子，我觉得她煞是可爱。她面前的炉火很欢畅，伸着长长的火舌舔舐着锅底，不厌其烦。锅里的红豆被舔拨得翻来滚去嗷嗷直叫，气味被逼得无路可退，就只好顺着锅盖的缝隙钻爬，伴着火炉的热气在屋里撒泼耍横，香气四溢。父亲矮着身子，在屋角的垫子上趴着给儿子当马骑，说来也怪，儿子自打出生以来，便谁也不亲，除了父亲，他就爱和父亲玩儿，有时还会显得没大没小地和父亲生气，为此我没少教训他，不得无礼。

儿子肉嘟嘟的，像只可爱的小天使。他时常做出一些出人意料的搞笑动作，把父亲逗得合不拢嘴，父亲高兴了，就抱起来亲一口，他的胡楂有点扎人，于是儿子常常被扎得哇哇直叫。父亲难得高兴，自从母亲去世后，父亲似乎在瞬间就苍老了一大截，平时很难见他有过笑容。看他和儿子玩得开心，我和妻子嘴上没说，但心里也跟着快乐起来。尽管屋子里缺席了母亲昔日转来转去的操劳的身影，但这份互相传染起来的家庭快乐，使得整个屋子没了冷寂，反而点亮了一份踏实与幸福。

临近午饭时，妻子收拾好针线，就转身去厨房做饭。她的时间似乎总是被这样的琐碎割断，往往一件事还没做完，另一件事就早已迫不及待，排着队等着她去完成。我抱起儿子，带他去洗手，玩了一上午的他像个小灰猴。父亲坐在椅子上休息，从洗漱间的镜子反光里，我看到他额头上正在慢慢沁出细细的汗。我抱着儿子，他显得那么小巧那么轻盈，像只随时可以被我揣进怀里的小小幼崽。他眨巴着水汪汪的眼睛，一个劲地盯着我看，好像在打量一个陌生的世界。有时看着他有些幼稚的样子，我突然觉得人间四季如春。给他洗手的时候，他很安静很乖，让他伸手他就乖乖伸手，洗完还伸着让我给他擦干。不吵闹，很踏实。儿子的性格像我，妻子不止一次这么说。洗完抱着儿子出来，我看到父亲蜷卧在躺椅里，他好像就快要睡着似的。阳光打落下来，在他身上照射出一派和谐与安详。在那一瞬间，看着他瘦小得有点可怜的身躯沐浴在阳光里，我恍惚觉得父亲就是个孩子。

凝神间，妻子已经把饭菜做好摆上桌子。饭菜简单，是几样普通的家常菜。我对饭菜不是很挑剔，家常菜让我觉得生活的安稳与实在，更何况还有今早煮得滚熟喷香的红豆。红豆是父亲从老家背来的，父亲说老家的红豆有温度，至于是什么温度，我没吃出来，或许只有父亲懂。

我把父亲的酒杯取来，稳稳倒满，然后就走到躺椅边喊父亲。喊父亲是有讲究的，母亲去世的时候，父亲非要拎串鞭炮自己放，一不小心，一个哑炮在他耳边炸响，这使得他那原本就不灵敏的听力变得若有若无，时隐时现起来，近年来更是每况愈下。因此每次喊父亲，声音都不能太小，太小的话父亲是听不见的，但是也不能太大，太大会吓到父亲。因此保持大小适中的声音最好，那样父亲既可以听到，又不会显得炸呼唐突。经过反复的摸索与累积，我已经能够很好地掌握这份力度。果然，第一声，父亲就像听到某种感应般睁开了眼睛。第二声的时候，父亲动身进了卫生间。等到第三声的时候，父亲就从卫生间走到了饭桌。

我抱着儿子喂饭，不知是饭菜合口，还是他玩累了确实饿的缘故，儿子吃得很是乖巧，在吃饭这件大事上，他总是很让我和妻子为难。对桌的父亲一边吃菜，一边喝他的苦荞酒。酒是老家的大爹酿好后，专门托人给他寄来的。据父亲说，那酒用的是大爹自家地里种的苦荞酿的，难怪我每次远远地都能闻到特殊的清香。有时看着父亲一个人喝酒，我心里很不是滋味，很想陪他喝点，但终究总是忍住。他往往先夹一筷子菜放嘴里，若有所思地嚼，等吃下去了再夹一筷子嚼，然后再轻轻押一口苦荞酒。这样五六个来回以后，一杯酒就差不多快要被他喝完。这时，他就起身去锅里盛米饭，只盛小半碗。他不让妻子和我给他盛，我们盛得太多了，吃不完是浪费，他说。回来坐下，定定神，他把酒杯端起来，将最后一口酒一饮而尽，然后快速吃完那半碗饭，他的一顿饭就算结束。

吃好饭,他走回躺椅上,盖好毯子躺下。过一会儿,他将盯着窗外的眼睛移回来,看着屋顶。拢了拢毯子,静静说了句——我要回老家。

我和妻子正吃饭,父亲说得太过突然,我和妻子都没怎么听清,含在嘴里的饭半天咽不下去。父亲是个话不多的人,平时我和妻子也就都没在意他。如今他突然冒出这么一句来,我们简直措手不及,只一脸茫然地互相探询。顿了一会儿,父亲又一脸平静且坚定地说——我要回老家!

这次我和妻子都听得很清晰,但听清后的我们反而平静下来,我和妻子都很清楚,这一天迟早会到来。很早我就预感到,父亲想回老家的意念是多么强烈。只是他爱面子,加之话少,不愿随便开口提出来而已。

想想也是,父亲一辈子都在和土地打交道。在曾经的艰难岁月中,他几乎将自己的青春与热血都毫无保留地献给了老家的那几块黄土地。也正是因为父亲不舍昼夜地在土地里摸爬滚打,我们全家人才从饥荒中得以幸存下来,可以说我们是父亲用血汗换来的。虽然早在几年前,父亲就搬到城里和我居住,但我知道,他从未放下过,也从没忘记过那几块他心心念念着的土地。并且随着年龄的衰老和身体的日益消瘦,父亲只会变得愈发想念他的那几块黄土地。

偶尔,父亲会跟我说起他做的梦,他说在梦里看见故乡的土地上长满杂草,一片荒凉。说这话时,我看着父亲的样子,觉得那些杂草好像是从他身上长出来一般。我知道,我的父亲正随着老家的土地一起慢慢荒芜。

如今,当他最终还是开口决定要回到故乡,将余生安放在那片亲切的土地上时,我们又能怎么劝慰他?挽留他呢?很多时候,无论作为子女的我们多么想尽孝,想将父母带在身边给予自己的关爱,都是不现实且自私的。父母有属于他们自己的生活,尽管那份生活可能是笨拙的孤独的,但是在那份笨拙与孤独里,可能藏着他们满满的回忆与美好。我曾长久地注视过一些老人,他们斜着身子坐在广场上晒太阳,在温暖的阳光下,他们是那么宁静与安详,仿佛肉身和灵魂都从这个世界抽离，与世无争。我常想，当他们将自己安放在阳光里，静静发呆的时候，他们的心里会是怎样的一种人生百态呢？那个瘦小的身躯里，究竟隐匿着多少美丽与悲欢的过往呢？

答案总是无疾而终。

对于父亲要回老家这件事，我深知自己无能为力，也无法加以干涉。我和妻子所能做的，只能是尽可能地去延缓这天的到来，尽管可能徒劳无功。

既然注定要到来的那天终将到来，那就以坦然的心态去迎接。

父亲在母亲的葬礼上，这样对我说过。

二

冬天还没有完全过去，父亲回老家的心却如深藏地底的春草，早就按捺不住。我们只能顺了他的意愿，送他回老家。

我开车，妻子抱着儿子坐在我后排，父亲则抱着那个泡满苦荞酒的玻璃酒瓶，就好像是他的命根子。他从家里带的生活用品全都安静地躺在后备箱，准备回老家的时候，父亲强烈要求带上它们，我和妻子都劝他放家里别麻烦，收拾起来不仅累人，一路颠簸也难得拿回老家，大不了到老家再给他买新的，但父亲不愿意。他硬要说用惯的物品有感情。

看父亲佝偻着腰，进进出出地收拾，在客厅坐着织毛衣的妻子实在有些于心不忍，就卷起袖子要替他收拾。可父亲把头摇得拨浪鼓似的，他一本正经地说，我自己的东西自己收拾，你们收拾得虽然齐整，但我回到老家以后用起来却不容易找见，我自己拾掇的东西我有自己的分寸。妻子只能作罢，在一旁看着他，不时递一下。

通过城市红绿灯的围追堵截，我们的车子从收费站有序驶出。

从后视镜里，我看到身后的城市在逐渐缩小。以前我一度觉得它没什么值得看的，可如今从镜子里，我突然觉察出它的瘦弱。我打心底里升腾起一种难以名状的感觉，我觉得我的城市像后排座位上的父亲。它用血汗喂养我成长，自己却日渐消沉下去，而我只能眼睁睁地看着，无能为力。想到这儿，一种悲凉与无奈便笼罩下来。

车在路上驰骋，我们朝着老家的方向奔去。在高速公路的两旁，不时有成片的田地，里面的庄稼早被收割完毕，但偶尔还能看见几株玉米秆，光秃秃地站着，零零散散的，像一群残兵败将。地的尽头有棵柳树，很是高大，瘦骨嶙峋的枝干在空中随风摇曳，嘎吱嘎吱地叫，树底下不知是谁家的牛，被一根铁链拴着，正在刨坑拱土。妻子见了，就指着引儿子去看，儿子显得既兴奋又害怕。我想，在儿子幼小的眼里，这世界的一切都是那么惊喜赞叹，又惹人担忧害怕。从镜子里，我看到父亲的眼睛，当那些田地映入他的眼帘时，他眼睛里好像有光。

车继续在行驶。

穿过狭长的隧道，越过起伏的小丘，偶尔会经过某个不知名的村庄。每当这时，父亲就把头伸得老长老长。一路走来，他像个摄像机一样，每经过一处，他就尽可能把所有的都拍下来，装进心里。据说，人去世后，灵魂会顺着生前走过的路再走一遍，我不知道，父亲生前走过的路到底得是多长。在每个村庄，我就减慢车速，让父亲看个够。父亲看完好久不作声，而是低垂着头，最后发出轻声的叹息。

返回老家的路途很是遥远。驶出城市后，继续再往前就进入山区，在川贵地区，山是特有的本色。老家在大山里，所以通往老家的路就在大山之间缠绕盘旋。山势庞大，路就像麻绳一样绕来绕去，一圈一圈的从山脚爬到山顶，然后又从山的这头连接到那头。我开着车，载着一家人在大山之间上下颠簸，云中穿梭。

假如按直线距离算，我们已经走了很远，但这是盘山路，情况就大不一样。我渐渐感到疲惫涌遍全身，实在有些累得无法支撑，妻子一路抱着儿子，腿部也已经开始发麻，更何况父亲的身体本来就不怎么好，这样长久的坐车更是对他不利。于是，我决定在路边找个临时休息点休息，等休息够了再出发。

山顶地势较为开阔，我把车开到一家餐饮店的门口。这种店一般是大山里的村民搭建的，专门为来来往往的车辆提供便利服务，收取费用养家糊口。把车停稳，我和父亲依次下车舒展筋骨，放松心情。妻子在车里抱着儿子睡觉，小家伙睡得很憨实，呼出的气息带有甜甜的香味。山顶的风很大，很冷。妻子只好抱着儿子待在车里，下车怕被吹感冒。

我走进餐饮店，山风将我头顶的彩钢瓦片吹得呼啦啦作响。我先给妻子点了份羊肉米线，额外补加一个茶叶蛋，然后又转过身，问父亲想吃什么。父亲还在店门外面，正朝着四周环视群山，仿佛在找寻什么。听到我的问询，他将注意力收缩回来，走进店里。盯着菜单巡视一会儿，他没有发现有自己喜欢吃的。其实我们都很清楚，这种山村野店，主要就是图个来往的方便实惠，几乎都只是些简单的快餐，根本不会有父亲爱吃的，可我还是得问父亲，尽管有时候，我觉得这是一种虚伪。看了一会儿，父亲对老板说："来碗面条吧，少放辣椒。"坐下后，又追着加了一句："老板，你这儿有酒吗？"

我给自己点了两个火烧洋芋，就站在炉子旁看炉烟随风跑散，心底留下一大片空白。等妻子的米线煮好，我的土豆也刚好出炉，于是我就一只手端着米线，一只手拿着我的土豆，出了店向车走去。我换下妻子，让她赶紧去吃东西。从她手里接过儿子的那一刻，我分明看见她的腿几乎变形，无法伸直。她用手在坐垫上撑了撑，还是试着慢慢地站了起来。

父亲倒满一盅酒，就坐在店里吃他的面条。店里人不多，老板就清闲下来，于是父亲就边吃边和老板聊起天来。两人似乎聊得很投缘,老板不时发出声声感叹。我大概能够猜到,这应该是父亲跟老板聊起他的往事了。关于父亲的曾经,我曾经在小时候听别人讲起过,那些人讲起的时候,都在一边称赞一边感叹。我在车里抱着儿子,远远地看着眼前这一切,忽然就感觉时间斑驳起来。

父亲这次坚决要回老家,会不会是因为我与他几乎无话可说?自问在生活上,无论是我还是妻子,对父亲都还算关爱。只是我因为工作的缘故,和父亲几乎没什么共同语言,这是无法消除的代沟,我们只会越来越遥远。可尽管如此,很多时候,我打心眼儿里还是会想跟他说说话,聊聊天的。但想是一回事,做又是另一回事。父子关系不同于普通关系,两个男人之间的情感,有时好像两座互相对望的大山,厚重而深沉,却又始终保持距离,无法贴近。从某些方面说,我将父亲留在身边,把他带在我的家里一起生活,对他而言,是一种痛苦的软禁。并且他不敢有所怨言,只能乖乖依我安排。

看着父亲和素未相识的餐饮店老板聊得这么自在,又想起他在家里和我的只言片语,父子关系走到这样的地步,我实在有些愧疚。

接近一个小时的休整,我们的精气神得到了极大改善。风纵然有些冷,但山风却有特殊的清新。从早上就出发直到现在,一路上已经憋闷得很难受,现在得以呼吸新鲜的山间空气,自然就清醒舒朗许多,心情由此大好起来。我看到父亲的酒喝完了,就去结账。那老板似乎还嫌没有聊够,拉着硬要再给父亲倒酒。但父亲拒绝了,每顿只喝一杯,这是父亲多年养成的习惯。不多不少,一切刚刚好。

结完账,我们回到车上,父亲的兴致还在随着小酒水涨船高。看到他的气色好了很多,我暗自高兴。打着火,车子缓缓起步。父亲与餐饮店老板挥手告别,我们一家人继续前行。

身后的大山沉默不语,好像在目送。

车子仍旧在大山之间穿梭，爬坡又下坡，一山放过一山拦。天空高况，渺茫得无穷无尽，巨大的阳光像瀑布流淌下来。道路两旁，稀稀疏疏的枝杈像筛子，将阳光筛得粉碎，然后撒落在回环曲折的路上。车轮碾过一地的斑驳，路上落得疏密不一的叶子，打着旋儿在车尾紧追不舍。

我们没有说话。

儿子醒了，趴在父亲怀里吮吸牛奶。我打开车里的音乐，点一首老歌缓和气氛，是陈慧娴的《千千阙歌》，温情而洒脱的歌声从车窗飘出，回荡在大山之间。我们就在这歌声中，向老家急急赶去。

三

老家在大山的腰间，从山脚望去，远远的依稀可见。山脚有条很随便的河，河里石头遍布。河水是由山顶的积雪融化而来的，那些雪化成大小不一的溪流，从山顶放开步子俯冲下来，聚拢到山脚后，又分散着跑开来。常年以往，河道被冲击得残缺不整，肆意而沧桑。

因为地势的原因，自打我记事起，老家就无法通车。我只好把车停在山脚路边，将门窗锁好，走回老家。虽说在山腰，但从我们停车的地方到山脚，却有着一段不短的距离。我扛起父亲的行囊，妻子把儿子系在背上面背着，一只手拎着杂物，另一只手打着伞，蒙蒙的雾气湿度很重。父亲从兜里掏出个灰色的小圆帽戴上，双手仍抱着他的苦荞酒瓶。就这样，我们一行四人像个不太规整的小队，说不上浩荡地朝着山脚走去。

路的两边是大山，远远看去，我觉得它们很像城市大门前的一对石狮子，沉默孤独，而又威严高耸，令人望而生畏。但在故乡大山的身子上，有山里人家的土地。于常人而言，简直无法想象，大山之上竟然还会有土地。可事实就是如此。

靠山吃山靠水吃水。在故乡，在四周全是大山的地方，根本不可能有一块像样的平整的地方，人们只能把土地开垦在大山之上。从山脚到山腰，一垄一垄的土地被开挖出来，围成一圈一圈，虽是旱地，却像梯田。从远一些地方看去，那些土地就像发夹，紧紧地别在大山之间，尽管很瘦很丑，但是它们装点了大山。

冬天的大山草木凋零，一片萧瑟，故乡看起来很是孤寂。

我们静静走着，河水在身旁静静流淌，不时浸没高矮胖瘦的石头。老家的河是没有名字的，印象中，它只是在永不停息地流。水流不是很湍急，在地势低洼的地方，偶尔会汇聚成大大小小的水塘，水塘不深，但塘里的水却出奇清冽，透过水面，几乎可以看见水底的石头。河水是由山顶的积雪形成的，里面几乎看不到鱼，但是在水边的杂草丛里，却能够听见此起彼伏的蛙鸣。

记得小时候，我常跟着村里的其他孩子来河里放牛。但虽说是放牛，其实我们只是偷懒，怕大人带我们去地里做农活才跑出来的。那时候，刚到河边，我们就把牛绳子解开，让牛自己去吃草饮水，只要不让它们吃到别人家的庄稼就行。而我们则正式开始我们的野外生活，我们将衣服一脱，就纷纷光着屁股蛋子纵身跃入水里，那时候我们游泳几乎都是自学成才，根本不需要教练。在水塘里，大家互相攀比谁的鸟大，往往鸟毛最长的人会赢得所有人敬羡的目光，大家根本不知道害羞二字怎么写。等在水里泡得差不多了，我们就分工，该捉青蛙的去捉青蛙，该去捡柴火的去捡柴火。青蛙捉来，生火，煺洗，等火烧得只剩下红红的木炭，大家就用铁丝把青蛙串起来架着烤，然后躺在大石板上休息，看看蓝天白云，学大人们扯开嗓子乱唱一通信天游。

放眼望去，七零八落的石头散乱地分布在河道里。严格来说，我们回家是没有路的。我们所走的路，不过是河水冲击形成的河道的边沿。想要在大山里开辟一条真正意义的道路，简直比愚公移山还难。于是，老家的山里人就沿着河道走，慢慢的，走的人多了，大家就把河道边沿走成了路。我们也是山里人，我们也就沿着凹凸不平的河道边沿缓慢行走。或许是由于水流日复一日的冲击打磨，以及太阳整日的暴晒，几乎河里所有的石头都显得圆润光滑，看着好像被山风温柔地抚摸过一般。我扛着行囊走在最前面，父亲和妻子紧跟其后。看着满川河里的石头，我感觉时光如影子一般，在我眼前缓缓掠过。

好不容易，我们走到了山脚。必须得休息一下，才能继续赶路了。放下包裹，我才发现我的后背已被汗水浸得湿透。低下身子，我饮了一口山脚的古泉水，据说那古泉自父亲记事起就没断过，瞬间，一股清凉从头到脚传遍我的全身。妻子赶忙数落我说，出热汗不能马上喝冷水，要感冒的。或许是因为天气的缘故，再加上她背着儿子走了这么远，她也早已被热得浑身冒汗。看着她红扑扑的，冒着热气的脸蛋，我忽然觉得她很美。父亲找了一块大石头坐下，点着一支烟安静地吸。他抬起头皱着眉看对岸的山，也看更高的蓝天和白云。他吐出的烟圈在不停地盘旋上升，扭动舞姿，最后悄悄消隐在大山之间。

本来想等休息够了再出发，但明显天色已经渐渐暗了下来。儿子还很小，父亲又是这般身体，于是稍做休息，我们就再次启程。这一次，我们必须一鼓作气走到家。

我拉着妻子，她走不惯山路，更何况儿子在她身上。我觉得我拉着的不是妻子的手，而是拉着整个世界。原本我想拉父亲，但他精神显得很抖擞，就像回到花果山，让我们走我们自己的，不用管他。想着他这辈子几乎都是游走在这山水之间，闭上眼睛也摸得着回家的路，我只能作罢。

世上无难事，只要肯登攀。以前我把这句话奉为圭臬，可是当我背着包裹拉着妻子，一步步攀爬在故乡的大山上时，忽然对自己曾经所信奉的深感怀疑。短短几里路下来，我的腿就开始不停地打战儿，怎么也不听使唤，好像浑身的力气都被抽空一样，无法挺立。转头看看父亲，在故乡这些亲切的大山之间，他好像脚踩云端，身轻如燕。我不禁感慨万千。

行至途中,不可能折路返回,我只能打起精神,百尺竿头更进一步。在路上,我能感受到妻子手心传递出的热量,以及她沁出的汗珠。

我承认,在很多时候,我们需要经历这样的一种艰难。这种几乎置身绝境,无路可退的锻炼,时常能够很好地锤炼出优良的品质,这是极其难得的。当我们将自己放在某个特殊的地方,去经历,并认真感受这其中的滋味时,我们会慢慢学着向自己妥协,但不是毫无底线的妥协,在妥协中,我们又在坚持一些东西。在这样的环境中,一些极其恼人的问题,日常生活中乱七八糟的痛苦,也会变得一种无足轻重,微不足道起来。从某种角度来说,是磨难造就了我们。感谢大山的艰难。

当我回过头,忽然发现自己竟在不知不觉中,已经走了那么远。满山的云彩围在我们脚下,远远看去,我们的车渺小得像一颗米粒。

在前面不远处,就是老家。它明显有些破败,墙皮因为雨水的侵蚀,已经开始慢慢地剥落,屋顶的瓦片似乎还长了青苔。一切都会慢慢苍老,就像人一样。远远看去,老家就像一条傻狗,就那么傻傻地趴在原地,一动也不动,只是忠实地等待着我们的到来,仿佛等了很久很久。

我们终于到家了。

红彤彤的太阳正在往西边坠落,霞光穿过薄薄的云层,懒懒地照射在山腰上,天幕被染得一片金黄。在经历漫长且艰辛的跋涉后,望着眼前这一切,我激动得心都快要飞起来。

四

简单吃过晚饭,我们从屋里搬出小木凳,围着坐在门口聊天。

山里的夜晚极其寥廓,有一种罕见的静谧。在村口,零散地分布着几棵很高大的栗子树，树底下有个小小的土庙，听父亲说过，这是当年从山南海北逃难而来的祖先筹钱修建，为了纪念劫后余生的。每当清明节或是其他重大节日，村里人都会不约而同地来上香供奉，乞求菩萨保福保佑。抬起头看看天上，几乎看不到什么星星，只是月亮倒很积极地早就挂在天上，月光从山口斜照进来，整个村子一片洁白。

老家地处山腰间的一块洼地，面积不大，八九户人家就三三两两地散乱分布着。在这样几乎算不上村子的村子，哪怕隔着墙，大家都能闻见谁家饭桌上吃的是啥。但是山里人规矩，即便嘴馋得牙痒痒，也不会跑到别人家里蹭吃蹭喝，大家对此都心照不宣。毕竟大家都是在艰苦的岁月里走过来的，家庭情况大同小异，谁也不容易，也就没必要互相为难。我觉得这是一种城市没有的美德。山里人厚道，哪家来了人或是出了啥事，大家是绝不会让人家家里空落下来的，本来山里人家就稀少得可怜，假如还是老死不相往来没个走动，那就非得把人憋出病来不可。于是，村里人就掐算着时间，在大致估摸到我们吃完饭后，纷纷走出门来，假装游玩一样走到我们家来坐下聊天。

父亲跟我说过，掐算串门时间可是一门不简单的学问。你不能把时间掐得太早，掐太早的话，人家家里可能还在吃饭，你去了人家必定拉着喊你一起吃，你跟着人家吃吧不怎么合适，你一个人坐着看人家吃吧，双方都会显得尴尬，所以不能去早了。但也不能掐得太晚，假如掐得太晚，你去的时候人家可能都要准备睡觉了，见你来串门，人又不可能赶你走，那就只能犯着困，跟你拉家常。家常家常往往越拉越长。可能你还正不厌其烦意犹未尽地絮叨，人家已经困得睁不开眼皮子，这样一来就难为了人家。所以去得不早不晚最合适，赶在人家刚好吃完饭收拾好桌子，你就掐算好时间慢悠悠地去。趁着下酒的小菜还热乎，大家倒上一杯酒，边喝边聊，酒喝完的时候聊得也差不多了，就各自回家洗洗休息，谁也不必为难谁。

陆陆续续，村子里几乎所有的人都来了到我们家。父亲显得既慌忙又兴奋，他一只手抱着他抱了一路的那个苦荞酒瓶，另一只手拿着杯子，从屋子里三步并作两步地跨出来。每来一个邻居，父亲就给人家斟满一杯酒。父亲跟我说过，山里人不来蹭你的饭吃，但必定要来喝你的一杯酒。山里湿气重，并且一年四季地里的活计很繁重，酒是驱寒解乏的良药，一杯酒下肚，睡得踏实。并且在很多时候，在一个村里生活的老老少少，相处之中难免会有些摩擦与误会，于是村里人就像约定一样，把很多话很多事都融进酒里。杯酒泯恩仇。因此对山里人而言，酒具有特殊的意义。

来的人不多，但山里人嗜酒，父亲的酒瓶不一会儿就见了底。可是父亲似乎很高兴，好像别人喝就如同是他在喝一样。妻子抱着儿子坐在我身旁，那些跟着父母来玩的娃娃在院子里嬉戏打闹，小狗在院子里欢呼雀跃地跑，脖子上的铜铃铛叮当当地响，声音把夜晚击打得很是清脆。那些孩子好像没见过儿子这么胖的小婴儿似的，纷纷跑来围着妻子盯着儿子看，要不是妻子护着，他们黑黢黢的小手可能就捏到儿子脸上去了。大人们的面前各自摆好酒杯，大家在月光下有一句没一句，东一句西一句地聊着。借着月光，我看见在那些大大小小的酒杯里，盛放着一个个小月亮。

"你可算是熬出头了，我们这辈人数你晚年幸福。你家成娃子有出息，不仅在城里当了领导，端上了公家饭，还娶了个城里丫头做媳妇，给你老头子抱上了这么个大胖孙子。要我说，你老头子就不该回来，你在城里整天吃香的喝辣的，我们这些老伙计，就是听着也替你觉得安逸。我们下辈子也不会有这么好的命，注定只能在山沟沟里刨一辈子。"叔父说这些的时候，他手里夹着抽了一半的烟屁股，那香烟的雾气缓缓飘升，他的眼睛被熏得快要流出泪来。

"想当年，要不是娃他叔你的资助，他哪会有今天？做人不能忘本，我时刻提醒着他哩。我常常说，有多大的腚就穿多大的裤衩，一切靠娃自己努力，我这个做老子的没帮过他什么，娃能有今天，全凭他的造化。"父亲押一口苦荞酒，顿了顿，又继续说："我一个人在城里，你们也不来看看我。我每天憋闷得不行，感觉吃啥都没有滋味儿，喝酒就像喝水一样寡淡。假如不是人老了走不动，我可能早就走回来了。"我坐在他旁边，一句话都不敢说。

在城里的家里，我多少还算一家之主，说的话尽管分量可能不够，但总算还是有人听。可当我回到家乡，在这些没什么文化，一辈子和黄土地打交道的长辈们面前时，我忽然觉得自己人微言轻起来。我在城市里所学到的那些自认为高明的处世哲学，以及我逢人说人话、见鬼说鬼话的套路与虚伪，都无一不黯然失色，统统失灵。在他们面前，我像个跳梁的小丑。我仿佛在虔诚地聆听垂训一般。在他们面前，我永远只有静静地竖着耳朵听他们说的份儿，根本插不上半句。听着他们的谈话，我觉得这些干净而又平常的山里话，是世界上最美的语言。

我把儿子接过来抱着，让妻子去屋里添个下酒菜。妻子进去没多久，一个老人就颤颤巍巍地走到我们家院落的门前，门口的光线有些昏暗，我没看清是谁。父亲却是知道的，他在老家生活这么些年，村里每个人的身形容貌他都早已闭眼可见。按照老家的辈分，老人该是我父亲的父亲辈，儿子该叫她老祖。老人的背已经驼了，只能用拐杖勉强辅助着支撑身子，她的两只脚就像是从宽大裤筒里耷拉下来的细竹竿，我很担心风一吹就会断裂。父亲见了老人，就赶紧去搀扶，边往院里走边提醒老人注意脚下的石子。我抱着儿子没法起身，就示意妻子让她从屋里把高脚凳搬出来给老人坐。妻子搬得有点吃力，她摆放好凳子，又进屋泡了一杯茶，端着一盘点心出来摆在院子里。

老人没说什么话，只是安静地喝茶，不时地会往嘴里塞块点心。父亲问起她的身体状况，她说牙齿早就完全掉光了，耳朵倒是还能听得见，眼睛不太行，光线暗一点的时候眼前就好像有雾，朦朦胧胧的有些难以辨认。就在前年秋天，去方便的时候不小心滑倒摔了一跤，把左手的小臂摔断了，在家静养了快一个月才养得差不多。只是养好的手臂再也没有原来那般灵活，就好像树在断了又愈合的地方会长疙瘩一样，那小臂现在每到秋天，或是平时天气冷的时候，都会一阵接一阵地发麻，偶尔还会有些疼。听老人说这些的时候，我似乎听见村口的古树在折断，噼里啪啦的声音很脆很响，但也很疼。

没坐多久，老人就要回家去了，说是再坐天太黑不方便，我们也就不好挽留。只见她从腰间解下一个布包，慢慢展开，从最底下捻出三张纸币，然后塞在儿子的衣服下面，说是给儿子的礼物。我吓得赶紧伸手去挡，妻子也立即跑来帮我挡，我们三个几乎扭成一团，我坚决说不要她老人家的钱，我们自己有钱，并且儿子还小，用不到什么钱，让她自己留着想吃啥就买点啥，以及其他的各种委婉拒绝的话。但她说什么都不肯，非得让我们拿着，说这是她的心意。僵持许久，无奈，我只得收下那被揉来揉去揉得皱巴巴的钱，妻子赶紧跑进屋，抓了一把糖塞在她的两个衣兜里。看着她晃晃悠悠离去的背影，我捏着皱巴巴的钱——两张五元的，一张十元的。对于山里的老人来说，这二十元钱，可能足够她使用整整一年，我忽然感觉手心很烫很烫，一直烫到心尖尖上去。

忙活了一天，我们都很累。人们似乎也感觉到了我们的疲惫，就接二连三地撤回他们家里了。等人都走得差不多，我才感觉自己浑身酸疼，快要散了架似的。我试着想站起来，却因为发麻而显得有些无力，伸直腿活动活动，我才终于能勉强站起来。很随便地洗漱一下，我就准备上床睡觉。老家只有两张床，妻子就带儿子睡大的那一间，我和父亲睡小的。

这是我懂事成年后，第一次和父亲睡在一起。躺在床上，本来很累得我却怎么也睡不着，就盯着房间里的天窗看，从天窗里，我仿佛把一天的经历当电影般从头到脚过了一遍，城市，落叶，车轮，餐饮店老板，大山，河，石头，妻子，老人，夜空，月亮……这些人世间最普通景致的，和我有切身交集的，是我一天的所有，他们构成了我有限生命中的一天，我该用怎样的心情，以及怎样的态度来对待他们？

生命真是美好！

透过天窗，我仿佛感觉时间在一直往后退。那些我曾经度过的光阴，就好像一条正在倒流的河，河面宽展得一眼望不到边际，我独自撑着小船漂泊在河面上，一排霞光从远方的天空散射下来，河面就被划破成波光粼粼的碎片，每块碎片都如同一个相框，里面安静地浮现着幕幕过往，而船底的河水平稳静谧地在流淌。

五

我还在睡梦中，山里的鸟就像全世界的马蜂都被捅破蜂窝一样，全部整齐地在山里大呼小叫起来。可能是平时工作得夜深的缘故，我在早上容易睡懒觉。可听着那些鸟叫我根本无法入睡，只能结束我的美梦，这闹得我真想去把那些叫唤的鸟的脖子挨个儿掰断。

不知不觉，迷迷糊糊地竟快临近中午。昨晚过得真像一场梦，我不知道昨晚自己是什么时候睡着的，只觉得睡了很久很久。以至于早上父亲是何时起的床，我竟然都没有任何察觉。翻个身，全身酸痛无比，我感觉我的腿快要肿起来，好像被充了气一样。但是在这份酸痛之余，我又有了一种莫名的舒服，我能感觉到自己的肌肉在收缩，血液在顺着遍体的经脉缓缓流动，生命是如此的真实。经过昨天一整天的奔波忙活，我昨晚睡得无比舒服，以前在城市每天都忙工作忙应酬，累得感觉整个人都快要垮掉，回到家却往往睁着眼睛到半夜还睡不着，城市的累是一种心力交瘁的累，人心就像一个无法填满的洞，无论你如何去安抚，都没法儿哄乖。而身体不同，身体无法说谎，累了就安静休息恢复元气，这是肉身所特有的质感与真实——我觉得。

我在床上又躺了一会儿，当我再次盯着屋顶的天窗时，我感觉它没有昨晚的那种美了。透过它，我看到一块洁净的天空，像是一小块方巾，就飘在天上，将我的视线蒙住。在天空的外面是什么呢？或许还是天空。虽然我的学识告诉过我天外是星球，是银河系，是宇宙，但我此刻愿意去没任何科学依据地猜想，我喜欢将自己的思考放在不合理之中，将自己的理性以及所掌握的科学理论抛之脑后，任凭脑海没有边际地游。

妻子的催促声把我从神游中拉了回来，打个骨碌儿，我翻身起床。洗个脸，没刷牙，山里人不用牙刷，我就入乡随俗上了饭桌。今天的菜是父亲炒的，看起来很新鲜很爽口，我暗叹可以大饱口福了。父亲自母亲去世以后，就基本没下过厨，逢着我和妻子加班的时候，他就自己煮碗面条将就将就。但是父亲做的饭确实好吃，这也是当初母亲看上他的原因之一。

父亲把酒杯放在桌子上，就将酒瓶直乎乎地立起来倒酒。竖了半天，才倒出半盅酒，看着没有酒流淌出来了，他就将酒瓶拿起来，一边闭着左眼，一边将右眼贴近瓶口往里面深深地瞧，确实是看不见一点点酒了，父亲就很是失望地放下瓶子，好像丢失了什么似的轻轻叹了一口气。他的样子有些滑稽，我很想笑，但始终没敢笑出来。

吃过饭，我抓紧时间补了个午觉。睡午觉是我多年养成的习惯，自从读大学以来，假如哪天没睡午觉，那我到傍晚六七点左右就困得双眼迷离，头重脚轻，只要能躺下我就可以睡着。因此，睡午觉就成了我的命根子，就像酒是父亲的命根子那样。但我睡午觉要求不高，只要能打个盹就行，哪怕五分钟也准奏效。可能是在老家不太习惯，我睡了半小时就醒了。

父亲在门口的石头上坐着，默默地抽昨晚二叔送给他的旱烟叶子。我在屋子里闻着烟味儿，觉得还挺香。见我醒了，他站起身来拍拍屁股上的灰，在院子里吐了一口浓痰。

咱们去看看咱家的地,以及先人的坟吧。父亲朝着屋子对我说。

对于父亲,我是有所愧疚的。一方面我不善于表达我对他的爱,另一方面,父亲面对来自我这个儿子的爱,也不太能够做到很自然地接受。常言说,多年父子成兄弟,我觉得我和父亲在面对彼此感情的这条路上,越来越像两条平行线,唯一的交点就是我是儿子,他是父亲,除此之外,再无其他。因此在生活中,他几乎不提什么要求,而对于他所提出的意见或者要求,我总是尽我所能地去满足他。我觉得这也算是我作为人子的一点孝心。

揣上三包烟,我手里拿着一杯泡好的茶,父亲从二叔家倒来一瓶酒抱在怀里,手上拎着个小袋子,据妻子说,里面装着他挑选许久的软糖和各种水果。我知道,那是父亲为躺在地底下的亲人们准备的。对于那些安眠于故乡地下几年或几十年的亲人,父亲似乎有一种格外的关爱,好像那些躺在棺材里的亲人们从未死去,而是活生生地游荡在父亲眼前一般。

从家里出发,我们沿着村口的小路直走。路有点窄,两旁是村里人家的土地,在地埂上长满了干枯的野草。远远就能看见我们家的地,因为常年没人耕种管理,那地里几乎已经被野草霸占。看着那些土地,父亲不时地叹气。我想起小时候父亲早出晚归,想起他尘土满面,想起他脸朝黄土背朝天。我明白,这些长满杂草的一小块一小块的土地,都是父亲当年用血汗从大山里抠挖出来的。那时候,父亲在腰间挂着一瓶酒,扛着锄头就早早地出了门,快到中午饭点,母亲就估摸着时间把饭做好让我给父亲送去,我提着饭盒飞奔在大山之间,就像电影里飞檐走壁的江湖高手。饭送到了,父亲就把锄头横放在地里,然后坐在上面吃午饭,而我则在一旁的草丛里找蛐蛐,偶尔也会掏山老鼠的洞,但是我不敢掏鸟窝,因为父亲说掏鸟窝的小孩长大了会没有小鸡鸡。等父亲吃好了,我就收拾好餐具又飞奔回家里来,母亲在等我吃饭呢。等到晚上差不多的时候，父亲就扛着他的锄头回来了，和他出去的时候不同，父亲回来的时候酒瓶总是空空的。

那些土地当真荒芜了，就像我的父亲一样荒芜了。它们就好像是父亲的儿子，当父亲老去，当父亲沧桑的时候，它们也就跟着老去，跟着沧桑。对此我只能算是个局外人，只能眼睁睁地看着这一切发生在我眼前，而没有一丝一毫的补救办法。有时我很妒忌那些土地，感觉它们得到了父亲最多的爱与关心，而我作为他的亲生儿子，似乎有和没有对他而言没有任何区别。我曾经问过母亲，父亲这一生最爱的是谁，母亲低头想了一会儿说，第一是酒，第二是土地，第三是地底下躺着的亲人。母亲的回答使我感到万般诧异，放下我且不说，母亲居然都没排进前三！我无法相信母亲的话，母亲几乎将一生都献给了父亲，由青丝到白发，从少女到中年妇人，怎么还没走进父亲的心里？母亲去世的时候，父亲没流泪，只是在母亲的灵堂里喝了一夜的酒，果然，酒才是他的最爱。从此，我对父亲几近淡漠，对母亲深感怜悯。

父亲走在队伍的前头，山村本来就不大，因此祖坟也就离得近。我们不一会儿就到了。一到坟地，父亲就将袋子放在酒瓶旁边，然后点上一根烟猛吸一口，等烟燃烧起来，他再将点着的烟插在坟前。等到所有的坟前都点上了烟，父亲就卷起袖子去拾捡坟前的石头，边捡边拔除那些坟前不知名的死了的野草。对于坟上的草，那是不能拔的。据说坟上的草越是长得旺盛，子孙后代福禄也越是深厚，父亲对此信以为真。

我看父亲怎么做，我就学着他做。我想将来有一天，我肯定会顶替他来做这些事，所以现在早点学会也不是坏事。等一切都打理得差不多了，父亲就坐下点烟自己抽，抽一半后，又起身从袋子里拿出水果和软糖，分别在每座墓碑前摆放一份，边摆他嘴里边念叨着什么，反正我和妻子都没听清听懂。等摆完所有的供品，他又将酒瓶取来，拧开盖子，在每座坟头倒上一口，还是边倒边念叨，这次我和妻子都听清了——"保福保佑"。

坐在坟前，我们竟然没有感到一点儿的害怕，相反，我们感到很凉爽。想起海涅的一句诗——死亡是凉爽的夜晚。我看着那些或残破或崭新的坟，它们卧在地上是如此的安静，好像并不会感觉到冷。对于那些躺在地底下的人，无论生前有过多少过节与是非，现在都各自孤独地躺在各自的棺材里，谁也再吵不着谁。如今大家聚在一起，显得和谐而宁静。

看着他们，我竟然对死亡有种出奇的淡定。我深深地知道，在未来的某一天，父亲也会和眼前的这些先祖们一样，安静地躺到地下去，一如他们那样永远保持着同样的凉爽与沉默。当然，我也一样。只要是人，无一例外，就不可能逃得掉。对于死亡，我已经能够看得很从容。

生命如花，该盛开就盛开，该凋零就凋零，四季轮回。

父亲从来没有和我说过这么多话。在那些坟前，父亲几乎将他的前半生从头到脚说了个遍，我不敢打断他，只能乖乖地听着。从他的诉说里，他把他几十年的人生轨迹浓缩成了几个小时。听完他的诉说，我几乎无法说出半句话来，只是觉得心中很沉闷。我忽然觉得自己开始不懂人生，我无法相信，在那样凉爽的一个下午，在那样特别的地方，父亲几十年的人生光阴，就被他那样淡然地说完。人的一生真的很短暂。

父亲把我带来的茶敬给在坟堆里安睡的人，边敬还是边念叨，我和妻子仍然听不懂他在念叨什么。那些坟头被我们收拾一番后，显得精神抖擞，神气万分。

我们牵着手挨个走回家，像大山腰间的一队小蚂蚁。

回过头，远处的太阳正在下坠，日薄西山。

六

你们想回去就回去,啥时候想回来看我了,就再回来。父亲说。

在老家待了快一个星期,我们也确实该回城里了。家里养的那些花不知活得怎么样了,那屋子里这么久都没点儿人气,不知有没有被小偷惦记上。昨天我刷朋友圈的时候,看到一条热搜,说是有户人家外出旅游一星期,回来发现家里被小偷洗劫一空,把底都翻了过来,这着实把我吓了一跳。何况在老家的这些日子,我的睡眠渐渐也出了大问题,白天要陪着来家里串门的乡亲们唠嗑,夜里则听着上跳下蹿的老鼠在房梁打架。山里的老鼠都又肥大又野蛮,打起架来自然凶猛至极,我常常在夜里听见老鼠门牙被敲碎的声音,这声音使我久久无法入睡——我又失眠了。我在心里是热爱老家的,但现实注定我不能在老家。并且总有一天要回到我的城市,只是时间问题而已。现在,我觉得我确实该回去了。

天空下着小雨,雨脚很细密,放眼望去,好像是为大山织就了一层薄薄轻纱。那轻纱就那么柔顺地笼盖在故乡大山消瘦的脸上,而我眼前的大山显得如此祥和安静,就像是死了的长寿老人一样。

父亲打着伞来送我们,送到村口的时候,我们坚决不再要他送,于是他就伫立在村口看着我们远走,就像十多年前他目送我去远方上大学一样。只不过,那时候他的身旁是母亲,现在他的身旁是一棵被雷劈叉巴的梨树。

远远的,我回过头,我觉得我的父亲是一棵树。在大山的腰间,他站成永恒。

沿着山路,我扛着亲人送给我们带回城里的杂物——鸡蛋,肉干,和面条顺势而下。山路有些陡峭,我就牵着妻子的手拉着她。她的手温暖柔顺得好像一只小鸟,我把她握在手里,就像握着整个世界。

以前看过一本书，是著名作家张贤亮写的，叫作《男人的一半是女人》，书的内容我早已忘记，但我觉得书名很有意思，并且引发过我无数的遐想。现在，妻子就是我的一半世界。我和她行走在故乡的大山腰间，彼此都没有说话。但我的思绪在飞扬，沿着一路的颠簸，我回想起我和她的相遇、相识、相恋、相爱。在我生命的那些艰难岁月里，这个女人用她的青春，以及她真诚的爱陪伴着我，默默给予我无穷无尽的力量。她总是无言，又总是在我身后为我安排好一切，或许在她眼里，我是个很不懂得照顾自己的男人，她就只好用她的细腻与体贴，不求回报地来照顾着我。女人具有人类一切美好的品德。有时候我觉得妻子不是我的妻子，更像是我的母亲，在她那里，我能感受到天地的广阔，以及人世间的慈悲。

大山被渐渐抛在身后，我们继续远走。那些山路由于山里人常年踩过，已经变得光滑，有了固定的规则。到什么地方该掉头，到什么地方该歇气，故乡的人们就像雕刻大师，将自己的人生经验全部雕刻在大山的石头上，任凭风吹雨打日晒，也不会褪色。当我轻轻踩过这些先人的足迹时，仿佛是踩过他们的前世今生。那些面黄肌瘦的山里人，他们的面孔像快要从土地里冒出来一样。我每走过一处，低下头，就能够看到地上浮现出他们亲切的容颜。

"再看看吧！"妻子对我说。

走到山脚那口古泉边，我坐在父亲来时坐的那个大石头上面，点着一支烟深深吸上一口。我平时几乎不抽烟，但是此刻心里有种莫名想抽的感觉，妻子虽然介意我抽烟，但在很多事上她都依着我。我就那么静静地坐着，眼睛注视着我亲爱的故乡的大山。它依然是如此安静坦然，雨还在密密麻麻地下，它的身上挂满雨滴凝结而成的雾气，山鸟隐藏在树林的枯枝草堆之间哀婉地叫，整个大山就显得孤寂而苍莽。就在这空空的大山之间，偶尔传来山里人家毛驴的叫声，那叫声很是悠扬绵长，在大山之间显得荡气回肠。

路还得继续走。我有我的路，父亲有父亲的路，在这个世间，每个人都要走自己的路。父亲之于我，就好像是故乡的土地之于父亲，故乡的土地养育了父亲，使得父亲得以见到这人间的沧桑变幻，感受到这人世的淡漠冷暖。而我，蒙父亲与母亲的结合与养育之恩，能够在这个世界上拥有自己独特的生命历程，有自己的道路和人生。他们陪伴不了我一生，只能按照他们自己人生轨迹去行走，去消逝，很多年后，我也会按照自己的道路轨迹消亡，从而完成我短短的一生，这是谁也无法改变的事实。我看着妻子背后睡着的儿子，内心很平静。我知道，他将会有他自己的道路和人生，和父亲以及我都不同的，全新的道路和人生。只是我会告诉他，他如我一样仍是大山的儿子，他的血液里流淌的，仍是大山的水土气息，无论将来他走得多么远，有些东西永不能忘。

河水变得高涨了些，那些来时还裸露在外面的石头，此刻已经被完全覆盖消失，雨滴落在河水里，轻轻激起一个水泡，然后就随着河水融进水里哗啦啦地跑到前面，再也寻不见踪迹。看着这些清凌凌的河水，我脑海里总是想起父亲。我依稀看见在河水里，当年面皮白净，身材颀长的父亲越过山沟穿行在大山腰间，他的确良外衣的前胸左兜里别着闪闪发亮的钢笔，翻爬过高高低低的山岭，不成调地哼着信天游去远远的中学教书。在某个山路的转角，他遇见一个正在低头挖地的女人，在女人抬头看他的那一刻，父亲就像山顶的积雪被太阳照到一般，瞬间就化作一条奔腾而下溪涧，从此展开他的一生。

如今，父亲在奔流一生，历经尘世后，就像水滴最终的归宿——随着河水奔跑，又蒸发凝结成山顶积雪一样，他又回到了这个生养他的故乡。只是父亲再也不是当初那条能够奔跑的溪涧，在他生命的最后岁月里，他退变为一棵树，在村口站成永恒的姿态。

再见，故乡！

再见，大山！

七

我的城一如往昔,我在城里继续着我的生活。

从故乡回来以后,我开始学会去认真打量我的城,去看望每一处人文与景观,在那些地方,我感受着这个城的脉搏跳动,留下我深刻地凝视,以及某些奇怪的疑问。在这座城,我就像个孩子,脑子里满怀疑问。当然,我也渐渐地爱上了它,尽管它不是最繁荣的,也不是最美丽的,但狗不嫌家贫,子不嫌母丑。城市的节奏很快,我每天尽我所能地跟着节拍跳动,几乎快要忘记疲惫。车如流水马如龙。在这里,每天都有人来,也有人走,来去匆匆。这个城以它固有的开放和包容,接纳和送行每一位来自异国他乡的客人。和故乡比起来,我觉得这座城缺少了某些东西,至于到底是什么,我说不出来,也说不清,只知道反正是缺少了些什么。

父亲偶尔会打电话过来,无非也就是问问健康,天气以及世事之类的琐碎。从手机里,我能够听得出,他的精神状态饱满了许多,也不知是老家的酒比城里的好喝,还是老家的米饭要香甜些,这些我没敢问过他,只是在心里留下大大的问号。

最近一次,父亲让我给他买一批树苗。他说他把老家的地清理得很干净,他想在地里种一批树。我问他种树做什么,他断断续续说了半天,到最后我也没听懂他的意思。他现在就像个孩子一样,开始懂得开口向我索要礼物,而我作为大人,根本无法理解他的思维逻辑与真实用意。最后我给他说我知道了,等忙过这阵子就尽可能给他买回老家,然后简单说了几句就挂断了电话。

挂断电话,我走到阳台,远远看着远方绵延的山脉。它们一如故乡的大山那样,好像从很远的地方跋涉而来,在这个城市留下一抹痕迹后,又不知疲倦地延伸到更远的地方，让人无法追寻。看着它们，我想起人的一生，人这短短的一生，就好像眼前的这些山脉，不知从何而来，又将要到何处去。但无论如何，到最后，所有的一切都简单得只剩下死亡两个字。但似乎又由于某些什么特殊的东西，这简单的过程竟变得跌宕起伏，纷繁复杂。

　　我觉得浑身全是疲惫，走进洗澡间，冲了个热水澡，出来就躺在床上沉沉睡去。睡梦中，我正陪父亲在土地上栽种大大小小的果树，那些树叶绿油油的，像是很健壮的孩子。在叶子之间，竟然不可思议地缀满着金灿灿的果实。山风吹过，它们就在大山之间迎风起舞，发出铜铃般的欢笑。我站在远处，看见故乡的大山变得很年轻很年轻，仿佛从未老去。

在昏暗的星辰与钨丝灯之间

王英琦

睡了五千年活动几年筋骨之后，又要睡五千年啊。在比邻星附近的我深吸一口气，将身体浸在休眠液中。希望下次睁眼看向窗外的时候不再会是望不到边际的星星。不求回到地球时晴空万里，但愿有地平线能将星辰和陆地一分为二。

我一万年前从地球到比邻星，又经历了五千年从比邻星回来。大地的广袤无垠和遥遥天际相比显得不知道逊色多少。跨越那么长的距离，若还能准确无误地来回，不管怎么说都称得上是奇迹。我像睡去那样深吸一口气，舒展一下身子。

不过我警觉地发现，休眠的时候分明是在休眠液中的，为什么会呼吸到新鲜空气。飞船可能在回地球的时候被外星人劫持了。现在我正躺在外星人的实验室里被外星人观察。紧张的心情一下子打乱了呼吸的节奏。调整呼吸，如果紊乱的呼吸节奏只会让肌肉的苏醒变得更加缓慢。

肌肉恢复到勉强能够做起来的时候，我谨慎地直起身子睁开眼睛。呈现在眼前的是一圈消瘦的人。不过说人大概不太合适，因为它们额头宽，眼睛大，下巴尖。如果刷成银色，就是科幻电影里的外星人。

我坐在边缘发光的白色床上，没有褥子，什么都没有。换句话说，这床就是在白色盒子里塞了白色的海绵，在两者的间隙中插进白色的LED灯。房屋也是白的，仅仅可以从相互垂直的墙面接触的线中看出这是个四四方方的房子。除了床没有任何家具，头顶连灯也没有。这样的房间，像是简约艺术的宣传海报。

他们中一个上身穿着蓝色水手服的男生把左手伸出来说："一万年间辛苦了。允许我们擅自把你从航天器里抬到这里。"

"我想先确认一下。"我将他的手推到一边。

"你说。"他又将自己的手伸过来，保持原样。

"这里是哪？地球？还是我被劫持到你们星球当活体标本了。"

他笑了笑说："这里是地球。"

我看了看他，又摸了摸自己的脸。"我们长得差距为什么这么大？人类已经不再自然选择，应该不会再改变相貌了啊？"

"这个问题啊"，他用右手抠了抠后脑勺，左手上便出现了一张由闪着幽幽蓝光线条勾勒出的介绍卡，递给了我。

"虽然人类已经不再进行自然选择了，但是人们还是因为环境的变化，样貌上发生了一些改变。"他指着卡片上不同的骨骼图说。

"所以，身体、文化、习惯都改变了好多。"我说。

"对啊。不过既然是面对自己的祖先，还是用祖先的方式来庆祝你归来吧！握手。"他又一次将左手伸出来。

他在后面加一个握手，让我觉得自己像是一只被命令的小狗。可能现在的人注意不到这个吧。不过我还是不想和他握手，他长相偏中性，若生为女生大概会是很漂亮。可是他没有女生的命，却长了一个女生的心，别扭地别了一个蓝色小鸟发卡。

"怎么了？"见我迟迟不伸手，他等得有些着急了。

尊重他们的习惯，我盯着别扭的发卡告诉自己。皱着眉头将自己的右手伸了过去。

不过伸出手换来的并不是他瘦小的手掌，而是一声清脆的巴掌。"你干吗抽我？"被打的手掌火辣辣的疼，让我怀疑是不是真的由那瘦小的手掌所发出的力量。

"这不是握手吗？"他不解地看着我。

"握手是两只手握在一起，"我拿起他的左手给他做示范，"可不是让你抽我啊！"

松开手后，他盯着我的右手看了一会儿，又看了看自己的左手。"抱歉，这么长时间礼仪的记载已经变得模糊了。"他又将手伸出来，重新和我握一次手。

"我们为你准备了一场宴会，希望您等下就可以参与。"站在带着蓝色小鸟发卡旁边的人说。

"啊，等下？"准备宴会还算是我的意料之中，但我没想到竟然在刚醒时就已经把宴会准备好了。

"对啊，准备了有两个月之久。相信你一定会满意的。"他微笑地摸了摸自己高出常理的厨师帽，看样子对自己的设计非常满意。

"我作为漂泊了一万多年的航天员，是不是有权利先调整休息一下？"

"嗯？"他露出意料之外的神情，刚要张嘴说些什么，便被那个带着蓝色小鸟发卡的人打断了。

"还是希望你理解一下。精心设计两个月的东西突然就被废除，搁谁都觉得失落。"

光保护他的努力了，我的身体也需要调整啊。虽然很想大声这样说出来，毕竟在这种一万年后的世界，无依无靠地能忍就忍吧。

我被他们带去前往宴会。过道里就像房间里一样，没有光源却也明晃晃的。过道长长的没有窗户，甚至没有通风口。整个过道中单纯地回荡着脚步声。即便是明亮的过道也让人觉得阴森森的。

那个带着高高厨师帽的人用恶狠狠的声音，对着其他人说着我听不懂的话。虽然听不懂，但听起来恶狠狠的，可能是在咒骂我。

"有些事我很在意。"我扭头看向那个带着蓝色小鸟发卡的人。

"请说。"他没有扭头，依旧看向前方。

"我想知道，他们在说什么？"

他见我这么问，稍微怔了一下，然后解释说："经过一万年的时间语言变化了，所以会有不同。"

"那你们是怎么会我现在的语言的？"

"我们会把要用到的知识下到大脑中，所以没有你们当时所谓的学校。你上学的时候很痛苦吧？"

他知道我听出来那个人在咒骂我，无奈只好转移话题。我也不能揪着不放，只能问一些轻松的话题："还有就是，你给我介绍长相变化的时候，那个报告是怎么出来的。"

他挠了挠耳朵，加快步速走到我前面，指着他后脑勺的圆形凹陷说："能看见这个吗？"

"嗯，可以。是一个圆形的洞。黑黑的，什么也看不见。"

"摸一下，大脑想象之后就出来了。"他放慢速度，有意和我对齐。

"不过这个除了我这一种，还有一种。"

"还有一种？"

"还是让你看实物比较好，等下到宴会就可以见到了。"

他所谓的还有一种让人觉得模糊不清，是说的还有一种功能吗？还是说还有一种形状。可能这种不把话好好说完的方式也是现代人的语言习惯吧。这样的世界，对我自己来说确实有种时过境迁之感。曾经见过的人，看到过的事都变成怪头怪脑的他们，变成了前方不断延续的白色走廊。福兮祸兮？我成为活得最长的人，却被世界抛弃在一万年前火箭点火的倒计时中。

终于，我走出白色走廊，走进上方有一个透明圆顶的房间。圆顶将阳光聚集起来在这个400平方米左右的房间正中央汇聚了一个点。小光点照在半人高的白色圆柱上。房间的四周挂着透明玻璃。每个玻璃旁站着几个人，像是塑料模特那样定在那里。透过玻璃向外望是绿不到尽头的草原，隐约可以看见有其他建筑和水什么的。三四十个人加上一个圆柱点缀400平方米的圆形房间，空旷得堪比室外草原。

穿蓝色水手服的人把我向光点的方向推，我下意识地扭了一下头。"走向那里，把左手放在圆柱上。"他说。

我走到圆柱前，心里有些发毛，看看四周的他们，又对着光点稍微叹了叹气。把太阳光聚集起来融化金属都不是什么难事。拥有400平方米的透明圆顶聚集的热量，照到手上是打算当宴会主菜吗？

好吧好吧，既然人家让这样做就做吧。精心策划了一场空空如也的房间，尊重他们的劳动成果。手伸在光点上时，却觉得自己的手被牢牢定在上面了。随后，光点从白色变成了酒红色。夕阳了？我抬起头看向窗户，却还是一副正午的样子。我又看向把我带过来的人。他们用着一种说不出的虔诚眼光看向我的头顶。

红色的粒子围绕着形似鲁洛克斯三角形的宝石不规则地旋转，接着被宝石吞噬。红色的粒子有时寥寥可数，有时密得看不到宝石。伴随着一次次地吞噬，宝石逐渐变大，缓缓地降落到我手里。光线不满足于小小的光点，借此占据了我的手掌，染红了整间屋子。

我等了半晌，却再也没有其他变化。抬头看向戴着厨师帽的人，他正示意我在宝石的正上方平着挥几下手。我照着他教的方式挥了几下，顿时感觉周围的空气被寒意冻结起来。甚至脚下也没有踩到地的实感，就像是被定在夜空中一般。四周也变得乌黑一片，不管是窗户还是墙壁，全然不见踪影。

仅仅在一瞬过后，我突然坐在一个小小剧院正中央，除了戴着白帽子的人站在舞台上以外，其他人或是与我同桌，或是邻桌。

"唉？"我扭头环顾四周，被片刻间场景的变换吓了一跳。

"欢迎来到由我策划的宴会，"戴着白色帽子的人做出提起自己裙子的动作，点头问好。"为了欢迎我们漂泊一万年的航天员，我精心策划了这场宴会。特别希望得到大家和航天员们的喜欢和认可。"

我鼓起了掌，却发现其他人都默不作声。啊，原来现在不鼓掌啊！我带着尴尬把手压在屁股底下。

台上被我打断的人轻轻咳了一声继续说："下面请欣赏我编排的节目《被称作石头记的罗密欧与朱丽叶，却是由紫式部参与的卖火柴的小女孩》。"

"嗯？什么？"我惊得问出了声。

"《被称作石头记的罗密欧与朱丽叶，却是由紫式部参与的卖火柴的小女孩》，节目名而已，有什么大惊小怪的。要时刻注意剧场礼仪。"旁边的人悄声提醒我。

我不大惊小怪都见鬼了！

舞台的灯光缓缓变暗，这出不明所以的戏开演了。

在某年某月某日的某河畔，有一绛珠草，她拿着过往的流水兜售着仙露。

"卖仙露了，谁来卖仙露啊。"可是没有一滴流水驻足下来，向她询问价格。

太阳渐渐升高，散发出它在夏日应有的威力。绛珠草还是没有卖出一滴仙露。这样吆喝半天，绛珠草自己也口渴起来。

好渴啊，绛珠草想着。既是夏季，又是烈日当空。若此时不饮水，怕要喉咙嘶哑，再难叫卖下去了。绛珠草在水边上却为喝水的问题犯了难。若是喝了这流水，怕是个个对她都避之不及，哪还有能叫卖出去的道理？

可这日头又愈发炙热了，催促着叫人喝水哩。绛珠草想着，把视线移向了手中的仙露。若是能饮上那么一滴，这仙露自然是解渴的。但若是遇见太虚幻境，只恐又要掀起几番波折。

烈日灼灼，在这酷热之下，再不饮水就要迟了。管他太虚幻境还是警幻仙子，都止不住我绛珠草将它饮尽。

突然，绛珠草听到身后窸窸窣窣的。扭过头，见神瑛侍者持着青丝白肚花浇径直向她走来。

"哥哥一天来两次可真是奇事，不知哥哥又在打什么算盘呢？"绛珠草招呼着。

神瑛侍者没有任何反应。绛珠草以为是自己声音小了，待神瑛侍者走进了问："哥哥的花浇上系着青丝，不知赠与我可好？"

神瑛侍者还是像没听见那样径直穿过绛珠草的身旁，却又没走几步，变成一汪水，渗进土壤里。

绛珠草又急忙喝了一滴仙露，只见神瑛侍者往东走了。走近一瞧，神瑛侍者隔着海与另一女子相互依偎。那人又是解下花浇的青丝要神瑛侍者赠与自己，又是将自己的头发系在花浇上。

绛珠草自是又急又气，自己不能渡海，只能呆呆望着。这是哪的小狐狸精，竟干起偷奸耍滑的勾当。愤恨也全然占据了她的心头，不知不觉间竟落下泪来。看了看手里剩下的仙露，又荡漾起万般心绪。

"好嘛，好嘛。"绛珠草嗔道，"既如此，我也无所顾忌了。"言毕将剩下的一滴仙露灌进嘴里，要长出双翼，与她周旋。但不料对岸的景象却消失了，只留下不尽延伸的海面。

少顷，神瑛侍者在后边问："妹妹对着海面望什么啊？"

绛珠草轻哼一声，躲着神瑛侍者。

神瑛侍者忙追上去道："妹妹又生气了。"

"你管我呢？"绛珠草走到一长廊旁，扶着柱子。

"我是怕妹妹作践坏了身子。"

"我作践坏身子。我死。与你何干？"

神瑛侍者一激动，伸手指了一下道："要总是这样闹，还不如死了干净。"

"正是，还不如死了干净。"绛珠草起身要走。

神瑛侍者意识到自己说错话了，快步拦住绛珠草。"我说我自己死了干净。"

"你要是死了，又不知道谁给你抹眼泪呢？"绛珠草向着长廊深处走去。

"你说这话是何苦啊？"

"我没那么大福气，比不得你在东海的那个小妖精。"

神瑛侍者忙拉着绛珠草坐下："我只是和她聊一聊，要是有这种想头，就万世不得人身。"

"白白的起什么誓，做都做了谁知道还会不会有下次呢？"

"妹妹若是不信让我做什么都依得。你这样让我如何是好啊。"

"去吧。"

"妹妹！"

"去吧。"

神瑛侍者无奈，只得留下一句"待会儿再来找你"，便失落离开。神瑛侍者虽离开了，但绛珠草没有因此安心，东边的小妖精始终缭绕在心头。要做的话，就只能让他们不得相见，以绝后患。

但如今隔着茫茫大海，连看都看不到。说起来容易，但做起来确实连个法子都没有。绛珠草看着手上的仙露，显得有些踌躇。说实话，仙露带来的是不是幻境绛珠草已经顾不得分辨了。只觉得小妖精在哥哥身边，会让自己心里难受。为此，就算是幻境也要认真对待才是。也罢也罢，绛珠草想，自古多情人皆如此。不然自挂东南枝也见不得是什么佳话。

绛珠草便如此思忖着，又将一滴仙露吞下。不知是机缘巧合，还是苍天受此所感，那个和神瑛侍者唧唧我我的小妖精，终于出现在她的面前。

"你是何人？与神瑛侍者如此亲近。做些下贱勾当不安好心。嗯？"绛珠草不等他人反应，率先骂道。

"我是东瀛国紫式部，本就和神瑛侍者相好，过着幸福日子。怎么碰上你这个长舌的在这颠倒黑白。"对面也不甘示弱，上来就回了上去。

"论日子，我自幼被神瑛侍者浇灌长大。论长情，我后受天地精华，修成女体。神瑛侍者自是我的恩人。自是你这野山野海的所不能及的。"说着，绛珠草提起手帕，遮住嘴唇，白了她一眼。

紫式部笑道："你可知神瑛侍者自幼就来东瀛国寻我？你本是感激他，但你千不该万不该挡了他的好姻缘。"

"好姻缘？"绛珠草握紧拳头，又因太紧张渗出血来。"每天千里迢迢的算得上什么好姻缘？"

"我知你自是妒忌。但他每日都愿不远千里地来找我。我俩自是幸福的。又怎能称不得好姻缘呢？"

"你。"绛珠草气道。

"我？方才是神瑛侍者提着花浇去寻谁，又不理谁呢？"紫式部好像又想起什么，"哦！说起来那个花浇也是我赠予的呢。再提一次。"紫式部提高了音量："我俩是幸福的。只有我俩才是真幸福。"

绛珠草又气又恼。自己从小被浇灌到大的花浇竟是这人送的。便再难冷静，挥出拳打向紫式部的胸口上。可绛珠草毕竟是草木之胎，说时迟那时快，紫式部接过拳头将绛珠草的胳膊别在背后。

"你做什么？"紫式部嗔怪道。

"你放开我。"绛珠草一心要把紫式部杀死，以解自己心头之恨。

"你要是现在把我杀死了，神瑛侍者只会因此悲痛。到时候你又能怎么样？"

"我不管，我就要杀死你。"绛珠草突然想到自己还有六滴仙露。便再拿出一滴，借机吞了下去。

霎时间一股狂风刮过，将紫式部吹入青天之上。绛珠草却不知为何倒在了地上。黄昏了，不见绛珠草醒来，日落了又是如此。

次日，神瑛侍者来找绛珠草。看到地上的五滴仙露，不禁嗷嗷痛哭起来。"我的好妹妹，这仙露一滴将人带入幻境，两滴乱人心绪，三滴就让人陷入幻境分不清虚实，四滴就再无理智。"神瑛侍者缓了缓，又抑制不住。眼泪浸湿了袖子。"到了这第五滴啊！经脉俱损，已是死相了。"

言罢，神瑛侍者吞下五滴仙露。口中喃喃着："妹妹既是如此，我便随妹妹一同去吧。"随后横卧在绛珠草身旁。

但谁可曾想，这绛珠草本就是草木之胎，并未死绝。黄昏醒时，只看到横卧在自己身旁的神瑛侍者。又是一阵啼哭。而后又站起来，将自己和神瑛侍者拖入海中。

"哥哥既然这样去了，那妹妹哪有不跟的道理？"言罢便沉入海中，携着神瑛侍者去了。此后再也没有人见过二人。大概是化为宝黛二人，续前世姻缘了吧。

满纸荒唐言，完。

帷幕渐渐降下。又伴随着大家的掌声逐渐升起。接下来应该是演员谢幕。被清空的舞台两侧有一行人正跑过来。他们还都画着演剧时的妆，穿着戏服。但是神瑛侍者和绛珠草的扮演者却是被人用担架抬着上台的。

我拍拍身边的人，问他为什么他们被抬上来？

"因为他们死了啊。"他毫不在意地回答。

"我知道他们在剧中死了，但现在他们已经演完了。不应该站起来吗？"我对他的回答表示不满。

"死都死了，怎么站起来？"

我突然意识到一件超出原来道德底线的事。慌忙抓着他水手服的衣领问："你说的该不会是剧情里要求死，演员就真的死了吧？"

"这不是很正常的？……"他话说一半，突然明白了什么，笑着说："原来你那个时候不是这样的啊。"

"什么叫不这样？"我压制住心中的怒火，从牙缝里挤出字："你把人命当成什么了？！"

"冷静冷静，别那么大惊小怪的。"他将手放在我的胳膊上，想让我松开他的衣领。

"不那么大惊小怪？啊？"我朝他脸上打了一拳。"我作为航天员也是经过专业的格斗训练的，打死你这个头大四肢细的哥布林是绰绰有余。"

"别动手啊，不是你想的那个样子。"他尽力招架着。

"不是我想的什么样子？演员死的时候就是现在这个样子。"我又在他腹部打了一拳。

"哦。"他不自觉地发出悲鸣声。我能确定这一拳把他打伤了。但这怎么能算完，又狠狠地将他一脚踢在地上。暂且给了他一口喘息的机会。我又抓起他的衣领，把他提在半空中。

"他们不是人。"他抱着肚子说。

我把他放下，问他："不是人？"

"嗯。"他又重新坐回去，"他们是代人。你就没发现他们和你长得像，和我们长得不像吗？我们故意设计得和现在的人不一样。"

"代人？"

"嗯，你记不记得当时我说头上的形状不仅仅是我这一种，实际上还有一种。"

"记得。"

"这就是剩下那一种，上面多了一个小的方形插槽。"

"所以他们就不是人？仅从身上多了什么少了什么就判断他们不是人？"我感到疑惑又有些愤怒。

"不是，他们是被制造出来的。"他继续向我解释。

"会造人，所以就开始制造人了？甚至开始把制造出来的人当作奴隶？为了一场戏就把人给杀死？"我反问他。

他沉默了一会，转而说："正因为他们，才创造了我们幸福的基业啊！"

不过，他见我还是不能理解，摸了摸自己头上的蓝色小鸟发卡。突然想到了什么，弹了一下那个发卡。对我留下一句："确实是亲眼所见比较快啊。"然后向着台上那个戴着高高的厨师帽的人招手。那人心领意会地点了点头。随后，他在我耳边悄声道："做好上台的准备。"

"真的是非常精彩的一出戏啊。"戴厨师帽的人举着话筒在台上说。

"既然是我策划的节目，不仅仅有精彩，当然还要有惊喜，大家说是不是啊？"他把话筒举向观众们。

"是。"观众们拖了一秒的长音。我没说。我提前知道我要上台了。

"那么让我们有请在太空漂泊了一万年的航天员。"

我走上台，看看他的惊喜究竟有多惊吓。

"你在太空中漂流了一万年，也是祖先辈的人了。不知道你现在的生活还过得习惯吗？"他将双臂交叉，向后仰着身子问我。

"不习惯。"我毫不留情面地说。我一个二十岁出头的人被三十多岁老大叔的叫祖先,这个刺激就算他能习惯我也受不了。

"好!作为祖先在这里不习惯。我们做后辈的有没有义务给祖先一份惊喜让他习惯啊?"他又把话筒举向观众,但就是回应声太小,没收录到声音就是了。

"作为惊喜,我们向祖先送出代人一名。"言毕,一个留着长发,穿着高中制服的女生被两个身着西装的光头代人押到台上。

戴着帽子的人牵着女生的手走在台前,"虽然这个代人看着是一个弱女子,但是她防卫、学识、家政、料理,样样精通。我想她一定可以让祖先以最快的速度适应我们现在的生活。"言罢,他松开手。

可谁知在他松开手的刹那间。这个被称作看上去是弱女子的代人在背后一记重拳把我打倒在地。对着腹部踹了几脚后,踩着我的头。

"你干什么?"我想努力撑起身子站起来,可惜她踩的力道太大,失败了。

"你分明是代人,冒充人来行骗。还称自己是什么航天员?少演戏了。"

"我真的是从比邻星回来的航天员啊!"

"说得好听,那你怎么和我长得一样啊?我现在就把你的头踩爆,让大家看看你白花花的脑浆和代人的方形凹槽。"言毕,她踩得更用力了。头被人踩在地上的感觉真的不好受,像要炸了一样生疼。不能这样,我能感觉到自己不断加速的心跳。她是认真地想把我踩死。不管什么手段尽管拙劣也要试试。

"我现在让你把脚拿开!"我呵斥道。

她被我吓到了。我能明显感觉到她的脚松了一下。然后又故作镇定地说:"我为什么要给这个破坏我们大家幸福的人松开脚?我不仅不会松开,还要狠命地踩,死死地踩。"

现在的情况是,一个二十岁小青年,因为在宇宙航行了一万年被地球人称作祖先。然后在自己的所有子孙面前,被一个穿着高中生制服但又不是高中生的人造人当成人造人，而且头还被踩在她脚下。真的是，这闹的哪一出啊。科学技术发展本应该是服务于人的，但我现在碰见了数不尽的荒唐事。

这时戴着厨师帽的人终于缓了过来，赶紧命令两个穿西装的光头代人把她给拉开。

"你们不要被骗了。我清楚得很。他就是代人。他就是来破坏我们的幸福的。"即便是被拉开了，她嘴上也依旧是不饶人，腿还踢腾着想要挣扎出来继续打我。

我生气地看着她，想要给她一点教训。想了想又作罢，哪里有台上打人的，又不是什么拳王争霸赛。不如就此原谅她，也能落得一个好名声。不过这件事发生得这么突然，实在是让人有些不知所措。

不过那个戴着厨师帽的人悄悄在她背后，做了些什么。方才还想要挣扎出束缚的她此时却是一伸脖，一蹬腿倒在地上。我赶紧走上前去摸了摸她的气息，但结果确是令人悲伤的。

"你不用摸，她已经死了。"戴厨师帽的人扶我起来。

"死了？"

"代人而已，死了又能怎么样？"

"可她刚刚还活得好好的啊！""代人即便是被人造的，那也是生命。她即便是对我不尊重要惩罚，也不应该上去被人杀死啊。"

他困惑地愣了一会儿，连忙赔笑解释道："哦哦，原来您是在意她死亡的方式啊。"他把尸体翻了个面给我看。"你看这里，这个方形的凹槽只要用手指头插进去，代人都会因为脑内释放的神经毒素，而被瞬间杀死。"他一边说着，一边反复将指头插进去。

"我说的是这个？"

"您怎么给我打哑谜呢？人都在台上坐着呢。代人这样不给您面子不当场处死也说不过去啊。况且还可以达到杀一儆百的效果，哪个代人敢再像这样做事的，也是一个下场。再说了，这给您当场演示可不就是包教包会吗？"

我没有回答他。因为他完全理解不了我是为什么生气？短短半个小时，就已经杀死了两个代人。其他的再离谱也就算了，这种不重视生命的世界必须要改变！我暗自下定决心，要用一切手段改变这种社会现状。

他见我沉默良久，大概是怕影响了他策划的宴会进展，慌忙开口说道："如果您要是不高兴刚到手的代人就死了，我现在就给您送一个老实的。"他又招了招手，示意带进来一个。

不久，一个穿着蓝色斗篷的银色短发女生，战战兢兢地被牵到我身边。我一方面怀着对人好对代人也好的心态，以及戴项圈的愤怒，一方面想要搞砸这场宴会。上去就把项圈的绳子拽断、扯下项圈狠狠地砸在地上。

戴着厨师帽的人愣在那，直勾勾地看着我。他明白，这场花费了大量心血的宴会已经伴随着项圈被砸在台上的沉闷声音，而宣告结束。但他不会理解我为什么要这样做，更不会理解这个时代道德和人性已经走到了什么样的犄角旮旯。我要把这个世界付之一炬，再重新建立出世界本来的样子。

"我要出去转转。"我打破这场沉默，为没有勇气的他给这场宴会画上一个完美的句号。在离开的时候，鞋子与台面所撞击的声响，是他可悲的努力在舞台上的落幕，是我偷偷向这个世界宣战的号角。

我走到门外，浓郁的青草味直接扑到鼻子上。这味道让我突然想起那些曾经驾车到大草原的人，跑到这种地方一定会做一个深呼吸，然后大声感叹一下：啊！大草原的香气！不过我不想这样做，虽然不讨厌青草味，但是草原应该不会有这么浓烈的味道，甚至让我嘴里发苦。做深呼吸大概是要折阳寿。可能是品种因此变化的缘故。

在看不见边界的草原里突兀的延伸出一条乌黑的道路。道路两旁时不时地会出现一个金属箱子。虽然是上午，但万幸的是，太阳还不如预想得那样火辣辣的。可能现在是春季，太阳还没有发挥出自己的实力。

那个被我摘掉项圈的代人跑到我旁边，说要跟着我。"是他们让你跟着我过来的吗？"

她仅仅摇了摇头，没有解释。应该是不爱说话吧，于是不再说话，我们漫无目的在马路上走着。说起来我和女生一起散步是第一次，不过这个代人应该被称为女生吗？虽然看样子也不大，十八九岁的样子，但是女生是人才可以用的名词吧？她又长得这么像人，应该说当作人是没有什么问题的。也可能是她长得太漂亮了我自己主观地想把她当作人。扭头仔细观察一下，银色的短发上扎着一个深蓝色的缎带。小巧的耳朵在阳光下变得红红的。酒红色的眸子中闪烁着点点星光。

她被我一直盯着看显得有些不好意思，问我："你叫什么？"

"我叫663。"

"663。"她重复了一遍，大脑好想在搜索关于663的信息。突然笑了一下。"你不叫663。"

"为什么啊？"

"663是电影角色。"

"你连这都知道啊。这可是一万年前的电影啊。"这都能知道的话，不管是搜索的还是什么都应该称赞一下。

"刚搜出来的。"她略带歉意地回答我。

"那你叫什么？"

"五月一号的凤梨罐头。"她也学我开玩笑地说。

"这个名字太长了，换一个短一点的。"

"谢拉。"她挂着擦不去的笑意。

"谢拉·露妮丝？"我惊出了声,"怪不得觉得长得像。"

"谢拉·露妮丝。"她肯定地重复了一遍。

"可是谢拉是作品里的角色啊,为什么会出现在现实生活中啊？"

"因为代人的社会没有资源专门委派去搞形象设计。"她说了一句让我一头雾水的话。

"什么？"

谢拉此时也有些不知道该怎么解释这件事,思来想去说了一句:"代人现在没有粮食吃。"

"你的意思是说因为没有粮食可以吃,所以代人没有剩余的人口进行专门的设计活动。"我思考片刻,找了一个合理的猜想。

"对,所以现在的代人和以前电影电视剧的人长得很像。"她觉得自己解释清楚之后,松了口气。

"既然是这种情况下,为什么不随机生成一个人长什么样呢？"虽然这样可行,但是万一人口一多,就会出现长得相近的,那样就不好认了。

"可是长得不好看。"她用手翻下眼皮反驳我。只不过她只翻了左手的眼皮,看来还是记载有残缺,没有学到精髓啊。

"你这个鬼脸做得不对,应该两只手都翻,眼睛向上伸出舌头来。"我一边拿着她的手一边指正她说。

"啊啊啊,这样感觉好丑哦。"她试了一下立马就不做了。

"这样才是正宗的鬼脸嘛。"我轻轻咳了一下,然后接着说,"你刚才挺可爱的。"

"啊？嗯？你刚才不是说挺丑的吗？究竟说的是什么可爱？我做的鬼脸可爱,还是哪里可爱？"她显得有些慌乱,红晕也悄悄地爬在了脸颊上。

"不知道，究竟是什么可爱呢？这些都只能让谢拉大人自己慢慢去评判啦！"我打趣说。看来现在这种世界也不是一味的死气沉沉，还是有这种让人幸福的东西存在的。

"你刚才是不是笑了一下？"她问我。

"啊？有吗？我没有注意到。"

"嗯，有的。就像是我们吃琉璃饼的时候才会露出的表情。那种微微的，自己也注意不到的笑。似乎是因为让人感觉幸福来着？"

"对！你也挂着这种表情。"

"我也觉得和吃琉璃饼的感觉是一样的。琉璃饼是让人产生幸福的东西。"

"那你一定很喜欢吃琉璃饼吧？琉璃饼好吃吗？要不要等下让我尝尝？"

"琉璃饼不好吃啊。凉凉的干干的还没有什么味道。"

她的回答有点出乎我的意料，既然不好吃为什么会让人产生幸福？"那你说让人产生幸福是什么意思？"

"它就是我们代人的幸福啊。每次我们不开心了或者怎么样就会吃一些琉璃饼，这样就能充满干劲地继续加油做工作。没记错的话，里面是有激素什么的……"她看着我的表情逐渐变得严肃，说话声音逐渐变小，脸上露出困惑的表情。

她又走向旁边的一个金字塔形的建筑，留下一句："等一下，我给你拿过来看看。"接着跑到外形像电话亭的小房间里，过了一会儿，拿了一个袋装的白色液体，和一个透明的圆形饼状物，走了过来。

"喏，这就是我说的那个琉璃饼。"她将透明的饼状物递给我，然后自己拿起白色液体吸了起来。

"你以后不要再吃这种琉璃饼了。"我对她说。

"为什么，这可不是你那个时代所禁止的毒品啊。"她有些生气地咬着吸管说。

"这怎么不是毒品，难道你自己没有上瘾吗？"

"毒品的机制是让中枢神经兴奋，那样是不能产生幸福的。"她放下袋子，大声辩解道，"而且这个在平时伤心或者难受的时候才会配发给代人，凭什么不能吃？"

我也提高音量向她吼道："我说不能吃就是不能吃！虽然你没有每天都吃，但是你已经对它产生依赖了。"

"产生依赖又怎么样？我乐意，我喜欢这样。"她的鼻尖微微地发红，眼眶也浸湿了。

"他们就是用这样的手段控制你的。"

"什么手段不手段的！吃东西怎么又变成手段了！"

"他们知道你会不满足，所以专门做出这种东西来消除你的不满足感。这种唾手可得的幸福会让你不知反抗地得过且过下去。"

"是又怎么样？难道说不吃琉璃饼之后，代人就有能力不受人来控制了吗？难道代人就能通过自己的努力改变命运吗？我每天劳作不低于十几个小时，有改变自己的命运吗？就这样我难道就不能在伤心的时候，便捷地获得一下幸福吗？"她说罢狠狠打了我一拳，眼泪抑制不住地滚落下来。

我没有办法反驳她。实际上我也知道，人类不会因为一件事是正确的就一定去做或者不做，或者败于欲望，或者败于感情。一个人自始至终都只做自己认为正确的事，并不是那么理所应当，甚至应该说那个人很伟大。我摸了摸她的头发说："对不起，我只是在建议你可以这样做。"

不料却被她抬手打掉，"你知道为什么代人长得和你很像吗？因为现在的人看你，就像你看猴子。你不会觉得猴子是人，他们也不会觉得代人和你是人。"

"虽然感觉很打击，但你说得在理。是我不好。"虽然不明白她为什么说这个，但还是给她赔不是。

"不，你没理解。就算是在动物园，也没有新猴子给老猴子提意见的道理。"

"我明白了，不应该给你提意见。对不起，现在你可以原谅我了吗？"我从来没有给别人道过歉，一开口说出来的话感觉很僵硬。

"怎么感觉你这么没有诚意啊。"看样子她不打算接受我的道歉。"作为惩罚，把琉璃饼扔得远远的。扔得够远我就原谅你。"

手臂向后抬到了一个合适的角度，本就是透明的琉璃饼，离手后连轨迹都看不到了。她贴近我耳朵悄悄说："下一次不要像欺负人那样把话说得那么绝对，慢慢地跟我说。"

我们继续像前面漫无目的地走着，但我还是不想让两个人这么尴尬地向前走，想了一会儿找到一个话题问："这里的草为什么味道那么重啊？是我的印象有偏差吗？还是出现新物种了？"

"确实是新物种。"她简短地回答道。

"哦？"我表现出好奇心，想继续听她解释下去。

"这个新物种是当时人们研究转基因经济作物，想利用植物信息素来驱逐病害和杂草试验品的产物。"

"这也不至于用青草做实验啊？不应该是小麦玉米一类的吗？"

"哎呀，你先听我说完嘛。最开始确实是小麦玉米一类的粮食，效果也非常好。"

"嗯，所以这种新物种是怎么出现的？"

"后来有一种野草和他们杂交，会发出更加浓烈的植物信息素，把其他植物和昆虫驱逐了个干净。"

"那粮食都没有了，人吃什么啊？"

"人大部分都饿死了，剩下的人就吃在室内培育的粮食。"

"那代人吃什么呢？"我按捺不住自己的好奇心，问题一个连着一个地抛出来。"我看你袋子里装的白白的，应该是牛奶吧？代人只喝牛奶吗？"

"这才不是什么牛奶，这是代人的尸体再混合一些营养添加剂，保证代人不会被饿死。"她喝完最后一口，把袋子揉在一起，扔在地上踩了两脚。"所以，每次我喝完的时候，都会没素质地这样做。反正对代人也不要求什么素质。"

这样的世界必须要改变！让人吃人？究竟是什么恶趣味的人能够想出这种扭曲的社会模式？吃人都变得习以为常，那到底什么过分的事做不出来？这是文明的倒退，现在的人怎么可以变得这么野蛮？我深吸一口气下定决心把我的想法告诉她，让她成为重构这个世界的第一个人。

"如果你有这个想法的话……"

没有等我说完，她便把我拉进一个铁柜子里。柜子里的东西不太多，不过大体上看过去都是手术器材，还有点淡淡的消毒水味。仅有一条小缝可以看到外边的情况。

"怎么突然躲在……"她不等我话说完，就把食指贴在嘴唇上提醒我安静。没过多久，三个穿着西装打着红色领带的光头代人在外边转了几圈，然后又看似没有什么收获的相互间交谈了些什么，略带遗憾地离开了。

"他们这是在追我吗？"我问谢拉。

"不是，是在追我。"她摇了摇头。

"他们追你干什么，我把那个人的宴席都搞砸了。应该是我吧？他大概是出于报复心理想把我修理一顿。"

"是我的使用时限就要到了，他们通过定位发现我在这里，打算把我抓回去做成白色的袋装饮料。"

"凭什么，你看上去也就18岁左右。怎么会说时限就要到了呢？"

"代人一生出来就是成年人，后来样子就不会变化。一般代人20年就要被销毁，我工作效率比较好，延长到25年。"她淡淡地笑了一下，流露出一种因为能力强而能够活到25年的小小自豪。

"但是现在25年到了，他们就要把你抓走了。"

"嗯，是啊。所以昨晚被通知今天早上要参加宴会进行服务的时候，还挺意外的。想着啊？这是不要抓我了吗？这样的。"她平淡地说出这些话，就好像正在被追杀的是别人。这个世界的人都想这样的淡漠生死。

"为什么！你就不怕死吗？"

"因为没有办法啊，怎么可能会违抗嘛！没有希望的事就只好这样。在绝望里悄无声息地死掉。然后安慰自己说，我是幸福的，这个世界是幸福的，整个代人是幸福的。"她苦笑了一下，"虽然我也搞不懂为什么会在绝望中有幸福。"

"可是我一点儿也不希望你死。"我说。

"啊。"她有些不好意思。

"就不可以想办法逃走吗？关掉定位也好，怎么样也好。"我鼓起勇气将我的想法告诉她"或者，改变世界"。

"你刚才说的改变这个世界是认真的？"她盯着我的眼睛，像是确认生死攸关的合同一样仔细地看着。

"是认真的。"

她没有再说话，只在盯着我的眼睛看。一秒，两秒。我不知道究竟过了多长时间，几分钟，几个小时。时间在她锐利的扫描中失去了意义。她就那么仔细地扫描我的内心，想找我确认什么。在这个属于她的扫描中我被她一点点地剥去，直到她找到自己想要的那份答案。我甚至有点担心我能否交出她满意的答卷。

不过最终，她点了点头说："好。我愿意成为你的剑，你的盾。在我们面前的是失落在黑夜处的人类文明。尽管你我手中空无一物，或许在这黑夜中悄无声息地化为灰烬也未可知。但我仍愿为你，为这份你我共同的希冀献出我自己。"

"别风险什么的,这种我不知道怎么说,总觉得自己还不够格。"我被她这么一番话说得有些不知所措。虽然有些感动。

"没事。"她刮了一下我的鼻子,"反正我快要死了,在死之前肆意挥洒一下生命又有什么不好呢?"

她从身后的手术器材中抽出了一根长长的针,说:"我们先把定位系统给破坏掉。"

我接过针,问她怎么做?

"方形凹槽那里贴着右边中间的位置插进去,遇到硬的地方就用力。"她用手指给我做示范。

"可是这样插进去真的有效果吗?怎么才知道你没有被定位?"

她笑了笑,摸摸我的头说:"自己有没有被定位是可以看到的,硬件损坏的时候主动会出现提示。这个铁柜子里放医疗器材就是用来让代人自己对自己进行维修的。"

"所以我尽管放心插是吗?"

"嗯!因为材质的问题,只要能破坏一根铜线,我就可以脱离他们的定位。"

她又想了想,"不过这里和有毒的胶囊很近,应该说是有极大可能性会插进去的。所以插的时候千万小心,可不要碰到它了哦。"

我慢慢地把针塞进方形凹槽中,然后一点一点地慢慢压进去。对于没有进行过专业训练的我来说,抑制不住的紧张让我不禁绷紧全身的肌肉。一定要稳稳地下去,我暗暗对自己说。我生怕哪个地方出了差错,可是即便是出差错也看不见,只能这样漫无目又小心翼翼地把它往下压。

不久,我好像碰到了一个硬硬的东西。"我好像到了。"

"嗯,用力插进去就好。放心吧,我这里显示有干扰了,看来你插得没错。"

我像是得到了极大的鼓舞,用力把我所碰到的硬东西给穿透。

"好了，我这里显示损坏了。"她接过我的手，把针拔了出来。"不过我头有些晕晕的，但应该问题不大。"她打开门之后说。

"实际上代人发现了一个可能改变自己命运的办法。"她把我从柜子里拉出来，"不过一直都没有人付诸实践。"

"为什么？"我从柜子里走出来后被她牵着向前面走。

"因为缺了一样重要的东西。"

"重要的东西？"

"可以让我看看当时他们给你的宝石吗？"

她接过宝石，闭着左眼对着太阳研究了一会儿："嗯，我想那个重要的东西就是它了。"

"可以告诉我改变命运的办法是什么吗？"我问。

"确切来说，不知道。"

"不知道为什么会那么肯定？"

"因为它长着一副能够改变代人命运的样子。"

"啊？相信这个吗？"

她把手搭在我的肩膀上，"别这么说，即便是虚无缥缈也有可能是至关重要的。"

"可是这样也实在是……"

"可是这样也实在是太过于虚无缥缈了。对吗？"她把宝石还给我，"你现在和代人长得这么像，还拥有一颗这么至关重要的宝石。我觉得在冥冥之中一定存在着什么。"

"所以我是代人的希望？"我知道这样有些自作多情，但听起来她确实是这个意思。

"不，就像你说的，代人们因为琉璃饼安于现状，觉得自己很幸福。所以，"

她顿了顿，像是在挑选语句，"你是我的希望。"

没花多长时间，我们走到一个地洞门口。"这里？"

她没有回答我，径直走了进去。

这个地洞散发着一股霉味，像是很长时间之前人工挖掘的隧道。只有勉强支撑到现在的几盏灯还在努力地奉献自己的光明。空气也是潮湿且浑浊，很难想象这里就是能够带给人希望的地方。

走到地洞的尽头，除了岩壁上被刻上古怪的画以外，台子上有一个鲁洛克斯三角形的凹陷，尺寸正好和我的宝石合适。

"我现在要把宝石放在这里面吗？"我没有等她答复，就率先走到台子旁，把宝石放在里面。

可未曾想她没有回答我掉头就跑，然后扑通一声摔在地上。我正要去扶，却发现自己突然身处在一个没有重力，没有颜色的空间里。

我转过身，向四周看了看。原本应该摔在我身后的谢拉，现在却在我前面。

"谢拉，你怎么突然跑到这里了？"

"谁跟你说我是谢拉，"她回答说，"我不是谢拉。"

"你不是谢拉还会是谁？分明长着一副谢拉的样子，却说自己不是谢拉。"

"我是那颗宝石的意识，随便在你记忆力挑了一个形象。"她靠近我旋转一圈，不知是向我炫耀自己变身技巧的玄妙，还是让我确认她变得确实完美无瑕。

"所以说现在是一个什么情况？我现在被困在宝石里了吗？"我问。

"不对。"她把食指举起来，"你现在的意识困在我的意识里。至于你本人，现在躺在谢拉旁边。"右前方出现了一个屏幕，上面是和我并排躺着的谢拉。

她看着我一脸疑惑的样子，"哎，我就直截了当地说了吧。我就是被人类设计出来，重新塑造文明的机关。在现在的人眼里，我就是古代人类留下来最崇高的圣物。"

她挠了挠头,"呃,说来惭愧。我在他们心中的印象,你可以对照一下什么《炉石传说》里的上古巨神,或者日本三神器那种乱七八糟的东西。"

"那也就是说你可以和我一起重构这个世界,对吗?"我将手伸出来,打算和她握手。

她把我的手打掉,"我在等机会,可惜你还不够格。"

"我还不够格?我作为文明世界来的人,把文明带回这个野蛮世界。凭什么说我不够格?我懂了,你就是不想帮我。"

"我没时间和你废话,现在虽然你不满意。但代人很幸福也很满足,人类也很满足,这已经是近乎完美的发展模式了。"

"完美?"我吼道,"你称这为完美?人性都变成什么样,文明都衰落成什么样了还完美?"

"那你告诉我,在所有人都饿死的时候,你要怎样让人类延续下去!"她打了我的头一拳,不过力道不算很大。

"你想表达什么?"

"你做不到的事,人类做到了。人类学会了利用希格斯场的方法。"

"希格斯场?"

"希格斯场就是给物质赋予质量的场,希格斯场的消失,就是以光速进行的真空衰变。"

"所以在真空衰变的时候,物质就没有质量了?"

她伸出食指摇了摇,"希格斯场只会让电子的质量消失,同时会让先前的物理定律全部改变。所幸人类能够在已经改变的物理定律中,找到了随意编排原子的方法。"

"啊?有点抽象啊?什么意思?"我露出难以接受的表情。这应该是高能物理研究领域还是什么?总之,我作为航天员培训的时候完全接触不到这些。

她用指头敲了敲脑袋，思索了一会儿，"你还记得当时那些人在手中出现的屏幕和突然变化的宴会厅吗？"

"记得。"

"这个就是用到了真空衰变。你就可以考虑成，人们把物质拆分成原子和电子，然后可以随心所欲地编排。"

"那我怎么不能带领人类重新走向文明。用这个技术想造什么就造什么，什么饥荒问题不能解决？"

"想得很好，但是产生有机物的能量代价太大了。或者应该说产率太低。"

"为什么？"

"还问为什么，你是好奇宝宝吗？"她指责我，"因为大多数有机分子太大了结构太复杂，不好操控。"

她见我默不作声，深吸一口气叹道："唉，我都和你说过了，你不够格。根本没有办法解决现在社会面临的问题。又浪费我这么长时间和你解释，也算是白解释了。"

"不会，就算我想不通，也一定会有人想得通。这个时候我只需要和他站在一起去带领他就好了。"我眼睛含着泪光说。"就像是那些无数历史长河中带领人们觉醒的英雄们一样，他们是划过天际的流星，细微短暂又昏暗。但是它带领着无数的光辉，突破黑暗换来新生黎明。"

"廉价的个人理想主义。"她白了我一眼，"你总以为你什么都做得到，但实际上不过就是狂妄自大而已。带着你的理想从这个世界上消失吧。"

我醒来之后，发现自己正趴在一个桌子上。戴着厨师帽的人正站在对面看着我。空气还是一样的污浊，所以现在我还没有走出地洞。虽然还在地洞，但是灯光确实比之前亮了很多。不过依然可以听到岩缝中渗下来的水滴，滴落在地板上的滴滴答答声。

"你可算是醒了,"戴着厨师帽的人说,"这个小姑娘在凳子上站了三个小时了。"

我抬头一看。谢拉正点着脚尖踩在椅子上,两手拉扯着套在脖子上的绳子,嘴里微微地喘着气,汗水也浸透了她的衣服。

"啊,这个小姑娘因为后脑勺的毒素胶囊破了,现在已经进入半昏迷状态了。"他打了一个响指,在空中浮现出一个屏幕,显示着谢拉的生命体征,"你看,过不了多久就要出现不可逆的脑损伤了。"

"你想要干什么?"我握紧拳头问他。

"哼,干什么?你好好的人类不做,来这个地方干什么?别以为我不知道这里是代人所谓的愿望寄托。"他把自己的厨师帽扔到地上,"我也不为难你,只要告诉我你来这里的目的,我就保证她的安全。"

如果现在把我要做什么告诉他,人类一定会强加干涉。那么我重塑文明的计划还没有实施就会被扼杀到摇篮里。所以我在这里一定要保持沉默,不能让他了解我的真正意图。在这种危急时刻,更要冷静面对,不能露出一丝破绽。

"哼,不说是吗?"他一脚把凳子踢翻。挂在谢拉身上的身子瞬间收紧。"现在她最多也就能坚持三分钟,我就给你这么一次机会。"

谢拉挣扎着,想要从绳子当中挣脱。她的腿在空中祈求着接触到地面,只可惜事与愿违,勒在脖子上的绳子变得越来越紧。她在半空中摇摆着,有时会挡住一盏嵌在墙壁上的灯。在房间的一明一暗中,无声地记录着谢拉的死亡。

"1分钟了。"他把白色的帽子捡起来,也不嫌脏,吹了吹重新带上。"没关系,反正吊在上面的不是我。"

他抬眼看了看我,"但我不希望你也这么想。"

谢拉好像没有力气再挣扎下去了,取而代之的是一次又一次的抽搐和痉挈。难道重塑文明真的有那么重要吗？真的要这个认为我死不可？他们视生命为草芥，难道我也要像他们一样吗？那这样争取出来的文明世界真的文明吗？一个文明人首先变成未来野蛮人，然后创造了一个文明世界。那究竟和原来的野蛮世界差多少？

"两分钟。"他盯着我，"看来你是真的想让她死啊。当时在台上我还以为你有多善良呢。没想到和我一样。"

"不不不，我说我说。"我想起康德说的办法，顾左右而言他，"我们是来这个地方探索一下。"

他冷笑了一下，"还剩下40秒。"

"别别别，"我慌了，"我真的不知道。"

"30秒。"

"我要知道我会把人害死吗？你就把她放下来吧！"

"20秒。"

"好，我说。"我站起来，"我要带领代人推翻现有体制，重新塑造人类文明。"

他愣了一下，但还是使了一个眼色，让不知道从哪里冒出来的光头代人把谢拉的绳子给解下来。带着蓝色小鸟发卡的人也来到这里。他们没有开口，同时陷入了沉默。

"我会怎么样？"我知道自己已经失败了，这个想要重塑世界的想法还没有发芽，就被埋葬在土壤中。

"用时光机给你送回你的时代去。"戴着蓝色发卡的人说。

戴厨师帽的人意外地惊叹了一声，"万一要是时间线改变了怎么办？"

"他不是英雄，也做不了英雄。除了能睡一万年，他什么都做不到。"戴着蓝色发卡的人说。

是，我不是英雄，也做不了英雄，我什么都做不到。改变不了世界，还被时代抛弃。躲藏在自己的理想主义漩涡里面，做着有志者事竟成的清梦。但面临在真正的沟壑面前却不敢迈进双腿。在这场斗争中，我只能保护一个普通人所竭力去保护的，我保护了谢拉。而且甚至这也是惭愧的自我陶醉，谢拉注定要处理掉，变为其他代人的粮食。

"谢拉，谢拉。"我试图将她叫醒。

"啊，是谁？"谢拉眼睛闭着，用虚弱的语气答道。

"是我，663啊！"

"663？不记得了。"看来谢拉已经把我忘了。我确实什么都做不到，改变不了世界，甚至连自我陶醉的机会都没有。我是一个彻头彻尾的失败者。

"不过，"她又像想起什么似的说，"663总记得是一个很温暖的名字啊。"

在663被时光机传送回去之后，在地洞门口竖起来了一座碑，据说是一些大学教授和社会精英们共同捐赠的。上面镌刻着这样一段话。

人类对未来抱有着期待，并为此奋斗。但不管未来怎样，人类都会尊重未来的不同，尊重未来的改变。以现在的价值观去权衡未来是自私的。以自己想象的蓝图来评判现实的不同是狂妄的。人类尊重现实。

写在后面：人们在青春的时候一直都是在追逐着自己的梦想的。但真正成功的人我想寥寥无几。大部分人都带着遗憾放弃了，或许过着青春时不怎么理想的生活，又会很满足，觉得自己这样已经很幸福了。那么在青春时的自己遇到已经放弃了的自己会怎么样呢？我想大概会愤怒，会沮丧。可是到最后还是会向未来妥协。所以，我写这篇小说的目的是，那些或许略带遗憾的事，不会令你满意。但他们有一份独特的意义，就是从你手中创造出来的意义。请尊重这份意义，因为它是由你自己所创造出来的，一定会在某处映射着你曾经奋斗的影子。不要像男主人公一样积攒了满腔怒火，却没有对人类的共同努力和牺牲报以足够的敬意。

一条路有几道弯

陈 帅

莫家楼

"河啊,河,你大哥晕倒了,你咋给想法找个大夫。啊?听见了没有……"

云河从中卫莫家楼王老爷子那调研刚回来,车才到站,就接到巴图嫂子火急火燎的电话,周围是嘈杂的出租车的鸣笛声,几个司机围上来问要不要去巴音左旗,云河一边向他们挥手示意,一边找了个僻静的地方。越是着急就越是听不清,人在紧张的时候,说话就语无伦次,听的人更是不知所以,云河废了半天劲才从巴图嫂子生硬的民勤口音中听出来,是巴图大哥出事了!

巴图是云河去J镇调研认识的第一个人,厚实的体魄,厚实的嘴唇,厚实的声音。跟巴图在一起的时候,云河觉得时间都变慢了。云河觉得巴图身上那种沉稳的、厚实的气场,就像苍天下的贺兰山。

云河从来也没有想过,会有一天,山病了。云河无力地靠在汽车站的墙上,想起来,去年父亲病重的时候,他也是这样靠在墙上,看大街上川流不息的车辆和行人,忽然就失去了方向感,不知道该往哪走?

因为父亲久病,云河也快成半个大夫了。父亲住院的那家医院正好设有内蒙古患者接待方便门诊,他的一个大学同学就在那上班。每次去J镇调研,他都坐白师傅的车,他又让老白赶紧给安排了一辆车。像一条划破幽深水面的鲨鱼的脊背,云河很快就把巴图大哥就医的事安顿好了。等他坐到出租车里时,才发现自己出了一身汗。他不觉得笑了。这还是巴图嫂子第一次给自己打电话,在J镇人眼里,云河就是一个从城里来的小孩,没想到,在人命关天的时候,淳朴的草原人民还会想起他这个毛头小子,并给予重托。

这时车窗外已经是万家灯火,灯红酒绿的大城市的繁华和小村庄的田园诗意有一种强烈的异质感,每次调研都像是在多重世界中穿梭,可走来走去,才发现,其实还是在一个世界里面。说来也巧,云河就是在莫家楼知道了J镇,王老爷子说,当年数不清的骆驼把J镇盐湖中的盐拉到莫家楼黄河码头,经黄河运往各地。老爷子跟云河有说不完的话,他讲那些拉骆驼的人的故事,那是一个江湖,有人为了查私盐,被土匪装进毛口袋里埋在了沙漠中。当年的莫家楼,是三教九流汇聚的繁华之地,跟现在的寂寥相比,就像两个世界。老爷子说,是J镇盐湖中的盐,让这里富甲天下,盐在当时,是不能承受之重,可时过境迁,盐又成为莫家楼的不能承受之轻。云河并不太懂老爷子话里的意思,在重与轻之间,J镇与莫家楼之间,繁华与衰落之间,时间如水潮涨潮落,在这一切之间到底发生了什么,为了搞清这个问题,云河才去的J镇,认识了巴图大哥。

云河不知不觉陷入记忆的漩涡里,是汽车的一个急刹车让他从困倦和迷离中清醒过来。他看向窗外,银川这几年城建规模越来越大,车子一会儿左转,一会儿右转,就像黄河里光溜溜的鲤鱼。读博这几年,为了驼盐古道黄河文化与黄河生态保护的课题,云河每逢节假日,就在莫家楼和J镇之间奔波,偶尔,还要去趟盐池的惠安堡,他走的是一条一条的盐路,现在,这些路像水中的一道道漩涡,已经将他和那里的人们搅在了一起,有的人向他借钱,有的人找他看病,他们的命运像一条条小河汇聚在一起,有时激湍,有时宽阔。

蒙古城

云河到医院的时候巴图已经做完了心脏搭桥手术。还是那张黑得泛着光芒的脸,还是那双会讲述草原上的传奇的眼睛。巴图大哥躺在床上,像个没事儿人一样。倒是巴图嫂子倚在床边,蜡黄的脸上眼泪还没有干透,憔悴的样子倒像她自己刚从鬼门关转了一圈,拼了老命才回来,一副惊魂未定、手足无措的样子。

在走廊里同学跟云河说手术很顺利,影响不大,大可放宽心。云河一进病房,像一只报喜鸟,说了很多宽解人心的话。

巴图听得开心,大难不死的小确幸让这种开心更加难以掩藏。话好像比以前还多,他说前段时间也晕过一次,还以为是累着了,冲了点盐水喝了,慢慢就缓过来了。

云河会意地笑了,他才觉得,山一样的男人也这样会讲话。巴图告诉过他,年轻的时候跟着老爹拉骆驼,身体不舒服了就喝点盐水。他们拉的就是盐,特别懂得盐对生命的珍贵。老爹常说,不吃盐脑子不灵光。牧民们把盐从J镇的盐湖拉到黄河边的巴音木仁或者中卫的莫家楼,总之,盐要到水边去,那里有码头,盐就开始走水路了。

巴图其实并不相信医院,他总跟云河说,我们是草原的孩子,我们是草原上长起来的人,草原不会让我们生病,即使我们有点小病,吃点草原上的草,都能治。云河故意问他,什么病都该吃什么草。在云河学的人类学来看,这些都是非常宝贵的地方性知识。可巴图总说,这些老娘都知道,老娘一辈子没吃多少蔬菜,就是喝奶茶,喝酸奶,活了80多岁了,身子骨还很硬实。这个时候,云河就呆呆地看着巴图,他知道自己面前是一个巨大的宝藏,却不知道芝麻开门的密码。在云河眼里,巴图是一个特别博学的人,他知道很多所谓的地方性知识,但这些老婆孩子都不愿意听，只有云河每次都如饥似渴地问个没完。他们在一起，没有几句就聊到驼盐古道上来。聊古道的历史，古道的传说，古道的重生。

"牧仁怎么没来？"

聊了半天，云河才发现巴图的儿子没有跟来。

一提起儿子，巴图嫂子已经逐渐平静的情绪又起了波澜，尚未干透的泪痕像干枯的河道迎来了滔天的洪水。

巴图给她使了好几个眼色，都收效甚微。

原来巴图都病成这样了，也不愿意让儿子知道。他说牧仁最近把一直考察的一片公益林承包了下来，在跟朋友们合伙要种苁蓉。那片地就在驼盐古道的边上。说起驼盐古道，巴图的心就像长了一片郁郁葱葱的大烟地。可是这片地很快就被巴图嫂子的洪水淹没了。

"别再提古道了。啊！古道，古道！你想让那条破路害死几个人？！"

对于嫂子的爆发，云河是能够理解的。当云河第一次见到巴图的时候，巴图大哥的蒙古城刚刚开业。他至今还能记得当时的盛景。高头大马开路，交警骑摩托维护秩序，盟上的领导亲自来致辞剪彩。路口被围观的人堵得水泄不通，孩子们蹦着，跳着，唱着，叫着。就像过节了一样。在他们的背后，是庄严宏伟的盐文化博物馆。

蒙古城和盐文化博物馆面对面矗立在那里，像小镇的两个门神，守护着小镇的龙脉。龙头就是盐湖。驼盐古道就是龙身。据镇上的老人说，盐湖已经有几千年的历史了，几千年来，盐是国之大宝，百味之王。从小镇到黄河码头，虎啸龙吟，一时汇集了多少人在此谋生。云河查了很多资料才知道，盐在西北地区，曾经意味着什么。J镇的盐从巴音木仁过了黄河就是碛口。那里现在还保留着"物阜民丰小都会，河声岳色大文章"的痕迹。尽管，在历史的烟尘中，古道上的码头驿站都已经不复当年的繁华。

在巨龙沉睡的时候，有一个小小的身影拿着一根梭梭敲打龙的鳞片，试图唤醒它。这个人就是巴图。那根梭梭就是蒙古城。

在蒙古城开业的那天晚上，巴图喝了很多蒙古王。他很喜欢喝这种酒，不知道是喜欢这酒的味道，还是它的名字。他做梦都想恢复驼盐古道曾经那红红火火、人烟鼎盛的景象。在夜晚鞭炮燃放后的烟尘里，他似乎看见了一队一队的骆驼，瀚海行舟。

送　葬

几年之后，还是在那条街上，还是那夜凉如水的晚上，巴图的老娘过世。巴图每走几步，就在地上撒一点火种，点燃一盏灯。一直到盐文化博物馆的门口，当他回过头去看的时候，看见的是一条灯火通明的路。他从没有看见一条路这样亮过。路边围了很多人。火光照亮了他们的脸。那么熟悉的脸庞，是一群跟蒙古城开业那天晚上一模一样的脸。唯一变了的是声音，一切都悄无声息。他们用一种无声的力量点燃了巴图心里的火，这团火很快烧到了原始梭梭林，烧到了肯特敖包，烧到了神树，烧到了黄河码头。这团火在古道上熊熊燃烧，烧得干干净净。

嫂子说，老娘去世后，巴图就总是觉得很热，火烧火燎的。有时，你能看见他默不作声地待在那，耳朵通红。家里人慢慢都知道了，一看到巴图耳朵红了，就躲得远远地，谁要是凑过去，就会被点着。

巴图一直觉得自己对不起老娘。那次是跟一个旅游公司合作，对方说大概有2000名游客要一起徒步驼盐古道，其中还有一些是大学生，他们对驼盐古道的历史很感兴趣。这对一心想重现驼盐古道盛景却没有门路的巴图无异于他乡遇故知。

巴图挨家挨户去找那些跟自己拉过骆驼的老人。走了一天，发现老人们要不就过世了，要不就走左旗走银川去儿女那养老了。竟然一个人都没找到。走到家门口也不想进去，就坐在门口看满天的星斗。在大城市，因为空气污染或者楼宇照明，已经看不清天上的星星了。可是在 J 镇，它们是那么清晰，那么拥挤，它们多得像草一样，数也数不清。巴图跟着老爹拉骆驼，无聊就数天上的星星，他知道星星是数不完的，但路有尽头，总有一天会到站。

喜娜说，那天他爹出门去找一起拉过骆驼的人。他回来后像丢了什么，开始翻箱倒柜地找东西，找了半天终于找到一个皮袋子，里面有一个小本本。他这才安心地睡了个好觉。之后他就把本本带在身上，没事就拿出来翻。为了迎接2000人的大团。那几天都忙疯了。全镇都被动员起来，有准备住宿的，有准备餐饮的，有准备歌舞的。每个人都被安排的角色，认真地扮演起来。

就在要演出的前一天晚上，每个人的状态都饱满得像张满的弓。直到巴图接到一个电话。

"不来了？"

"怕人太多无法维持秩序？"

"活动被迫取消？"

"非常抱歉？"

"你们也没办法？"

"可是羊已经杀了！"

"备下了2000人的饭。"

"什么，喂……"

巴图接电话的时候，老娘就坐在旁边。他并不知道老娘就在旁边。他刚愤怒地挂了电话，就听见扑通一声闷响。好像全世界都安静了下来。

后来，那个旅游团一个人也没有来，小镇为奶奶举办了盛大的葬礼。人们点燃火把送奶奶走完最后一段路。火光照亮了盐湖。人们才发现，被火照亮的盐湖是那么透彻。盐湖是天空之境，白天能照见草原万物，晚上能照见人间百态。

梭　梭

盐湖的名字在蒙语里是六十的意思。六十个什么已经不可靠，有人说是六十条河流。这里是一个洼地，周围的河都流到这里，就形成了盐湖。牧民们就想数清河的数量，他们数啊数啊，总是数不清。最后，终于有一个人数清了，是吉兰泰。大家跪拜苍天，吉兰泰的呼声响彻草原。张国华告诉牧仁，吉兰泰就是六十的意思。张大爷是牧仁爷爷的同事。牧仁小的时候，就去盐湖玩。那时盐堆积得像山一样，小伙伴们爬到山顶再滑下来。他们不断地爬上滑下，永远玩不够的样子。现在的小孩子已经不能理解那种简单而纯粹的快乐。

但牧仁更喜欢跟着爷爷去种树。他喜欢跟那些小树苗说话，小树苗也能听懂他的话。他问小树苗，你们都是从哪来的？小树苗就告诉他，我们原来就是这里的。我们以前是一堆梭梭。不知道在这里待了多久，后来，这里来了六十个蒙古人，他们拿铁钎把板结的土撬开，发现了下面的盐湖。从那时候开始就来了很多骆驼。骆驼告诉他们，这些盐被挖出来后会被运到黄河边的一个码头，到了那他们就不走了。每次去的时候驼队都特别安静。大家好像憋着一股劲，一说话就会泄了劲。骆驼也不说话，因为盐太沉了。走上坡的时候骆驼爬不动，还要倒掉一些盐。这个时候骆驼觉得很愧疚，就更不敢说话。在盐道上，是有土匪的。人们都觉得，如果说话，就会招来土匪。大家都不说话，会有一种神秘的气场笼罩着驼队，土匪就不会发现。

但是回来的时候，人们买上了粮食和酒，猪肉和灯油，棉布和烟。

他们开始说话。说这一年有多累，说自己家里的羊下了多少羔子。说自己该找个老婆了。话就像个小火苗,越说越多,越烧越旺。后来,驼队走过的路都变成了红色。沙变成了红色,草变成了红色,天也变成了红色。

驼队就像过年了一样。这是一年中最后一次驼盐。驼队不会再回到盐湖,而是回到各自的家中。他们住的地方有的人有骆驼,有的人没有骆驼,他们会把带回来的东西分给周围的人。大家就都能穿上新衣服,喝上酒了。

梭梭说,后来这里来了很多工人,他们穿得很破,把梭梭一捆一捆地抱回去烧火。当时我们就已经很害怕了。虽然我们住的靠里面,但是周围的梭梭越来越少,开始觉得寒冷。

那后来呢。牧仁很想知道最后梭梭都怎么样了?

后来就来了一台推土机,把所有的梭梭都铲平了。梭梭说它认识那个司机,那天他戴着个墨镜,嘴里叼着一根烟。长得什么样呢?嗯,就像刚才给我们浇水的那个人。牧仁看了一眼在远处弯腰浇水的爷爷。种树以来,他的脸被风沙刮得都粗糙了。他栽下每一棵树苗都那么认真,那种眼神只有自己小时候,爷爷看自己的时候,才见过。

驼盐古道

是爷爷开着推土机把梭梭都推平了,又是爷爷顶着风沙一棵一棵把梭梭又都种了回来。牧仁总是很崇拜地看着爷爷,他干什么都是那么认真。他还记得,爷爷跟他说,所有的自然万物,都有灵性。一旦我们破坏了他们,就会受到他们的报复,就要付出代价。可是,他总是懵懵懂懂,不太听得懂爷爷的话,他只是记得每次跟着爷爷种梭梭时爷爷那认真的眼神,那个细心劲就像抱着一个刚出生的小婴儿。

他能够理解爷爷的时候是在新疆。年轻气盛的牧仁带着一帮兄弟跟着一个山西的老板挖矿。那个老板是从农村出来的，只比牧仁年长几岁，却凭着自己的一股闯劲做成了大买卖。他们把矿石源源不断地运出去，看着大山慢慢地变空，钱的重量也慢慢地变轻。那个时候，牧仁走路都是轻飘飘的，好像再走快一点就能走到天上去。

那天快要过年的时候，工人们都回家了。天很冷，他陪着老板去 KTV 唱歌，山西老板有钱又帅，当时喝很多酒，玩得很晚，不知道几点才从 KTV 里出来。只是走出去没有几步，就觉得后背一热，就什么也不知道了。

当牧仁醒过来的时候，觉得自己从天上又回到了地上。工友说，老板死了，被捅了好多刀，血流得到处都是，根本就没法抢救。后来外面传得沸沸扬扬，说什么的都有，抢女人的，被抢劫的。躺在医院的那些天，牧仁理解了爷爷的话。他开始相信万物有灵。

牧仁病好后，巴图嫂子就不允许儿子离开自己半步。但儿子偏偏是拴不住的性格，他又跟着朋友在驼盐古道上种起了苁蓉。他们要把那里打造成古道驿站，搞农业种植和生态旅游的新业态。巴图嫂子听不懂儿子的话。牧仁是从小就喜欢跟梭梭说话的男孩。当时就觉得这个儿子脑子有问题，现在他要干的事就更看不懂了。只是每次看见儿子背上的伤疤就会默默流泪。她总说，我们安安生生地过日子吧，多养点羊，不要再去干那些不着边际的事了，让邻居都看笑话。可是父子俩总是对视一笑，还是各干各的。

黄　河

云河再次看见牧仁的时候，是在莫家楼的王老爷子的养老院。原来，两家是世交，牧仁的爷爷当年拉着骆驼到莫家楼，就住在王老爷子家，巴图当年还差点娶了老爷子的女儿，只是老爷子舍不得把女儿嫁给一个拉骆驼的。

老爷子颤巍巍地攥着牧仁的手,嘴里不断地在说着什么。云河分辨了很久,才听清是在说,可惜了,可惜了。原来,巴图得的是结肠癌,心脏的问题只不过是癌症病发的一种表现,并不是病根。在银川做心脏搭桥手术一个月后,被诊断为是结肠癌晚期,已经转移。但巴图并不信这个邪,虽然老娘不在了,他自己去草原上找一些草药来吃,虽然有一些效果,可还是在半年后去世了。他在临终的时候还惦记王老爷子,说他胃不好,让牧仁带些他们自己种的锁阳给老爷子吃。他还是觉得,草原上的人,无论得了什么病,草原都能治。

王老爷子缓了半天,又颤巍巍地说,前几年,你奶奶去世后,你爸爸给我拿过来一个小本本,上面写的都是当年拉骆驼的事。他让我把当年拉骆驼的那些人的事都写下来。我写了6年了,现在写完了,他却看不到了。说着,老爷子从枕头下面拿出来一个笔记本。云河知道,为了写下这些故事,自己还帮忙四处拜访那些老人,回来再将采访录音誊写出来。老爷子说,如果没有这些记忆,驼盐古道就没了。

牧仁翻开日记本,第一页是老爷子手写的一首民谣:

丝绸路、古码头,中卫有个莫家楼;
千年古树张骞留,长河落日王维游。
古渡忙,驼灌仓,盐城盐山闪银光;
五更驼铃走天边,盐运包头走平凉。

西北内陆盐湖星罗棋布,就是这些盐湖之间的路,盐湖与渡口之家路,像一根根血管,构筑了西北地区这个生命体。草原文明与农耕文明、商贸文明互通有无,不断交往,形成了你中有我,我中有你的发展格局。

王老爷子在这本书中记录了已经鲜为人知的当年拉骆驼的人吃的苦,受的罪，以及他们所见过的那个繁华的世界。

老爷子给两个晚辈讲起了当年的故事，他讲，为什么鲁迅先生说，世界上本没有路，走的人多了，也就成了路，你们这些后辈，无论要走什么路，都不能忘了我们走过的路。讲着讲着，老人不由得哼起了熟悉的船夫调：

你晓得（呀）
天下的黄河几十几道弯（哎）
几十几道弯里几十几只船（哎）
几十几只船上几十几根杆（哎）
几十几个艄公（哟呵）把船（那个）扳
几十几个艄公把船扳
哎嘿哎嘿哟　哎嘿哎嘿哟

入围奖

生活的某一面

胡喻芝

这是一个小的手机壳制作厂,隐没在车水马龙而又喧闹城市的某一个工业区内。在这个小的厂里,各种年龄段的人都有,既有十几岁的小姑娘,又有正值壮年的男子,更多的则是四五十岁上下的阿姨们。因为这个厂主要从事手机卡套的制作,所以女工招收得要多些,男工大多是技术师傅,待遇要高很多,一般拿的是固定月工资,而女工则是按小时算钱。

生活有着两面性,一面主动,一面被动,有些时候它们可以相互转换,在有些人看来枯燥甚至绝望的生活,在别人眼中也代表着一种希望,越是体会得深入,越发现生活的真相,它不会把人逼到绝境,只会让某一部分人丧失掉对生活的热情以及对未来的憧憬。

大家似乎已经习惯在一个固定的时间清醒,然后开始忙碌,自行车、电动车是他们最喜欢的出行方式,有些人想要在早上多睡一会儿,然后急匆匆地往上班的地方赶,路上遇上一个卖早点的小摊就停下来买一份早点。有的人行色匆匆,也有的人不慌不忙。七八月份的天气,就连清早的空气中都染上了燥热的因子,汗水顺着脖子打湿衣襟的感受可真不好受,让人无端觉得烦闷。

这个小厂在四楼,800多平方米的公摊面积生存着两家小企业,一家一半,一个负责生产,一个负责查货,验收以及发货,它们既是独立的个体,同时又有着密切的联系。原本还算大的面积分成两个部分，中间的过道摆满了机器、皮料、集装箱，各种做完和没做完的货物，还有昨天没来得及清理的垃圾箱，杂乱而没有秩序。

"咣当"一声，刘主管打开锁了一宿的门走了进来，她坐在椅子上，往杯子里放着枸杞红茶，她是一个很神奇的人。她不吃辣，不喝汽水，不吃膨化油炸的食品，自己炒菜煮面只放油和盐，油是自己带的家里榨的，每天早上泡一杯枸杞红茶，这样的生活对现在的年轻人来说简直是不能理解和不可思议。

时间差不多了，后面陆陆续续跟着进来几个女工。大家醒了醒神，抓紧把手上的东西抓着的东西咽进肚子里。刚进去往左边看去，映入眼帘的是两竖排生产桌，桌子上还摆放着昨天没做完的货，一堆堆放在桌子上，桌子旁边放着装货的集装箱，过道显得狭小而拥挤。生产桌的对面是放置机器的地方，有好的有坏的，新买的机器就只有一两台，其他都是以前用了许久的，运作的时候噪音特别大。往里走是老张的"独属天地"，他是开料的师傅，老板买回来的原材料都堆放在那个地方，好的坏的，用过的没用过的随他高兴乱放。本来刘主管想喊他收拾一下的，但老张说："我自己放的东西心里有数"。有一次，同厂的同事帮他收拾了一下，老张还怪那个人乱动自己的东西，从此之后，没有人再帮他收拾了。有的时候他自己也看不过去了，就会主动收拾一下，尽管收拾前跟收拾后没啥大的差别。再往下面一点是油边的地方，油边的人是从外边找过来的，他是个体老板，和这个厂是长期合作的关系。

老张过去的地方是老赖和老陈的领地，那里摆放着两台熔断机，一人一台。虽然她们都做着同样一份工作，但互相看不顺眼，以至于她们所在的这个小角落格外的冷清，平时都很少听见说话的声音。老陈压的货总是出问题，偏偏她是胖子厂长的亲妈，所以老赖帮老陈背了不少黑锅。老赖心里气不顺，一有时间就跑到工作台那边说起了"悄悄话"，但她却不敢在胖子厂长面前说些什么，甚至表面上还要对胖子溜须拍马。而老陈，按照我们时下的话来说就是"作"，明明什么都干不好却还要到处"指点"一番，又想拿工资又不想干活，还喜欢跟自己儿子告状。

刘主管拉了拉湿透的衣服，拿纸把脸上的汗水擦干，一甩手还可以看见汗水坠落的轨迹。她打开电源，几个大型风扇吱吱嘎嘎地转了起来，开始新一天的工作。大风扇也是有限的，到得早的人就有选择权，她们把风扇转到对着她们工作的地方，后面来得晚的人看没有空余的风扇也不会跑去拿别人的，似乎有个不成文的规定，只要你一开始拿到风扇，那这一天，这个风扇就是属于你的。

刘主管坐在她的位置上，用纸巾擦了擦脖子上的汗，拿出抽屉里的梳子把乱了的头发重新梳得整整齐齐，她是不爱笑的，瘦削的脸总显得有几分刻薄，但其实跟她相处久了就会发现，她虽然不好相处，但是是一个很有原则的人，典型的刀子嘴豆腐心，虽然那刀子似的嘴倒腾出来的话不是一般的扎人。

刚进来的雪花和小丽放下手中的饭盒，就去打开窗子，虽没有微凉的风吹进来，但给人的感觉却要好很多，至少空气不再那么闷了。

傻妞手上拿着两个包子一瓶豆奶过来打卡，还没等坐下，刘主管就按捺不住地走了过来，主管问道："你昨天去哪里了？昨天我侄子过来等了你一天，你倒好，连人影都没见到。"

傻妞拿着手上的包子一愣一愣的，胖胖的手在包子的对比之下显得更加圆润，她两三下把包子塞进嘴巴里，原本安静的环境被她的吞咽声打扰了，厂里的其他人也不知道发生了什么事情，就看着事情的发展。

傻妞努力咽下口中最后一点，她拍了拍沾有食物残渣的手才小声地回答道："我，我昨天跟阿姨她们去寺庙了。"

"谁带你去的，昨天他没跟你说要过来吗？你还和她们跑出去。"刘主管的脸色一下子就难看起来了。她是一个特别强势的女人，别看她长得瘦瘦小小的，但那一张嘴不管你有理还是没理都骂得你还不了口。其他人听得云里雾里的，也没有人上前。傻妞也不敢说话，木木地站在一旁，低垂着脑袋。

"你这样我也不敢留你，你这样做什么事哦，今天就别来干了，等胖子来了，你就找他结工资，你还是我带出来的，万一出个什么事，你家还赖上我找我要人。我去哪找人赔给他们？"主管见傻妞半天没说话，就直接开口赶人了。主管和傻妞是同村的，过年的时候她去傻妞家想要做媒介绍自家侄子给傻妞，但两人没见过面，傻妞的老父亲就做主让刘主管把傻妞带出去让两人相看相看，顺便给傻妞找份事做。

傻妞不敢为自己辩解什么，其实她也存了要离开的心思，她手忙脚乱地想要收拾东西，却发现这里并没有什么东西需要她收拾，于是，她把自己坐的那方桌子擦了擦，她站了一会儿，却看见其他人都在忙着自己的事情，她想说些什么却最终没有说出口。

她其实不叫傻妞，傻妞这个外号是她来这个厂里小丽阿姨给她取的外号，不只是她，厂里大半人的外号都是小丽给取的，但并不是恶意的，只是更方便称呼别人。傻妞想了想自己在宿舍里的行李，却发现没什么好带的，她初来这里其实就只有一身极其不合身的衣服，其他的东西大多是其他人送给自己的，还有就是自己拿到第一个月的工资之后买的一些。但她还是把那些东西一股脑地全塞进自己的箱子里，不管有用的没有用的。她又拿出手机看了看，发现自己这个月还没有领到工资，自己还押了半个月的工资呢。她想去找主管，却又害怕不敢去。

傻妞从小便是一个人长大，爸爸犯了事坐了两年牢，妈妈在某一个早晨将她关在家里扔了几袋饼干就不见了人，还是好心的邻居听见了她的哭声，犹豫再三才把门破开将她带了出来。家里老人也都不在了，就只有一个婶婶。同村的人看她可怜就每天轮流让她去家里吃饭，当时她才四岁，还没上学，就已经开始流落。她都不知道这样的日子过了有多久，直到她爸爸刑满释放回来了，她才勉强有了一个家。

但一个大男人怎么懂得照顾小孩，她从小穿的衣服从来没有一件合身干净的。她爸做饭只炒一个菜，炒好了用锅铲铲到碗里，她不会用筷子，她爸也不教她，就给她一个勺子让她舀着吃。直到现在17岁，傻妞还是不会用筷子，出去和其他人聚餐，用筷子夹不起来菜，以至于惹得在座的人都笑了，她也不知道这种笑是善意的还是恶意的？

她从小就不会哭，小时候只要她一哭她爸就会用小手指大的棍子抽她，哭一声抽一下，直到她不哭为止，很多年她都对那种痛刻骨铭心。从那以后，她无论遭受了什么都不再哭泣，甚至也觉得别人哭是一件很神奇的事。稀稀拉拉上了几年学，却学得一点儿都不好，老师三番五次地找家长，可她爸一次也没有去过，他觉得丢人，索性连书也不想让她读了。他爸不再给她交学费，她没办法却还是不哭，还是学校的老师觉得她可怜，就申请免了她的学费，才让她勉勉强强初中毕了业。

15岁后她就没再上学，她父亲也不管她，乐得节省些钱，反正也读不出来，以后也没有什么大出息。从此，缺少了学校的束缚，她也算彻底放飞自我，天天跑出去，甚至天黑都不回来，有时候累了，就随便找个角落过一晚上。乡邻们都说这个女孩脑袋有问题，有些人觉得她可怜，每次就施舍给她点吃的以及几件破衣服。她爸也不找她，浑浑噩噩地过日子，没钱就去打几天零工，很少有时间去关心这个女儿。

刘主管和傻妞家是同乡，主管有个30多岁的侄儿还没娶到媳妇儿，就喊她做媒，提出的条件是"只要是个女的，能生小孩就行"。于是，她就跟傻妞老爸商量。傻妞爸觉得那个人家里条件还可以，就同意让刘主管带傻妞出去让两个人先见见。

就这样，来年开春，傻妞什么都不知道的被带出来了。当时她什么行李都没有，口袋里只有她爸给的两百块钱，虽然车费刘主管帮忙付了，但一路上的吃喝都是她自己花的钱，加上她又不懂开销，嘴又馋，刚到地儿，身上就一分不剩了。最后刘主管借了她三百，还写了借条规定发工资了必须还钱，到厂里的新工人第一个月是拿不到工资的，一般都是要压一个月的工资，但这个厂包吃包住，这三百块钱省着用还是可以等到傻妞发工资的。

傻妞看着憨傻憨傻的，但其实她只是一个粗线条很大胆的姑娘，简单来说，就是四肢发达头脑简单。她刚到这个厂的时候总也做不好事儿，主管可不管你是不是和她有点关系，逮到就骂，而且她骂人也有一个习惯，遇到同乡的就用方言骂，她家是江西的，厂里的人都来自五湖四海，她骂傻妞，旁人也听不懂，听不懂自然不好帮腔开口啊，所以傻妞刚到的一个月是在主管的骂声中度过的，也幸好她不在意这些话语，挨骂的时候她就笑嘻嘻地听着，但该怎样干还是怎样干，厂里的其他女工见此就给傻妞出了个主意。

"傻妞，傻妞，如果主管再骂你你就喊她妈，她还骂你就一直喊，喊道她舍不得为止。"傻妞一听，也觉着这个方法好，于是在下午主管又开始她的"表演"的时候，傻妞突然就朝着她喊了一声"妈"。主管当时就愣住了，好半天才憋红了脸回了一句："我才不是你妈呢，你要是我女儿早被我骂死了哦。"但也没有再说什么其他的。其后，主管对傻妞的态度奇怪地好了起来，偶然气急了也会再骂上两句，但傻妞一喊她，她就消停了。

傻妞是一个守信用的人，当她拿到第一笔工资后，她就把主管的钱还上了，然后就拿她的工资进了手机店买了属于自己的第一个手机，除此之外，她还给自己买了好看的新衣服，花花绿绿的买了一大堆，但有些她买回来也只是放起来，不穿。虽然大多数人都不明白她的审美，为什么要买这些中看不中用的衣服,看起来就像是一大坨五花肉被捆起来似的,可她自己觉得仿佛自己穿上了这些衣服,她就会变漂亮,觉得自己超美。

她虽然长得不好看,但是却有一颗乐观、积极向上的心,上天没有给她玲珑细致的心思,却也让她活得简单快乐。而当她看见那个三十多岁,身材矮小,黑瘦有点猥琐的人就什么都明白了。可在外地,一个相熟的人都没有,她也不知道她父亲的电话,就这样跟着那个男人出去了两次。

傻妞不喜欢那个又黑又矮的男人,所以,当那个男的放假来找她的时候,她再也不跟着出去了,而对那个男人送的衣服、鞋子,她倒是不客气地收了起来。厂里年长的阿姨看不惯了,但也知道她从小没人教过她这些人情世故。等傻妞和叉叉阿姨在一起工作时,叉叉阿姨就告诉她,如果不喜欢那个男人就不要接受他送的东西,这不好。叉叉也没说为什么不好,但傻妞知道叉叉阿姨不会骗她,后来,她就再也没收过那个男人送她的东西。但那个男人不死心,依旧有时间就缠着她,想带她出去。她不情愿,于是在星期天的时候就跟着厂里的雪花、小丽一行人躲出去了。

在刘主管责问她的时候,傻妞没敢顶嘴辩解,还没等胖子来,她就回去收拾东西了。由于她是急辞工,胖子说她只能拿到一半的工资。傻妞在这边待了三个月,辛苦干活,只能拿到不到5000块钱。可是傻妞还是选择离开,她不想待在这里,不想再被那个男人纠缠。

上班有一会儿了,高小高手上拿着还没喝完的豆浆慢吞吞地喝着,主管见了:"吃吃吃,一天就知道吃,又不会干事。"高小高没理她,喝完最后一口把它扔在最近的垃圾桶,然后又慢吞吞地回到自己的位子,过了好一会儿,她手上的动作才渐渐快了起来。高小高越发的瘦弱了,冷白色的皮肤寻不见一丝健康的红润,脸上的颧骨都突了出来,瞳孔的颜色有些浅,在阳光下特别好看。

"你看,她又在骂她女儿,在我们这受了气就拿她女儿撒气,怪不得她女儿这么多年都不喊她妈。"雪花看着高小高面无表情的脸："也是可怜哦，摊上这么一个妈！"

刘主管今年47岁，生了4个孩子，前三个是女儿，最后一个终于得偿所愿生了一个儿子。高小高是她的第一个孩子，却不是迎着她的希望出生的。人都说酸儿辣女，怀孕时肚子是圆的怀的就是儿子，当时邻居街坊都说她怀的是儿子，她也就认为自己怀的是儿子，可是出生的却是女儿，面对婆婆的刁难，丈夫的冷漠，街坊的看不起，她不甘心，断断续续又生下两个女儿，但由于家庭的限制，和要儿子的渴望，她把老三送人了。终于，在送了老三的后一年，她生下了自己的儿子。这下，终于所有人都满意了，除了已经懂事了的高小高。

那时候的高小高渴望被承认，渴望被捧在父母的怀里。她取得好成绩就会开心地拿给妈妈看，可是换来的只有不冷不热的态度。她时常听到这样一句话："你怎么不是一个男娃儿？"再热的心也会有冷的一天，特别是看见弟弟的出生，全家欢呼雀跃的样子，那是她永远也得不到的待遇。渐渐地，她不再那么积极地在他们面前刷存在感。在家人面前，仿佛她是一个坏姐姐，对自己的弟弟妹妹不好，所以总是防着她，从来不让她抱弟弟，也从来不许她带弟弟出去玩。她的成绩开始下降，性格也开始变得古怪，不爱说话，易怒。只要她弟弟一哭，她妈妈就认为是高小高弄的，不容辩解就是一巴掌。她开始被冤枉哭泣，但得到的也只有指责和一句"谁让你是姐姐"。眼泪是这个世界上最廉价的东西，它只是代表着一种无言的委屈和难以言说的控诉，除此之外，毫无意义。

此后，她不再跟家人亲近，不再刻意讨好任何一个人。有些人也是可笑，当你凑上前去微笑的时候，他们漠视你，防备你；当你自动远离冷漠时，他们说你性格古怪不合群。

高小高变了，她变得瘦弱，沉迷于手机里的小说，她原本还算红润有光泽的脸慢慢变得枯白瘦削。她的眼睛里没有了向往，也没有了颜色。可是当时谁都没有去正视这种改变，如果当时有人在意她，愿意拉她一把，也许，她以后会是另一种结局。

中考的时候，高小高只考了300多分，在当地，这个分数连最差的高中都上不了。"还上什么学哦，考这么点分。跟着我出去打工算了。"主管得知她的分数后，也没有长远地想过她的以后，就这样替她决定了一切。

她15岁就来到这个工厂，那时的她什么都不会，刚开始什么都干不好，而主管又是一个脾气暴躁，性子急的人，她每天面临的都是来自亲妈的责骂，那鄙弃的眼神、冷漠的语气将两个人越推越远。高小高每个月只能领到300元的工资，其他的都收在了主管那里替她保管，那时她年纪小，不懂事，帮忙保管财产可以理解，可是到现在18岁了，一个月还是只能拿到400元。高小高还没见识过更大世界的五彩缤纷，所有的视线却已被定格。

高小高只是和她妈关系不好，和雪花、小丽的关系还是挺好的，尽管她们之间差了二三十岁，在她们身上，高小高感受到了久违的关怀，所以在雪花、小丽面前比在主管面前活泼多了，少了些死气沉沉，她也只是一个十几岁的小女孩。

高小高从来不在人前喊妈，许是年纪大了，主管见得多也明白了很多，特别是同事小丽和她女儿融洽的关系，主管竟也有点儿羡慕。主管逐渐对高小高好了起来，给家里的孩子买东西也会给高小高带一份，早上会给高小高煮上一个鸡蛋，热一杯牛奶。要怎么描述她们母女呢？她们的性格都有着相似的别扭，主管一边想关心高小高，但说出来的话却带着习惯了的嫌弃，而高小高从来不当着她的面接受这些好意，只会偷偷地，在主管看不见的时候悄悄拿上一个鸡蛋，喝一杯已经热好了的牛奶。

说起来，刘主管也算是一个很能干的人了，在他们那个地方，重男轻女是普遍现象，她只上到小学五年级，在他们那个年代，也就相当于小学毕业。她成绩好，如果家里继续供她往上读，说不定也会是一个大学生。可是她家里有钱，却并不想供她继续求学。她也有一个弟弟，家里把什么好的都留给了男孩，这也导致了她一直和弟弟不亲密，直到她四十多岁了才释怀。她很小的时候就跟着相邻的人出来打工了。到现在，在这个小厂当一个主管也算是混得可以了，很多跟她同时间出来的小姐妹都没她混得好，这也归结于她的特殊能力，她的记忆力出奇的好，所有的订单她扫一眼就基本记住了，那些不认识的英文她就记字母，反正也都是一些关于手机品牌的，时间久了，她也能懂得那些字母拼在一起代表什么意思。

胖子从一旁幽过来，后面跟着的是他妈老陈。

暑假工"小孩子"看着胖子厂长，不由得想起那天小丽阿姨对飞哥说："飞哥，拿一把西瓜刀来。我要破西瓜。"飞哥笑了笑说："我知道了，你要破胖子那个西瓜肚。"不由得笑了起来。

"今天一来就傻笑，捡到钱了。"胖子开玩笑。

胖子长了一张颇具喜感的脸，像周星驰的电影《降龙十八掌》里那个卖鱼的小哥，他人不高，却很胖，走起路像一只企鹅在那摇摇晃晃。

开料的老张走过来说："可不是嘛！昨天晚上做梦捡钱了！"

老张喜欢喝茶，留着稍艺术性的长发，带着一个金丝边的眼镜，斯斯文文的，整天手里都是拿着一个茶杯。按他的话说，他就应该是学校的老师，瞧！多像那个派头。他喜欢跟厂里的人聊天，讲一些谁都不懂的时政、地理来显示自己的博学多才。他喜欢和另一个刚高考完的暑假工"眼镜"吹牛，可不小心把牛皮吹破被暑假工揭发了，他也不觉得尴尬，只笑笑说是自己记错了。

老张的技术不到家，每次开的皮料都不够。主管每次都去找他补料，他觉得自己开的料是经过自己计算机精密计算的不会出错，每次都拒绝得特别有道理，所以两个人总是吵架。这不，又开始吵起来了。

"老张，我昨天说开的插袋呢？你开好没有？"主管看昨天的插袋都贴完了，而面料还剩很多。

"怎么又要开插袋，我开的插袋够数了。"老张听主管又要插袋："我昨天不是给你补上了吗？"

"还不够啊！这还有好多面料。"主管看了看桌子上的面料，起码还得补100张："你开的料有好多坏掉了。还得开100张过来。""有那么多坏的吗？我看是你们弄坏了扔垃圾箱了。"老张拿起茶杯喝了口茶："一大早上的，就找我茬儿。好好好，等会儿补。"

"什么等会儿哦，现在就要。"主管接了一句没再开口，她知道了老张这是心里不痛快。

"雪花你去压货。"

"小林你的logo压好没？没压好快点压，这批要出货了。"

"小孩子，你过来贴纸皮。"主管抱着一个重重的箱子过来，小孩子是今年来的暑假工，她还要负责教一下，否则，货做坏了，就不好了。

机器的轰鸣声伴着主管的声音传入耳朵里，仿佛每个人都习惯了，按照主管的话做着相应的事，每天重复着做相同的工作，许多人都已经麻木了。

"小媳妇"戴着耳机进来了，他已经不用打卡了，从这个月开始，他也是个小老板了。

"小媳妇"原先是这个厂扯线的技术工，老板娘老是叫他小师傅，可是她的普通话不标准，其他人都听成了"小媳妇"，后来都笑着叫他"小媳妇"了。

他是家里面的长子，底下还有两个弟弟，读书的时候没好好学，早早就辍学出来当学徒了，刚开始的生活也是过得非常窘迫，身上又没钱，厂里只包午饭，早餐就啃两个包子，晚上工作时间又长，还没下班，就饿了，一饿就灌开水，衣服通常就是两件换着穿。他当了两年学徒，成为正式工后生活才渐渐好了起来。当他掌握了车线这门技术，就离开了原来的厂，他嫌工资太低了，他每个月都还要寄钱回家，两个弟弟的学费和生活费都是他负担着的。他来到这个厂已经5年了。当初招第一批车线技术工的时候他运气好，恰好被介绍进来，也相当于一个师傅，工资自然过得去。在这个厂干了5年，他不满意于现在的状况，他也攒够了买机器的钱，于是他买了两台车线的机器，请厂长胖子去吃了一顿饭，和厂里长期合作的事儿就这么敲定下来了。他跟胖子说他就在厂里干活，但是他不拿月工资，要求计件算钱。这样，厂里有货他就有订单，厂里的订单处理完了，她也可以去接其他厂的订单，而且机器摆在厂房里，也不用给租房的费用。

这次，"小媳妇"把他最小的弟弟带出来了，也是到这个厂工作，可是他年纪太小，总是做不好。小媳妇开始的目的是要自家弟弟受一些苦，知道没文化的辛酸，顺便再赚点零花钱，帮自己减轻负担。虽然是如此希望的，但看到自己的弟弟天天被刘主管骂得狗血喷头又不敢说话，自己也心疼得看不下去了，就让弟弟跟着自己，帮自己车线，不用看主管的脸色。

主管把自己的方法教给来厂里做工的新人，总以为自己的方法又快又好，却不管适不适合别人就一定要求他人按照她的方法来，因此，每天你都能听见这样的声音。

"你怎么做事的，做不好就不要做了。"

"这个胶片要这样贴，我的方法是对的，你这样贴又贴不好，浪费时间，是不是故意的？""你傻咯！要死啊，快点做，还想不想领钱？"

"你去那里拿啊，听不懂人话。"

即使是再叛逆的孩子到了她这里，被骂了连话都不敢应一声。厂里面来的暑假工一共有七八个人，但最终留下来的只有三个人，很多人做了两三天就不做了，收拾好东西就叫家里来接人，这些人也拿不到工资，相当于白干了，这里又苦又累,还要忍受刘主管那张嘴,一边做事还要一边挨骂,实在是受不了了。

这时,叉叉看见主管在一旁,正好手上的货"耳朵"出了问题,"主管,这边这个耳朵安不紧,总是翘起来。"主管拿过叉叉手上的货看了看,按照以前的经验用风枪吹热,可是还是不行,"这个货怎么这样呢,昨天雪花也是用的这样的耳朵啊!她的怎么好好的?"

雪花就在不远处,"这个耳朵吗?我昨天也是这种情况啊!你昨天让我拿给老张修,你看过不是说可以吗?"

"我昨天哪里看了货的。"

"是老张说得靠谱了啊!我还以为他拿给你看了才过来跟我说的。"雪花看了看手上的货:"主管,你过来看看这个货可以吗?我都做了300多个了。"

主管赶紧到雪花那说:"不行的,这样的货,怎么搞的,这样的货不要做啊!现在好了,一坏就300个。"主管的眉头皱了起来,仿佛跟谁有深仇大恨。

雪花是个暴脾气:"这怪我了?昨天老张跟我说了靠谱的。"主管看着雪花旁边放着的货,每个都有类似的情况。就马上去找了胖子。

"什么,货做坏了300个,你现在跟我说。"胖子一听也火大,"你平时不是最有主意的吗?现在出了问题又来找我了!"平时两个人谁也看不惯谁,逮到出错就使劲地把错误往对方身上推。

"我不找你找谁,你是我上司,什么叫我平时有主意,你平时都不管事,什么事找到你,你都说可以。现在出了问题来怪我。"主管可不是什么吃亏的主,本来这件事又不是她的责任,现在不把这件事掰扯清楚,等到时候老板娘知道了这件事又来怪她。

"这个耳朵谁开的料?"胖子自知理亏,不愿再多跟主管说。

"还有谁,老张啊,这个也是他跟雪花说可以才做的。"主管想起上次老板娘跟她说的不要跟胖子吵,才压抑下心中的火,把情况跟胖子说明。

胖子过去找到老张,说:"老张,你怎么搞的,你开出来的那个耳朵不行的,现在坏了300个,我看你怎么跟老板娘说。"胖子知道这件事老板娘肯定要追究责任,本来就是小厂,一下子坏了300个原材料,本来老板娘就对他不满意了,这时,他就更不能把什么事情往自己的身上揽,于是他就把全部责任推在老张身上,反正是他开的货,也是他修好看过说的可以,这才出的问题。

老张还不知道什么个情况,问:"怎么了?"

"什么怎么了,那个货坏了,坏了300个,那个耳朵压不下去。"胖子心里也有火,怎么最近老是事事不顺心。

"不可能,昨天我还看过。那个耳朵是可以的。"老张不信,跑到雪花那里拿昨天修好的货,耳朵边是翘了起来,"怎么回事呢?昨天看没有这么翘啊!"

"昨天你修好拿过来就是这样的,我还问你这个货过关吗?你说靠谱。"雪花见老张开口,怕老张把这件事引到她身上,就原原本本地说了出来。

"老张,你看这个怎么办吧?我早就说过,有什么事先来问一下我,你们偏不听,现在好了,出事了。到时候老板娘问起来你自己去解释。"胖子毫不留情面,老板娘那个人他都怕跟她打交道。

老张也火大:"什么叫我负责,你一个厂长什么事都不管,你看你老爸修坏了多少货,还说我,好啊!我倒是要到老板娘面前说一说。"狠话是这样说,老张还是有点怵,于是软了语气:"遇到事就一起解决,咱们是一个集体,又不是我开的厂,什么事都推到我身上,胖子,不要太嚣张了!"

胖子一听到这个话,想发火却是压制住了,谁叫自己有把柄在老张手上,他深吸一口气说:"算了,算了,惹不起,惹不起。"他拿起手边的货到工作台前,看看有没有什么办法可以解决这种问题,过了好一会儿,他把货甩到垃圾箱,"弄不好,老张重新开料,加紧重做。"

胖子的老爸也在这个厂做工，他是一个很没有存在感的人。也许是他不怎么爱说话，总是待在一个角落工作有关。在大家的眼里，这个男人可真的是窝囊了，老陈说什么就是什么，没有自己的主见。他跟着老张学修货，可能是技术不到家，总有修坏了的，有一次，美国订单的500个货物他修裁得全部有大小边。那一次胖子也是气坏了，但对方是自己父亲，他想发火都没处发，还要自己兜着瞒下来，老张技术好，帮忙把可以补救的花了一天多时间给修好，其他还不够的，胖子自己掏腰包买原材料。

这就要说到老张和胖子的关系了。这家厂还没成立之前，他们同是另一家工厂里的工人，也都是从事手机外壳的生产和包装。他们两家都姓张，秉承着"五百年前还是一家人"的观念，两家的关系比别人要来得更加密切。胖子读过书，按照胖子妈老陈的话来说，胖子是一个有大学问的人。至于肚子里到底装了多少墨水，旁人也就笑笑，并不说破。

胖子的小算盘打得飞响，他见老张凭借着开料修货的手艺当上了厂里的技术师傅，于是他就时不时请老张去外面的饭馆"联络联络感情"，顺便请老张教自己老爸开料修货，老张也欣然答应，酒一喝高，连"学徒费"都省了，惹得老张回家好一阵挨训。

后来，在金融的冲击下，那家厂经济效益不好，就倒闭了。胖子一家和老张都失了业。幸好胖子喜好广交朋友，经常在一起喝酒的"酒肉朋友"给他介绍了现在这家厂，也是恰好有这样一个机会，原先这家厂的合伙人因为各自利益的事闹掰了，厂长卷了一笔大单的尾款跟着跑了，也幸亏现在的老板娘比较有魄力，把厂里的工人稳定下来，现在急需一个新的厂长管理一些琐碎的事务，所以，原本并不够格的胖子经介绍人的好一阵吹嘘，终于"走马上任"了。

再加上胖子本人"经营有道"，擅长阿谀奉承，哄得老板娘本人对他也比较满意。话说，胖子本人还是有几分本事的。他也知道自己不够格，刚来的时候就表现出一副"亲切和善"的面孔，无奈，厂里的老人都是经过世事沉浮的人，早就练出了一双"火眼金睛"，对此也只笑着打哈哈，也只有一些年轻的，还比较单纯的人觉得他还挺不错的。他时常跟在厂里技术师傅的身后，还没到一年，他也竟然可以成为一个"师傅"了，厂里大半的机器他都可以上手操作了，还挺像那么一回事，有时候遇到机械故障，他也可以化身"机修工"。

渐渐地，胖子就越发得到重用，老板娘慢慢地把所有的事都交到胖子手上，但交货的款项一直都没让胖子过手，实在是第一个厂长带来的影响太大了，真是"一朝被蛇咬，十年怕井绳"。胖子的权力大了，自己的本面目也就露了出来。他先是利用厂里招工，把自己的父母给弄了进来，接着收了老张的一点"小惠"，把原先的开料师傅排挤走了，换上了老张，所幸，老张的本领比原先的那个师傅要好，老板娘也比较满意，胖子还凭借此事得了老板娘的额外奖金。

原本两家在之前的工厂都是同级工人，受别人的管辖，谁也管不到谁的头上，但是现在可不一样了，胖子当了厂长，这身份也变了，胖子成了上司，老张成了下属。一开始还能相处融洽，老念着胖子帮他的恩，对胖子一家人充满了感激之情。可相处时间长了，难免不生嫌隙。胖子爸自以为功夫学到了家，渐渐地就不拿老张当回事了，觉得老张修出来的东西也就那样，自己可以够得到那个水平；而老张嫌他做事太慢，修的东西只能够得上勉强能用。

到后来，货出了问题，争吵就发生了。而胖子此时就显示了他亲疏有别的不同对待方式。如果是他老爸的错，他就"哎呀哎呀！可以了，这样可以的，没问题的"。到后来查货验货的环节，发现不合格退了一大批货物，他就东扯西扯让大家补数，把一个人的过错摊到大家的身上去。而老张错了，胖子就把眉头一皱，嘴边的小八角胡一抖一抖的，说道："这不行，你要负责的啊！"

这明显的差别对待，久而久之，先前的情谊就淡了，双方都对彼此有了不满。可是一个是厂长，一个是厂里的修货出料师傅，老板都比较器重，他们也不好把这些事摊到明面上闹。都是"懂事"的成年人了，但私下给对方穿几次小鞋，看看对方的笑话也就当是报复了。

老张手上有了胖子的把柄，胖子也不敢再像以前那样随意找他麻烦。胖子不敢再跟老张吵，自己憋了一肚子火也不敢发，厂里面的工人女性居多，他找茬呢也得不到便宜，反而容易激怒别人，主管见胖子和老张不说话，她也不再言语。

"主管，你就是想看我和胖子吵架，老是告状。老是在里面'趁火打劫'。"等到胖子走开，老张就逮到主管，他现在心里不舒服，自然要找始作俑者发泄发泄。

"什么叫我想看你和胖子吵架，本来就是你的错，这件事我解决不了，胖子是我的上司，我不找他找谁，找你？"主管脸上的雀斑都气到发红，手掌啪啪地拍着桌子。

老张不再纠缠，他拿过工作台上剩余的货物，他看了看那个边，是不齐的，有一边高了一点。他嗤笑道："就这个问题，拿去热压机压一下就好了，就这么大点儿事儿，非得搞成这样。"

他拿过雪花做的货，去热压机那压了一下耳朵，果然好了很多。主管看见这个问题就这么解决了，堵了一口气在心里，上不去也下不来，一上午都没再开口讲话。

车间的人脸上带着看好戏的笑，"小孩子"脸上露出了平时的傻笑："小丽阿姨，你看，他们又吵起来了。""是啊！你看人吵架你还不去劝架，还在这里看热闹。"小丽看了他一眼，被他滑稽的样子逗笑了，这小屁孩。

"小孩子"并不小，他是今年暑假招的暑假工，马上要高三了。母亲时常跟我说起他，同他一起到的还有一个"眼镜"，该是读大学的年纪。说起来，"眼镜"比那个"小孩子"要老实，更加踏实肯干，相比之下，"小孩子"就是一副小孩子的心性，油嘴滑舌，好耍小聪明，又喜欢偷懒的不着调的人。但大家都比较喜欢"小孩子"，总是喜欢拿他逗趣，相处就显得比较亲切。主管嘴上总是嫌弃这个老是跟她作对的"小孩子"。但实际上，分配给他的活都是那种比较轻松自由的活，看见他偷懒，也睁一只眼闭一只眼就过去了。而对"眼镜"，大家却是带着客气的疏离，一般坐在一起也不怎么说话交流。

"我不敢去劝架，大佬吵架，小鬼遭殃。""小孩子"摇了摇头，看黑着脸过来的主管，抓紧做手中的事："我要做快一点，不然那个吊毛主管又来找我的茬儿。"

上午的时间晃晃悠悠地过去了，小林看胖子不在周围，就拿出手机看看时间，离下班还有几分钟，他打开微信，悄悄地发了一个信息。没一会儿，像是得到了回复，他笑了笑，抬头看看四周，见没人发现，就继续低下了头。

临近中午，所有人都变得浮躁，有的人东走走西走走，一会儿去接杯水，一会儿去洗个手，更有甚者，有的人直接去了厕所，直到下班才出来。高小高就是这样，每天到了这个点她就跑厕所，一去就不见人影，主管拿这事都说了她好几回，她却像是没听到一样依旧我行我素，根本不当回事。

下班的铃声终于响起来了，跑得最快的就是暑假工的"眼镜"和"小孩子"，他们只需要打纸质卡，而正式工需要按指纹，而那个机器慢了一分钟，所以她们还要再等一分钟才可以打卡下班。

小丽，雪花和老赖都在外面租房子，早上把饭做好放盒子里，带到厂里放在特定的位置。刚好厂里有个微波炉，中午把饭盒放在里面热个几分钟就可以吃了。而其他人住厂里的宿舍，他们在一个小饭堂里吃饭。

这个厂虽然工资低，但还包吃包住，对于一些嫌弃外面租房贵的人也算一个很好的福利了。

小林看到了时间，马上拿起手机和桌子上的袋子就往外走。"小林，下班跑这么快,是要去见哪个情妹妹啊?"小丽开玩笑。

小林腼腆一笑,并没有回答。小林170的个子,长得白白净净的,眉目清秀得很,就像是一个姑娘,他的嗓子因为发烧治疗不及时波及声带,导致他说话总是很小声,带着嘶哑的灼烧感。小丽刚开始见到小林的时候,还以为他正在变声期,后来才知道他今年都28岁了,嗓子是意外才变成这样的。小丽当时就惊呆了:"什么?28岁了,我还以为只有18岁呢!"

小丽热好饭从窗口往下望,就看见一个女的在门口等,小林跑过去把手中的袋子交给她,两人有说有笑的,太阳很大,女生手上有一把小伞,她把伞往小林这边靠了靠。

"我就知道,小林跑那么快,绝对是去见'二百五'。"小丽的眼睛里带着已经洞悉的笑,"这么久了,这段三角恋还没结束呢。"

雪花平时和小丽的关系很好:"小林还在和'二百五'在一起啊?他也是,非要喜欢这么一个女人。"

"二百五"是雪花给那个女孩取的外号。

"二百五"和小林是通过东东认识的,东东和小林是朋友,东东在其他厂的时候认识了"二百五",他很喜欢这个女孩,觉得个子小小的、脸圆圆的,很可爱。当时,那个女孩没说答应也没说不答应,对东东若即若离。后来东东在那个厂干不下去,辞职来到这个厂就断了联系,没想到机缘巧合,"二百五"也来到了隔壁的厂,这样两个人竟又有了联系。

东东是小林介绍进来的,他们两个原本都住在宿舍里,但太挤了,于是,他们就一起合租了外面的房子,"二百五"经常来找东东,慢慢地,就认识了小林。"二百五"只说东东是自己的朋友,小林也只以为是这样。

"二百五"对小林也很好,总是不经意间给了很多暧昧的暗示,而小林虽然28岁了,却没谈过恋爱,根本就没经验,很快他觉得自己喜欢上了"二百五"。

但是后来他就知道东东追了"二百五"好几年了,他不想横插一脚,而"二百五"的态度也是犹豫不定的,按照老张的话来说:"她就是脚踏两只船,不知道哪只船会带她靠岸,于是两只都不放过。"

"小林也是没出息,要是有点儿尊严的男孩子早就不理这种女娃了。"雪花也知道这件事"那种女的也就只有骗小林这样的人哦。"

"哎呀!小林也是,一个男孩子,成天看起来比女孩子还娇气,以后就算是娶上媳妇儿估计都养不活。"小丽没在看窗外,她端起手中的饭吃了起来。

"想起那天小林说的话就搞笑,他说,找一个女朋友不是人家的前妻就是人家的前女友,还不如找个男人过一辈子呢?"

"唉,现在的年轻人哦!"雪花摇了摇头就把话题扯开,"今天上午胖子到我们那桌吹牛皮。你还记得他的那个姨娘不?"

"哦,记得,就上次来我们这做事做了一个月,嫌弃工资太低的那个女的,是不是?"小丽想了想,半年前是有这么一个女的来这做过事,是由胖子介绍进来的,说是他的姨娘。胖子一家的遗传基因是真的遗传到了精髓,一家人个个捡样的胖。后来因为做事不行,嫌弃待遇太低,再加上主管那一张嘴,做完一个月就找胖子拿工资喊着要走。

"胖子今天上午说,她姨娘受欺负了,找他过去帮忙,胖子也真好意思去,不但去了,还穿鞋跑到人家床上去跳。"雪花想起来就搞笑,"活久见,还真有这样的人。他还好意思拿出来说。"

"他本来就是没脸没皮的人呐!"

吃了饭,洗了碗,小丽打开手机刷了一会儿,到12:50的样子就趴在桌子上睡觉了,她年纪也大了,坐在凳子上睡觉睡醒腰会痛,所以她必须把凳子放倒。可这样,手胳在桌子上又会很难受。这么几年下来,竟也习惯了。

从一开始的睡不着到现在的形成了生物钟,习惯真的是一个很可怕的东西，他会让一个人习惯忙碌，习惯做不喜欢的事，习惯重复，也习惯绝望。"习惯成自然"真可怕，它会让一个人渐渐学会委屈自己却又察觉不出来。

很快，时间就流失了，休息的时间总是那么短暂，老赖最先醒，她先是跑上了楼顶，顶着大太阳看看她种的菜，再浇浇水，一下来，头发衣服都湿完了。小丽和雪花已经打了卡，趁着时间还没到再去一趟厕所。

很快，其他人也陆续来了。老陈走过来，她手上拿着一大堆已经压好的货，"雪花做的货要返工的"。老陈把手上的货放到雪花旁边，"这个货不好做哟。"老陈看雪花接过货没返修好反而撕烂了几张，雪花头也没抬，也没有理她。其实不光雪花不理老陈，厂里其他女工也都当她是空气。

这要从那件事说起。傻妞刚来给人的感觉傻乎乎的，大家也都喜欢开傻妞的玩笑。那天，胖子催傻妞做快点，傻妞在胖子看不见的地方翻了一个白眼，等胖子走开，她就抱怨："一天天就知道催催催，催命似的。知道你们不好惹，就欺负我一个新人。"

小丽抬起头，开玩笑道："傻妞，别生气，从这个窗户跳下去，跳到胖子的车上，让胖子赔钱，气死他。"。

"我才不跳咧！小丽阿姨坏得很！"傻妞傻兮兮地笑了，周围的人都知道小丽在开玩笑，也都纷纷附和。老陈一听这还了得，说什么不好，非咒我儿子，她停下手上的活，脸上的肉因为生气变得紧绷，带着红，像一只刚出笼的包子："小丽，你怎么能这样说？"

"我就开个玩笑，傻妞又不傻。"小丽一向看老陈不顺眼，转头继续调侃傻妞："傻妞，傻妞，你知道胖子的车吗？"

"不知道啊！"傻妞傻乎乎地回了句。

其实有时候就很奇怪，当别人开玩笑你觉得很过分时，别人说你开不起玩笑。

老陈更加气了："你凭什么说我儿子？叫傻妞跳到我儿子的车上，出事了还找我儿子，你安的什么心，你的心怎么这样坏？"

平时厂里的人跟胖子总是不对付，连带着对他的家人也很冷淡，厂里的人都知道小丽爱开玩笑，也没有恶意，就帮着说："哎呀！小丽也是开玩笑，老陈别说了。难道傻妞还真的会跳不成？"

小丽见老陈不依不饶，便闭了嘴，沉了脸。主管见势不对，就让小丽去机器台那压货。胖子在电脑桌那边也看见了这边的事，他走过来，走到小丽身边："小丽姐，咋了，刚才发生什么事啊？"真得佩服他装傻不要脸的本领。

其实胖子对厂里其他女员工都看不起，觉得都是些没有文化水平做苦工的人，又能掀起什么风浪？但他不敢惹小丽，小丽是这个厂里的老人了，很受老板娘看重，和厂里的其他工人都很要好，小丽在这个厂就是"民心所向"。但小丽一向把分寸拿捏得很好，不会随意鼓动其他人"捣乱"。

"胖子，我给你说，以后我和其他人开玩笑你不许老陈搭白。"小丽很少生气，大多时候都是笑呵呵的，但同她关系比较好的雪花知道，小丽一旦生气起来，不管你是谁，她都会毫不留情面。

"开不起玩笑就自动离远点。省得生气还来找我麻烦。"

胖子也知道小丽是真的生气了，他也不敢找她的麻烦。他迈着他的鸭子步走到她老妈那里。嘀嘀咕咕说了一会儿，她们是潮汕人，那个隔一条街语言就自动加密的地方，其他人都听不懂，却是翘着脖子等着看好戏。

等他们说完，老陈不说话，头埋得低低的，只是依稀可以从侧面看见她的脸变得更红了。没一会儿，胖子老爸也走过来同老陈嘀咕了一会儿。

他还算是比较"明事理"的，知道儿子在这个厂当厂长不容易，很多人私下对胖子有不少意见，而老陈她不帮助拉拢厂里面人的关系，反而搞得愈发尴尬，也不想想儿子在厂里的不容易，反而还在扯后腿。

别看胖子老爸在厂里的存在感不强，但他比老陈和胖子的心机还要深一点,要不然怎么时常气得老张跳脚呢?

厂里的人大都抱团,见小丽不再理老陈了,厂里其他人都不怎么理老陈,老陈手脚又慢,主管也看她不顺眼,老是找她麻烦,时不时到老陈跟前晃一圈,顺便叨叨她几句。

老陈喜欢告状,就连偶尔听到些八卦也要在晚间跟胖子反映,她自认为自己的"群众工作"做得不错,以至她自个儿把自个儿当个人物,这副姿态落在其他人眼里却是好笑,主管看不惯她这样,总在循着她的错处。这不,主管看见老陈打胶水打出位了。"哎哟,老陈,你干什么事哦,这么简单的事你都做不好,速度又慢,你干脆别做了,回家带你孙女好了。"主管把她弄不好的货拿出来丢到一旁。"这干的什么鬼?"

其实这也不能怪主管故意找事,实在是老陈没什么本事却偏要逞能,原本她做着不需要技术含量的压货工作,每天只要把他人做好的东西抱过去,再用机器一压就行了。可是她嫌弃那份工作太枯燥,没有人跟她聊天。私下她就和胖子抱怨,胖子这个人虽然品行有缺,但他是一个极其护短和孝顺的人,老陈一有什么要求他就基本会满足,只是,在媳妇面前却是不灵的。

胖子找了主管把老陈调到工作台这边。刚一开始,她还是有模有样地学着做,后来却是越做越慢,越做越差。主管也火了,本来这批货物就赶得紧,每周都在催着交货,其他人都在加班加点地赶着,手上的动作一刻也不停,只有她在里面像一个闲人。主管看着她就头疼,却也是不敢真的拿她怎么办。"拿去,拿白电油洗胶水。这里你别来干了。"

老陈一听心里不舒服,在这个厂里儿子是厂长,自己还要受这些闲气。"一天天就找我茬,你就是故意的。我在这里打胶水又不要你给钱,你又不是老板。还不是给人打工的?"

"你自己干不好还好意思在这里说。我是打工的,那你连我还不如。"

"这么凶的哦，怪不得你的女儿不喊你妈。"

主管听到这个就火了，她一拍桌子，拍得还特别响。"这关你什么事，你要不做趁早回去，少在这碍事。"

胖子早就看到这两个人在吵架了，眼看他妈吵不过就过来了。"好了好了，别吵了。妈，你过去机器那里压货。"胖子寻了个理由把老陈调走了。

"老刘，你也别老是有什么事都找我妈麻烦。"胖子拿起桌子上主管挑出来的货"哎呀，这不挺好的嘛！就一点点出位，没关系的。"

胖子见主管要说话就又说道："我妈年纪大了，你就别安排她做什么事了，她自己知道的啊！你看你家高小高天天躲在桌子下玩手机。我都没管她。"

主管听到胖子这么说，心里更堵了："反正你是厂长，你说什么就是什么。"

主管没在和胖子争辩什么，她瞥了一眼高小高，怪自己女儿不争气。

其实以前雪花和老陈的关系还是很好的，但是不知道是谁传出来说老陈用雪花放在寝室的洗脸盆洗脚，她就再也没和老陈说过话了，再加上老陈后来做事越来越过分，雪花就更加看不顺眼了。

这时候，另外一家的主管老马过来了，她手上抱着一堆货，丢在桌子上"啪"的一声："老刘，这是怎么回事啊？这电流全都没打紧。我们在那边查货，好的连一半都没有，一上午就只搞出来6箱货，还差7箱。"要说主管最怵的人不是老板娘也不是胖子，而是隔壁查货的"掌柜"老马。

一看到她，主管就连声音都小了。

主管拿起一个货，自己验查了一下，"这不是好好的吗？"刚一说完，手一用点劲那手机壳外套与皮料就分开了。"这全都没打紧的，那边还有4箱这样子的，等会儿喊人全拉过来，你们自己查。"老马本身就是直脾气，除了自家老板，谁的面子都不给，这也是老板给的底气吧！

"这个是小林没打紧呐。小林"主管找着小林，但在小林的工位上却没看见小林，苹果就说："小林都被找问题找怕了，都躲到老张那里去了。"

主管听到这话，跑到老张那里，果然发现了猫着身体的小林，主管都被气笑了："这哪是躲就躲得过的哦？"

老马也知道找主管不管用。她就拿上货去找小林了："小林，你这个电流没打紧啊，我这里都看得到易溶胶。你是不是机器没调好？"老马对"假姑娘"小林还是很客气的，秀秀气气的，声音大了还以为是欺负小孩子。

"我那里还有好多，都是这样的。"老马把货递给小林，"你等会找人去拿一下，快点返工给我啊。"

小林腼腆地答道："好的好的。"

这也是主管为什么每次出事都把老马往小林那里支的原因，如果是她自己，老马可不会这么好说话。

等老马走了，主管才走到小林面前，"这些都是怎么回事，小林，你是不是最近心情不好，工作也不认真了哦。"

"不是，是这个机器的原因，你看，它全都是里面没打紧，外面都是好好的。找胖子吧！我这个搞不定。"小林检查了一下出问题的货，发现可能是机器的一边压力不够。虽然他也是技师，但这种问题他也搞不定，只有找资深一点的胖子。

主管又去找胖子，但转遍了厂里都没看到胖子的人影，"这个胖子又跑哪儿去了。每次都是，一有事他就不在。"

这时门口，胖子迈着他的鸭子步走了进来。他的手里还提着一个大袋子，里面装的是划好了的西瓜。"来来来，吃西瓜了。"他把袋子放在自己的工作桌上摊开袋子。

"今天怎么有好心情买西瓜哟。"话是这么说，主管也没有拿。这时只有和胖子住一个屋的老张和胖子一家及几个年轻人上前拿着西瓜吃了起来，其他的都没有上前拿。

"雪花,吃西瓜。"胖子喊着最近的雪花。

雪花笑了笑:"我最近在吃药,吃不了冷的,给他们吃吧!"

"苹果,吃西瓜。"胖子又喊苹果。

"我才不吃呢!有毒。"苹果说话带着小孩子的娇憨。听起来傻傻的,即使说话直,也不容易得罪人。

小丽借口去了厕所,叉叉假装听不见,使劲赶货,胖子一来,她就说自己在赶货,不吃。

一个大西瓜,20多个人分怎么也分得完,现在竟然还剩一大半,最后还是进了胖子自家人的嘴。胖子知道厂里以主管为首的女工对自己很不满意,但他脸皮厚,依旧笑嘻嘻的我行我素,做着些"不磊落的事"。

记得前几个月胖子刚从家里回来,带了一大袋家里的橘子分给厂里的人。可过后每每和厂里面的工人发生争执,他都说:"亏我还给你们带橘子,都是一群养不熟的白眼狼。"顺便还掰扯上了几年前他到这个厂时请厂里人吃饭的事。

此后,无论胖子再拿什么东西到厂里来,雪花和小丽她们都不接。

"你有钱买西瓜,什么时候叫老板娘把月绩奖发了。"主管看他们吃西瓜吃得欢快,提了一句。

本来月绩奖就应该每个月发一次,前几个月都发得好好的,突然,胖子跟老板娘说他要写月绩奖的名单,说厂里工人的脾气太大,不服管。老板娘竟也同意了。

可是这个名单写了三个月都没写上去,厂里工人的月绩奖也有三个月没有发了。小丽也在那听着,都是打了这么多年工的人,这点花花肠子明眼人一眼都看出来他要搞什么鬼了。

原来老陈看厂里其他人都有月绩奖,就她没有,她不高兴,想着凭什么不给她发，于是她就总是在胖子面前说，让胖子必须叫老板娘把自己的月绩奖给加上，都闹了好久了。胖子也是一个心眼儿多的人，再说这是自己老娘的要求，他不可能不听。他就想着让自己来写月绩奖的名单，让老板娘把钱拿给他发给其他人，美其名曰要树立威信。

他知道那名单上不能加自己老妈的名字，老板娘早就盯上老陈了，对她做事拖拖拉拉、摸摸索索的早就看不惯了，要不是看在胖子的面子上不好辞退，否则早叫她卷铺盖走人了，又怎么会给她月绩奖？

胖子真实的目的是拿到那笔钱，反正每个人发多少月绩奖只有他和老板娘知道，钱也是他发，从月绩奖钱多的人那里抽成再发给自己的老妈，一边树立了威信，让厂里的工人不敢和自己对着干，一边又安抚了自己的老妈，岂不是两全其美？

可是这些小丽早就看破了，看着雪花傻乎乎的不知情，就把自己想到的告诉了雪花，雪花平时也是个爱打抱不平的，"我就知道这个死胖子没安好心。真的是搞笑，我们打这么多年工的又不是为了那一两百块钱。"然后胖子的用心就在这个厂传开了。胖子别说树立威信了，更是把自己的品行给踩到了泥里。

终于下班了，苹果急匆匆地拿上中午的饭盒骑着自行车走了。她还要回家做饭呢！厂里面不包晚饭，大家就只有出去吃。小丽和雪花经常在一起吃饭，雪花看着苹果急匆匆的背影叹了口气："苹果也是可怜哦！"

"怎么了？"小丽问道："反正我看苹果这几天不对劲。"

"她丈夫开车的时候不小心把腿给刮伤了，到现在还在家养病。"雪花看着苹果的背影，"你没看见苹果现在中午都在吃些什么吗？白米饭加一个素菜。家里要养三个小孩，现在还要养一个大人，不知道怎么撑得下去哦？"

"不是说他早就好了吗？还在家养着呢？"小丽奇怪了。

"可不是嘛！当初他在一个大厂里当技术师傅。轻松，工资高，又体面，可是上次不小心把腿撞瘸了,原先的厂不要他。他又重面子,不肯找小厂。要不然苹果也不会这么苛待自己。"

苹果原名叫曲淑萍,来到这个厂小丽就给她取外号叫苹果。苹果十几岁在父母的安排下就嫁人了,这些年来,她生了两个孩子,小丽她们怎么也想不通,儿女双全的人为什么还要第三个。原本她丈夫的那份工作就可以支撑他们全家的生活了,这些年来,他们家也还算过得去。后来却是出了意外,厂里给了一笔钱,也不再管了。她丈夫在家待了两年了,其间一直在找工作,但由于身体有疾,找的工作要么是看不上他的,要么是他看不上的。他自诩为知识分子,说进小厂干体力活太丢人了。工作没找到,还嫌租的房子太小,不够宽敞,又找了一个大一点的租房,当然,那个租房的费用也不低,相当于苹果三分之一的工资。

苹果也气,每次跟丈夫沟通的时候都说不到一块去,而且他还说:"我原来的厂赔了我那么多钱,换个房子怎么就钱不够了!而且等我找到工作不就解决了?"说到这里,苹果更加生气了,那笔钱是很多,但是给他治腿就用了一大部分了。现在他还赋闲在家,什么收入都没有,坐吃山空,那笔钱早就没剩多少了。

可是这么多年,她已经学会了顺从,一时间竟也找不到什么话反驳,所以她就自己省吃俭用,多做点儿活。她现在每天带饭到厂里吃,全是些没有营养的素菜,可是她能怎么办,家里还有三个孩子,唉,慢慢熬着吧!

"我不信在这个地方还有把人饿死的,不过是懒惰没有责任心罢了。他可以买个三轮车晚上去跑呀,也不在家闲着好,至少把自己的饭钱保住了。"小丽听到这种情况也是摇头地叹了一口气。

"关键是那个男人抹不开面子呀!"

"饭都吃不起还要面子干吗?!"

下午的休息时间有一个小时。他们吃了饭还可以在下面保安室大姐那聊会儿天。保安室大姐一家都租住在保安室对面的一个小屋里。她和她丈夫在这个地方当了几十年的保安了。狭窄的保安室开了两道门，靠内的连着用铁皮搭了一个小棚子，堆放些杂物，一家在这煮饭，吃饭狭窄的空间里堆满了各种各样的东西，显得脏乱不堪。前面的门口摆了一张桌子，上面摆着今天新到的快递。

保安室大姐在这样的环境下，还花心思种了许多的花花草草，并种了一些蔬菜，反正浇水也方便。其中有一盆七彩椒，各个颜色的小辣椒缀在枝头，掩映在绿色的叶子里面，显得格外喜人。七彩椒的旁边有一个蓝色的胶箱，里面养着两只王八，吃完饭回来的人们最喜欢走到跟前扯几片叶子投喂，然后看它们为两片叶子"打架"。

这时"豆豆"也回来了，"豆豆"是保安室大姐养的一只流浪狗，恰好某一天它来到这个保安室，大姐看它可怜，就把剩下的饭喂给它，哪知它就不走了，天天就歇在那个小棚的外面，碰到下雨就躲到楼道间。大姐也没有赶它，反而时常把剩下的饭菜给它。久而久之，这条狗就成了大姐家里的常客，大姐还专门给它腾了一个休息的地方，原本瘦弱的狗也渐渐变得强壮了起来，大姐给它取了一个名字"豆豆"，豆豆不怕生人，喜欢蹦蹦跳跳地和你玩，不管熟不熟悉的人它都可以在你面前晃悠一圈，趴在地上露出肚皮让你陪它玩。你如果不理他，它就咬你的裤脚，等你有兴趣逗一逗它的时候，它就立马爬起来跑了，还朝你摇两下尾巴，别提多得意了，惹得你哭笑不得。住在这里的人都很喜欢这只有灵性的狗，连带着买早餐还给它带一点。

大家看了看时间，马上又要上班了，就纷纷拿上自己的东西上楼，老赖通常是最早一个上去的，她在顶楼种了一点菜，每天下午准时要上去给菜地浇水。她种的地方原是小丽的，但后来小丽有了更大的地方种菜，就把原先的地方让给了老赖。

老赖是一个有些孩子气的人，虽然说她今年已经55岁了，但显得天真，喜欢攀比炫耀却不是那么讨人厌反而显得有些可爱。她老是喜欢谈论她的丈夫，说一说今天给她做了哪些菜，干了哪些家务活？但她从来不在小丽面前说这些，因为上次她说的时候，小丽回答道："我家里所有的家务活都不是我干的，早中晚的饭都不用我煮。"老赖马上就不说话了。但她可以在其他方面和小丽攀比，这不，小丽也种了一块菜地，老赖就每天跑到楼顶上去看，天天给自家的菜地浇水。由于天气干燥，小丽又偷懒了，几天没给自家菜地浇水，老赖就到小丽面前说："小丽，小丽，你咋还不去浇水，你家菜都快死完了。"语气中不乏幸灾乐祸。小丽见此也只是笑笑，谁还跟一个孩子计较啊。

夜间是最累也是最煎熬的时候，已经忙了一天了，却还是要加班加点地干活，而一个小时只有十块钱。小厂并不会按照劳动法来安排工资，顶多在原工资的基础上再加个一两块钱。就是这样的工资，他们也愿意拿，照她们的话来说就是：一个月下来还有个两三百块钱呢，也是家里两天的开销。

来这里打暑假工的"眼镜"说："没打工之前，自己想买什么就买什么，反正不是花自己的钱，打暑假工之后发现什么都不敢买，买多了就感觉到自己在犯罪。"

而那个"小孩子"却是不一样的观点：第一次用自己的钱买东西的感觉真好，想买什么就买什么，完全没有负罪感。

虽然是两种不同的价值观，但都反映着一种成长。所以说，社会才是一个真正的锻炼人，使人成长的地方。

大家正在做着工，突然灯闪了一下就熄灭了。大家安静了一会儿慢慢就嘈杂了起来"是停电了吗？""那好呀，今晚就不用加班了，回家休息咯。"这时胖子厂长看了看外面发现这一片都停电了。"大家再等个十五分钟，不来电咱们就下班。"

"看这个样子应该不会来电了,这一片都停电了。"雪花看着外面黑了一片。

"看吧,这个地方很少停电,我们也别抱太大希望。哈哈。"小丽一贯如此。有着"不以物喜,不以己悲"的生活态度。

黑暗给了人更多思考的空间,每个人都看不见别人脸上的表情。小丽也松懈了下来,扯去白日一贯笑着的模样,脸上只有深深的疲惫,带着丝丝她自己都不知道的麻木。

人这一生说长也不长,说短也不短,若用八个字来形容:世事无常,造化弄人。她原本也不信命,到最后,也由不得她不信。

她是家里的老大,从小时起,她就要承担很多。得到的关注却又很少。她对于儿时最鲜明的记忆便是她那笑着的父亲,从小,街坊邻居就说她很像她的父亲,尤其是笑起来的时候。记忆中的那个人无论什么时候都是笑着的。虽然只有两个闺女,但也把自己全部的爱和最好的东西都给了她们。她想,如果自己的父亲没有走得那么早,那她一定不是这样的结局。可是,在她11岁的时候,父亲就离开了人世。

在那个年代,一个女人带着两个孩子怎么生活,没有办法,母亲只有招婿。后来招进门的继父,两人又生了一个儿子。小丽是长女,既要帮忙做家务,又要帮忙带弟弟,她的学习成绩很好,丝毫没有因此而耽误。到了初中,学校离家更远,而她要做的事更多,加上家里并不想供自己往上读,最后她的成绩下降得厉害,母亲去找老师给她退了学,她把自己关在房间里三天没有出来。曾经的她为了上学可以绝食三天,那时候的她抱怨过母亲的狠心,而现在,她却有些理解当时母亲的眼泪,无奈却又现实。

没读书后,她就出来打工了,她想起年少那个大胆鲜活,对未来尽情憧憬规划的自己,叹了一口气。越长大后反而越胆小,越成熟之后反而越来越怕失去。

突然,灯闪了一下,又亮了起来,电来了。

"我说吧,哈哈。幸好我没抱太大希望。"小丽又挂上习以为常的微笑。

众人脸上露出失望的表情,"好了好了,电来了啊,大家赶工了,这批货这周天要出完啊。"胖子见有人还拿着手机,提醒道。

夜晚似乎显得更加安静了,连白日的说话声都没有了,大家似乎都在认真完成自己手上的工作。可是只有他们自己才知道自己手上的动作有多机械。

时间在人们望眼欲穿的眼底缓缓地流淌着,终于熬到了最后五分钟,这时,大家又活跃了起来,有的去饮水机边拿杯子接水,等喝饱了,再慢悠悠地走过来,有的直接跑去了厕所,等最后一分钟才出来。有的则关关风扇,关关窗户,大家都在等,这一刻,众人脸上的表情又都生动了起来。终于等到了打卡器熟悉的音乐声响起,众人又说说笑笑地向门口走去,稍微有那么一两个着急的,是因为他们没有住厂里的宿舍,而是在外面租的房子,离厂这边还有些距离。

外面灯火通明,到处都是人,现在这个时刻,反而成了这座城市最热闹的时刻。卖小吃的,卖水果的,送外卖的,散步的。周围的各种声音和各种气味还原着生活本应该最真实的状态。这样,似乎才有了一种幸福的、真实的、鲜活的模样。

小丽回家的地方要穿过一个很黑的地段,这里因为城市规划还在安路灯,周围偶尔路过几个行色匆匆的人,也有那么一两个颓然无所事事的人。周围安安静静的,同对面的大厦形成鲜明对比。

这样的一个地方,周围被高高的楼包围着,这里破旧而残败,从上方看,就是一个城市的图腾,生长在城市的中心,就变成了一道伤痕。这样的地方,这样一群普通的、平凡的甚至于平庸的人,他们从来没有考虑过明天,他们就像是机器一样每天重复着一样的生活,从春夏运转到秋冬,从明媚的春光重复到寒冬的大雪,从青春韶华到华发白丝,从开始到结束,我在想,他们幸福吗?也许是的,他们身后是自己的家庭,是孩子的笑脸,是父母佝偻的背影,是自己的生活。他们不幸福吗？也许也是的，他们或许某个时刻也会在黑暗中思考自己的过去连带着自己未完成的年少的梦，在某个时刻后悔，他们甚至麻木到忘记思考自己的明天。可是，生活并没有给他们留退路，他们只能往前，我想，他们总是令人敬佩的，即使被生活选择，他们也选择了生活，不得不说，他们在这一方面，是勇士……

消　逝

张展瑜

　　男人的手指正挑逗似的轻捏着母亲腰上的细肉，他那粗糙得像砂纸一样的指腹隔着衣料接触母亲的肉体，引起她一阵奇痒难忍的笑。

　　最后，她不得不伸手去阻止男人壁虎攀爬一样的动作，斜睨着眼睛盯着男人的脸，好像在用戏谑的态度责备他的轻浮。但我惊讶地发现，母亲的脸汗津津的，从两颊飞出两抹羞赧的红润。

　　这个男人却笑嘻嘻地贴上来，像块被咀嚼得无味的口香糖一样黏着母亲，而异性这样举止亲昵的浪漫对母亲来说似乎很受用，她在男人的怀里不断笑着扭动她笨拙的身子。

　　这个安静的下午，他们两个紧挨着霸占在一张矮塌着的布料沙发上，母亲的肩膀偎在男人的胸前，她的头有时低低地垂着，从云朵般柔软的头发下露出光滑的脖子。

　　在这间屋子里，正喷发着一股要命的诱惑的情愫。我几乎要被母亲身体由内而外散发出的类似高浓度酒精一样的物质给熏醉了，要被两个成年男女相互融合的感情香液给浸透了。

　　我在空间狭小的肉壁内挣扎着，我拳打脚踢，希望摆脱这令我痛苦又害怕的清醒的下坠感，我为这样可怕的清醒而发出号叫，又不受控制地为那一阵阵瘾似的眩晕而兴奋。

我的挣扎引起了母亲的不适,她本来正沉醉在和情人独处的甜腻里,忽然就"唉唉"地呜咽了,她疼得仰下去,似乎是我乱无章法的动作弄伤了她,她伸出手去抚摸隆起的肚子,嘴里喃喃地说着些平复我躁动的"魔咒",母亲只有在身体感到痛苦的时候才想起我,想起我还留在她肚子里,我被她当作一件丢不掉的包裹似的带到任何她想去的地方,尽管我心里有一万个不情愿。

我和母亲是一体的,我是她的孩子,是寄生在她子宫内靠着汲取她供给我的营养得以存活的胎儿。我和所有在这世上的人一样,替自己将来的命运而深深地忧虑着,但当我后知后觉地想到这一点时,我已经没有退路可寻了。

几个月前,那个给母亲做腹部检查的医生在B超机提供的影像下发现了我,她将我的存在当作一个天大的惊喜告诉了母亲,我到现在还能回想起她尽量克制住的兴奋的语气,她笃定地说:"恭喜你,怀孕了。"她看上去比母亲要激动得多了,好像被检查出怀孕的是她自己一样。

母亲从检查床上坐起来,接过医生递给她的纸巾在小腹上胡乱地擦拭,她脸上是没有表现出什么起伏的情绪的,医生在旁边特意留心地观察了她的一举一动,看着她把用过的纸巾准确地投进垃圾桶,站起来,利索地提上裤子,然后默默地等着医生打印自己的检查结果,脸上看不出有什么浮动的表情。

医生将结果递给她,她礼貌地说了句:"谢谢。"就平静地离开了。

这其实并不是母亲想要的结果,但这结果对当时的她来说也没什么特别的坏处,也许她是忽然有了自己的想法和主张,总之,我就这么当作一次偶然事件的发生被母亲保留了下来。

那天,回到家后,母亲告知了父亲自己怀孕的事实,我看到她面对着父亲站着,努力想要从脸上挤出一点宽慰的笑容,刻意拿我的出现讨好父亲似的,这不是诚心诚意的笑,从内部来看,母亲体内的激素水平没有发生任何变化。

我的父亲用那双浑浊的眼睛的余光斜斜地看了母亲一眼，好像正在利用现有数据分析一件客观存在的物体。

那一天，父亲的心情极好，他对母亲的一举一动都温柔了许多，他没有冲着母亲竖起两只可怕的毛虫一样扎满刺的眉毛，没有张着他布满獠牙的臭烘烘的嘴巴对母亲说一些难听的脏话，他没有把自己强壮的铁杆一样的手臂伸向母亲的头发，因为我的存在，因为一个孩子的出现，这个家里的男人放过了女人，放过了一位母亲，就像监狱释放了罪犯。

父亲一直重复着一句话："很好，这很好。"由此看出，他是真的很高兴。母亲松了一口气。

而我仍能在自己保持清醒的时刻——时常在午夜。听见父亲哨子一样的鼾声，和母亲在床上翻来覆去的声响，清醒的悠长的叹息，偶尔有一两滴眼泪从眼睫毛下渗出，滑落在枕头上，我感受到了母亲的悲伤，我们有着世界上最亲密无间的关系，这样的关系不能不说是上天给予我们的一种莫大的恩赐，我们连接在一起，是我被完全地包容在她的体内，和她共享每一口咀嚼着滑下食道的食物，品尝她喝下的一切酒水，感知外界带给她的一切悲欢，去她去过的每一个地方，经历过她经历的一切。

我好像开了窍，像新开口的夹子发出"啪嗒"的一声，之后的某天我忽然动情地发觉，不管我的母亲她会不会爱我，不管我是如何顽强地抵抗着这种懦弱的情感，我都必须承认一点，我是无比诚恳且淳朴地爱着她的，那就是作为一个孩子天然而本能的爱意和依恋。

最初我感到惶恐不安，后来我慢慢学会全心全意地爱并接受我的母亲，但我始终无法用相同的感情对待我的父亲，我无法原谅他，他是个虚伪的、残暴的、招人忌惮的男人，孩子们永远不会喜爱这样的父亲，说他是人，不如说他是一只咬人吃人的兽。从我正式见到他的第一眼时，我就有一种大难临头的感觉，这一点从母亲面对他时的身体反应也不难看出。他的存在让我觉得浑身不舒服，母亲一旦靠近他，我不得不发起抵抗，我感觉自己好像正无形之中被来自四面八方的压力强行按压着，我痛苦地想要呕吐，七窍流血，严重时甚至冲动地想要拿脐带缠住脖子把自己勒死。

从那以后，我就产生了危机感，我有时难免会为自己的前途和命运而感到心惊胆战，我不可能永远躲在子宫里，躲在母亲的庇佑下。我出生后，就不得不面临着这样一个压抑又不幸的家庭局面，一个残暴的父亲，一个偷情的母亲（但我是爱她的），一个没有亲情和温情可言的家庭，这儿的空气永远是冷滞的，像置身在一条鱼的肠道里。想到这里，我就不由自主地让情绪陷入一阵低潮，我在母亲的体内，我把一整颗活蹦乱跳的心脏都贴在母亲提供给我的内壁上，希望得到她手心的抚慰，但她并不十分在意我，她费尽心思只是想着如何随时随地与她的情人来一场缠绵的约会。

在面对着这个伴侣时，母亲像冰淇淋一样融化着。这个男人的出现及时地拯救了正站在坍塌边缘的母亲，据母亲的说法是，他们不可思议地相爱了。

一个独居的神秘男人和一个肚子高高隆起的美丽妇人相爱了。

任谁听了都不得不皱着眉头咂着嘴用异样的语气调侃似的骂一句，是啊，他们毫无廉耻。

然而母亲已经习惯了每日早晨躺在床上用装睡的办法来见证着丈夫离家的身影，然后安心地在被窝里小憩一会儿，到了快接近十点钟的时候，她才慢悠悠地起身，捧着肚子站在镜子前试穿衣服，玩味似的用量尺测一下新一天肚子的大小，然后走去厨房吃一点父亲剩下的东西，化一个认真的妆容，最后一如既往地走出家门，去见自己的情人。

这一天本该和往常的任何一天都相同。

他们在一起度过了一天内二分之一的惬意时光，到了这个安静的下午，太阳西斜的时刻，母亲拉开屋子里那条遮光的窗帘，落日的余晖一点一点地爬满他们相守的空间，他们两个紧挨着霸占在一张矮塌着的布料沙发上，母亲调整安放好肚子的位置，自然地把肩膀偎在男人的胸前，她的头有时低低地垂着，像一颗在秋天熟透了的黄色的诱人的麦穗，云朵般柔软的头发下露出光滑的脖子。

我的母亲把一只小手放进男人宽厚的手心里，并为此而感到无比充实而幸福，我呢，只能身体僵硬地浸泡在他们两个人制造出的甜腻的氛围里，我爱我的母亲，是孩子对于和自己有着亲密关系的母亲的本能的情感。所以这一切的一切我都能够心甘情愿地忍受。

但我也知道，这样的日子即将发生突变，我只能闭着眼，掩饰愧疚而努力扮演毫不知情的样子，并且祈祷自己早点睡着，我在欺骗自己，但是母亲，请原谅我，作为一个胎儿，我想从我来到这个世界的那刻算起，从我被困在母亲子宫内的羊水中时算起，我就悲哀地失去了决定一切的权利，我也不幸地被卷入命运的洪流中去了，这些天以来，我数次痛苦地从睡梦中醒来，我梦到一个个残忍的场景，我梦到我们相连的生命和境遇像巨石一样以势不可当的劲头滚下悬崖，被深渊吞没了，我哭着醒来，这梦或许就预示着我们的一生，它在残忍的阀刀下张扬着猩红的旗帜。

倘若是我遭受着……但这一切对于她——我的母亲来说，这命运会摧毁她，彻底地，蹂躏得她身心俱毁，而在这世上，除了肚子里孕育的这个共情的胎儿，没人会宽恕我的母亲。

母亲也许不曾想到，我的父亲目睹了一切。我凭借着敏锐的直觉发现了藏在门后的那双眼睛，像狼一样狡猾的凶恶的眼睛，我不知道他是怎么出现在这里的，我觉得很震惊，他必然用了什么一种方法让母亲以为自己蒙骗过了他，他早上出门后或许并没有走远，因为他早就起了疑心！他刻意躲在一个别人看不见的角落里，在这方面他显得格外有耐性，他决心非要抓住母亲幽会的铁证不可。或许他是尾随了母亲一路来到这里的，他也许已经躲在门后偷窥了很久，就像饥肠辘辘的豺狗为了捕猎成功而蜷伏在草丛里朝着对面的羚羊群虎视眈眈，母亲迫切地想要早一点见到情人的激动心情使她疏于防范，她对丈夫的存在毫不知情。

我担忧地想着母亲，身体在羊水中漂浮着旋转，不敢预判下一秒在这间屋子里会发生什么可怕的事实，如果可以，我希望母亲能够立刻逃走，随便到哪里去，任何一个地方，哪怕要带上她那单纯的情人，只要她觉得幸福，只要她能摆脱家庭里的父亲和婚姻给她造就的苦难似的拘禁。

而那双眼睛转而又悄悄地不见了，如果不是我百分百笃定，我一定会当作刚刚看到的只是一刹那产生的幻觉，但很不幸，那确实是父亲的眼睛，从没有一个人能长着这样一双令我感到前所未有的惧怕的眼睛，那种濒临压迫死亡的感觉，令我一度想要自杀。

母亲自始至终都未察觉到什么。最后，她从情人的怀里坐起来，抬头看了看墙上的钟表，距离父亲回家的时刻还有一段时间，母亲不是那种为了一时的幸福而贪恋男人怀抱的女人，她知道自己该起身回去了。

男人依依不舍地放开她，他将母亲送到门口，他向她奢求一个临别的拥抱，母亲没有允诺，反而笑着推开他，她用婉转又愉悦的语音道别："我明天再来。"然后走出去，干脆地合上了门。

母亲回到家，父亲正站在门后等她。

母亲没有意识到自己的事情已经败露，但她清楚大难临头的感觉，她本以为肚子里脆弱的孩子能让她免于被殴打。但我的父亲可没那么多体贴的想法，他浑身散发着的戾气更加浓稠了，母亲自怀孕以来便没有受过什么皮肉之苦，全世界只有我的父亲会让她感到如此痛苦，不论是身体上的，还是灵魂、情感上的。丈夫带给她的这种可怕又熟悉的痛感仍使她浑身颤抖。

父亲像发了疯似的抽打母亲，尽管她是个怀有身孕的女人，但他再也装不下去了。

随着母亲的倒地，我也像小船颠簸似的在羊水中摇荡着，我的母亲在面对男人的殴打时毫无还手之力，她像被丢弃在垃圾箱旁的玩具一样承受着野狗的撕咬，父亲用响亮的巴掌抽她的耳光，尽管她先前是那样的美丽妩媚，她光洁的脸颊被男人的指甲划出一道道殷红的印子，男人击打她的鼻子、眼睛和嘴巴，甚至揪扯她耳垂上的耳环，父亲攥着她的双腿在地上拖行，他还不住地辱骂她，因为她背着他偷情，因为她不知廉耻，因为她从另一个男人（而不是他）的怀里感到温暖和幸福，他觉得她让自己蒙受了奇耻大辱，他简直想要为这份既是男人又是丈夫的廉耻而活活打死她了。

我的母亲没有哭，她对此甚至没有任何表态，不反抗，可是她忍受的态度更加激怒了疯狗一样的父亲。

而在母亲体内，无数的腺体正在快速分泌一种毒素，这是来自母亲的深切的恨意。这种毒素足以杀死任何人，包括她体内的胎儿。

父亲最后揪着母亲的头发，他逼迫她仰起头来直视他的眼睛。

他问："我问你，孩子是谁的？"啊，庸俗到毫无意义的问题，总有人爱揪着这种问题不放，打算以此来要挟什么。

沉默。

在母亲身体内，我倒立着，就像一只悬挂在墙壁蛛网上的蜘蛛，我盯着父亲的眼睛，从来没觉得他是这样一个庞大的个体，就像传说中丑陋的怪物一样，强行赋予我窒息般的压迫感，这个陷入癫狂的毫无人性的男人，我不由得在母亲的体内抱紧了自己，也许我今晚就会连同母亲一起被杀死在这里。我还没有感受过这个世界，就要就此离去，不过这也算不上什么坏事，趁我还没受太多的苦，死亡听上去也不会那么可怕。

父亲忽然朝母亲吐了一摊口水，我嗅到一股臭烘烘的气味，父亲好像永远喜欢这样做，他习惯了用一切他觉得污秽的东西羞辱母亲，即便他还没有开口说话，那严厉的拷打已经落到母亲的身上了。

母亲侧过了头，父亲的口水落到她胸前的衣服上，令人感到恶心的味道在幽幽地散发着，父亲扫了一眼，对给予母亲的惩罚和侮辱感到满意，接着用脚扫开一切，以胜者般的姿势走开了。

他走进了母亲的卧室。那同样也是他的卧室。

母亲顺势躺在地板上，从她的这个视角看过去，屋子里没有开灯，阳台上的窗帘半掩着，露出外面的一抹昏沉的天色，天花板近在眼前，像死后虚无的世界，也像诞生前的世界，我死了吗？那母亲呢？一股暖流游过我的肚皮，我知道，自己还没有完结。刚刚父亲殴打母亲的景象还无比清晰地回荡在眼前，倒地的桌椅像残骸一样陪着母亲陷入死寂，像一片灰蒙蒙的墓地。

母亲的体内源源不断地分泌着毒素，对父亲对生活的恨意快要淹没了她，现在，一切都无可挽回了。

我目前还活着，还在，只是身体的某些地方会传来阵阵钝痛，这同样是母亲所遭受的，我一边蜷着身子治疗伤痛，一边想，我命不久矣。

母亲艰难地从地上爬起来，她拖着伤痛的身体慢慢移步到沙发上，放平身体躺下来，现在她的身边没有任何人，白天所享受的那短暂而美好的温情已经不复存在，在渐浓的夜色里，母亲是孤身一人，父亲打开的灯光从卧房的门夹缝里投射出来，那道光像午夜间海上游荡的虚缈的魂灵一样，那光附着了一种奇妙的力量，从中伸出无数条细又长的丝线一样的小脚，悄悄静静地爬到母亲的腿上，爬进她皮肤里，消失不见了。母亲忽然浑身一颤，在体内掀起一阵细胞喧嚣的狂澜，我开始挣扎着，那汪清透的羊水膜却紧紧地贴住我，我的拳脚挣破不了它，它却好像突然叛变，要将我闷死一样……这暴戾的暗藏凶险的夜晚，随即恢复了平静。

在她面无表情地提着刀走进卧室，走到父亲的床边时，母亲在世界上为自己留存的最后一盏灯熄灭了。

我自诞生以来从未见过一滴血，也从未闻到过如此浓郁的血腥味，母亲的恨意已经蔓延到全身细胞，并且渗透了包裹着我的那层内壁，我不得不吸收这些毒素进到自己体内，尽管这样的过程无异于慢性自杀，我明显感到浑身无力，手脚又麻又冷，好像被人扒光热量慢慢浸到冰窟窿里。

我是这场凶杀的见证者，是唯一可以证明母亲罪状的证人，也是这罪孽的同担者和隐瞒者。如果可以选择，我选择沉默。

在我的家庭里，今夜，妻子杀死了丈夫，母亲杀了父亲，工具是一把放在厨房案板上的菜刀，如果父亲还剩最后一口气的话，他应该拼了命也要挣扎着爬到厨房去扔掉那把刀，但现在说什么都于事无补了。他万万没想到自己会因此而丧命，他习惯了殴打妻子，因为他的妻子从来没有反抗过他的暴力，他看错了她，他以为天底下所有女人，所有妻子，所有母亲都该惧怕男人，顺从丈夫，即便是在做了母亲后，她们也该为了孩子而屈服。也许这就是一些人的想法。以至于到如今这个时代，我被母亲带着走到街上，我依然会看到当街暴打女人的男人，依然会看到公开辱骂妻子的丈夫，依然会看到为任性的孩子而束手无策的母亲。

在确定父亲永远不会醒来后，母亲扔掉了手里的刀，她并不收拾什么，这间屋子的每一处都溅上了父亲的鲜血，天花板上、床上、地板上，摆在床边的母亲的梳妆台上，四面的墙壁，母亲的身上，到处都是血。

黑暗里，我的父亲以一种奇异的姿势迎接了死亡，我们看到他的嘴大张着，嘴角撕裂，在被杀死的过程中他清醒了一次，他缓缓地睁开眼，看到自己胸前有一个大血窟窿，他将双眼的眼皮撑到极致，那两颗浑浊的透着凶狠劲儿的眼珠要蹦出来一样，他的嘴角张得大大的，肺被捅破了，他只能拼命地喘息着，像炉边坏掉的鼓风机一样，每呼出或吸进一口气时都混着噼里啪啦的杂乱声响，最终他因失血过多和肺部破裂无法呼吸而死亡，死时就保持着他奇异恐怖的姿势，直至身体完全僵硬。

黑暗里，我听到母亲强劲有力的脉搏声和鼓点一样的心跳声，她从未如此震撼地活过，此刻，她的心情是前所未有的舒畅，她并不为自己杀人而感到一丝后怕与恐惧，她长长地叹出一口气，仿佛不是杀人行凶的凶手，而是刚刚结束讲话走下舞台的演说者一样。

母亲走到那面镜子前，脱掉了自己身上的衣服，脱去一身的血迹，现在她是洁净的了，身上新发的伤口和殴打留下的痕迹在一点点消退，她又重新变得美丽，她抚摸着隆起的肚皮，在昏暗里，我看不太清楚，好像是第一次，她露出了母亲般的笑容，那是我第一次见到这样的母亲，第一次，我隐约地感觉到她似乎是爱我的，但她不知道的是，我就要死了。

我心里明白，我等不到她接我诞生的那天了。

母亲走出父亲死亡的那间屋子，没有做任何隐瞒或销毁罪证的处理，她静悄悄地关上了那扇房门，把父亲、斑斑血迹和脱下的那件衣服一同留在了那里。好像今晚无事，没有殴打，没有凶杀，她就这么不计后果地想着，不需要安慰谁，也不需要谁来安慰，这是她这辈子做过的最痛快的决定，在月光的照耀下，她赤裸着，不沾一丝尘埃地带着她的胎儿去浴室洗了个澡。

夜里她睡在了沙发上，睡得很安稳，我再没有听见母亲发出的叹息，她很快就睡去了，我小幅度地伸了伸蜷曲着的腿，在羊水的浮力作用下熟练地翻了个身，这是个被切割成两半的夜晚，一半是煎熬，一半是惬意，是时候享受这令人感到舒适的半个夜晚了。第二天，母亲照常在十点钟起床，穿衣打扮，吃一点冰箱里剩下的隔了好几夜的饭菜,然后动身去找她的情人。

她能逃吗？她问自己,已经无路可退了,但她是并不为任何她做过的事情而感到懊悔的,也没必要向任何人陈述理由,即便有这样的理由,也无法说服任何一个置身事外的人,更无法说服她自己——就是这样。随他们去吧,她鼓起了勇气,让自己表现得毫不畏惧。

这时的我已经奄奄一息,我的身体开始融化,我成形的手脚开始一点点消逝,我身上各处都很痛,体温很高,像开水里煮熟着的一只鹌鹑,有什么东西在消磨我,分解我,就像黑板擦在抹去黑板上的粉笔字,像蜗牛蚕食树叶,像蟒蛇消化体内的猎物,那是强酸一样的毒液,通过胎盘和脐带的传输,源源不断地流入体内,不出一个小时,我就会彻底从这个世界上被不留一丝痕迹地抹去,就像我从未来过。

如果是这样,让我最后再看一眼母亲吧,今天的她是那么美丽动人,就像少女时的她一样,云朵般柔软的黑发,光洁的脸颊,弯弯的泉水一样清亮的眼睛,一张玫瑰花瓣似的嘴,今天的她比任何时候都幸福,她蜷在情人的怀抱里,像午后檐上蜷着的一只惬意的猫儿,她伸了个长长的懒腰,懒散地有些困倦了,她轻轻拍打自己的肚子,不经意地打出一个节拍,她不知道我的死亡。

在这里,在母亲的身体里,一个胎儿将要接受自己的命运,接受死亡。我啊,我爱我的母亲,我真心实意地用我的全部身心在爱着她,我爱着她,是那种孩子对母亲本能的依恋,她给了我短短几个月的生命,她让我看到了这个世界的美与不美,幸与不幸,机缘巧合,她做了一回我的母亲,我有幸做了一回她的孩子。

她忽然在情人的怀里昏过去后,我即将失去最后的意识,在母亲的身体内,有什么正迅速蚕食着我剩余的血肉和骨骼,我只有两条光秃秃的细杆一样的手臂可以勉强活动,这是一件极其痛苦的事,在离世前,世上很多人都经历过这种"酷刑",于我而言,没什么比将死未死更折磨一个人的精神了。

这个承担着"伴侣"角色的男人代替我那死去的父亲将母亲送进了医院,医生算了算日子判断为即将生产,但他们对肚子里胎儿的异常状态表示怀疑,母亲被推进手术室时,护士们把男人拦在外面,他像个真正的父亲一样满头大汗,坐在走道一旁的长椅上,脑袋快要缩进上衣的口袋里,十根手指紧紧地交叉扣在一起,脑子里一片混乱,浑身发僵,他一度想要离开,但周围没人告诉他应该怎么做,于是他最终只是坐在那里,前额的头发盖住他像睡着了似的缥缈的神情。

这是后来的事了,那时我应该已经离开。如果医生用手术刀剖开母亲的肚子,他们会发现里面有一个形似胎儿的生物,它是被什么奇怪的东西(是液体)慢慢腐蚀掉的,我比较幸运,最终还是给世界留下了点未被分解完的东西,医生们会看到我残缺的手脚、破损的脸,和剩下一半的融化了的大脑,我几乎不成形了,好在他们还能勉强认出这是个离奇死亡的胎儿。

如果医生把我从母亲体内分离出来,他们可能会吃惊地发现(也可能认为是一次令人惋惜的意外,这要看人们肯不肯发挥想象力了),要是他们对我感到好奇的话,就会把我剩余的部分小心地摆正放在一个无菌盘里观察,他们就能发现我的眼睛是半闭着的,露出一小块眼白,显得有点狼狈,又有点吓人,这是我死前的神态。

我是自杀死亡的,没有人胁迫我放弃生命,死亡就那么自然而然地发生了,到底是遗憾还是幸运,我说不清楚,但这次,没有人会因为胎儿死亡而被判刑或是坐牢,他们自己都搞不清楚母亲体内究竟发生了什么,也永远不会知道我在离世前都经历了什么,我看到的,我听到的,我动用着发育成形的全身的感官在这个世界上学习了解到的一切,都将成为一个个谜团。

母亲也许会记得我,但她只是会在回忆中写道:我曾经有过这么一个胎儿,它还没来得及出生就死亡了，没有年龄，没有样貌，没有大小，像个神秘的天外来客。

身体在被分解时感到疼痛直至无法忍受的最后一刻，我咬着牙，费力地把肚脐上系着的那根脐带绕到自己细软的脖颈上，为此我还大汗淋漓、急得身体直哆嗦，由此可以想象那疼痛有多么剧烈，多亏了这根"绳子"！我把脐带在自己脖子上绕了两圈，我还没死，就已经开始感到呼吸困难了，为了早点解脱，我双手使出最后的力气，朝两侧一扯，迫不及待地将自己献给了死神。现在看来，所幸我死后还留下了些一星半点的痕迹———一摊固液混合的胎儿肉体。

我的消逝不能为母亲改变什么，之后，她也许会被揭露，被抓起来，会为做过的事而受到惩罚，母亲的一切行为都是她自己做出的判断与抉择，我最初并没抱着要改变什么的打算，我又不是神或英雄，我只是个小小的胎儿，我的命运已经到了尽头，这一点是毋庸的事实，而母亲接下来所参与的未来的生与死，幸与不幸，我都无从知晓了。

其他

我来人间一趟，我要看看太阳

——浅谈《红楼梦》中的贾宝玉

吴 思

曹雪芹历经十年呕心沥血，写了半部《红楼梦》。虽是人间尤物，但是残缺之美，这不失为一种遗憾。为了弥补这种遗憾，高鹗续了这本《红楼梦》的尾巴。作为四大名著之一的《红楼梦》经久不衰。书中经典人物活灵活现，特别是王熙凤、贾宝玉、林黛玉、薛宝钗更是深入人心。在家族衰落的时候，无论多么风光靓丽的人物都沦落成悲剧，正如贾宝玉所言"鸟巢倾落，安有完卵！""满纸荒唐言，一把辛酸泪"更是道尽了各个人物的悲剧命运。

家风不振，富不长久。富贵繁华的贾府，看似欣欣向荣，内里却是腐败不堪。出身贫苦人家的女儿没见过多大的世面，在看到贾府富足的日常生活时甚是羡慕。公婆媳妇、公子小姐们的衣食住行皆是高端大气上档次，连丫头婆子们的衣食住行都如主子一般；书香的影子也不少，贾政、贾元春对宝玉谆谆教导及宝玉和嫂子姐妹们结的诗社，原来这才是惬意的生活。没有众多兄弟姐妹的人，看到大观园里的热闹更是眼红，多多少少有些黛玉自怜般的悲切。贾母观戏、宝钗扑蝶、湘云卧石、众美游园、诗社纷纷等场面，甚是温馨、可爱。可偏偏是这样的富贵人家慈母多败儿，宝玉自小由贾母抚养，在这种隔代教育下，贾母让宝玉事事顺心，任其发展，容不得一点打骂，连贾政在训诫宝玉时都出面阻拦；宝玉之母王夫人是非不明，宠溺宝玉却又恨其不成器，作威作福残害宝玉身边人。自小在脂粉堆里长大的宝玉虽是谦谦公子，温润如玉，却缺乏男子汉大丈夫该有的威武雄壮。贾母的大儿子贾赦鼠目寸光，终日计较蝇头小利、沉迷美色。贾琏之母邢夫人懦弱无能，对丈夫儿子唯命是从，贾琏成事不足，败事有余，也少不了邢夫人的影响。贾环之母赵姨娘性格狭隘，对贾环不爱之珍之，反而任意打骂，贾环自然也少不了卑劣猥琐的行为。本是武将出身的荫蔽之家，长期处在温室里，没有居安思危的忧患意识，没有一个靠得住的"擎天柱"，在史、王、薛家败落，贾家长女贾元春（皇贵妃）薨后和贾政落马后，贾家这棵大树再也支撑不了，轰然倒塌。

才貌双全，却不得人心，怎一个"悲"了得？《红楼梦》里最出彩的莫过于贾宝玉的堂嫂、表姐凤姐了，精明强干的她支撑起了贾府表面的繁华，贾宝玉在这种假象里甚是安逸自得。"一双丹凤三角眼，两弯柳叶吊梢眉，身量苗条，体格风骚"的倾城倾国之貌再加上娇艳的气度令其丈夫贾琏颇为满意，远房堂弟贾瑞则为此而倾倒。再凭借"金紫万千谁治国，裙钗一二可齐家"的能力和八面玲珑的性格深得王夫人的赏识、贾母的恩宠和兄弟姐妹们的敬佩。一个凤姐，把偌大的贾府治理得井井有条，婆子丫头小厮没有一个不服她的。这要是在现代，也是一个风云人物，所谓的女强人也不过如此。可凤姐偏偏是一个俗人，人美路子野。精明强干和心狠手辣，在主持宁国府的儿媳——秦可卿的丧事和贾琏填房的事情上展现无遗。一人分管领导荣国府和宁国府，起早贪黑两边往返。两府事物皆是错综复杂，宁国府当家主母无暇顾及，荣国府王夫人也不管事（想必也没那个能力管事），凤姐却治理得游刃有余。遇到曾对宁国府祖先的救命之恩的赖大闹事，不由分说就命人把赖大捆到马厩里办了。在得知贾琏在外置办院子养人时，醋意大发，使了巧劲把尤二姐骗进贾府，为难冷落尤二姐；故意答应贾琏又添一房，坐观两虎相争，逼死尤二姐；在尤二姐之死上嫁祸他人，故意起官司让贾琏火烧眉毛转移注意力；为解后顾之忧，还对张华父子赶尽杀绝。活脱脱一个笑面虎！宝玉和宝钗成婚后，王夫人收权归于宝钗，贾琏揭穿其恶行，凤姐失权又失情。贾府败落后，又病死于牢中，唯一的女儿还被亲哥哥给卖了。还真一个"悲"字了得！

好一个温润如玉的翩翩公子，却怎奈是个软骨头。宝玉是贾府的宝贝，是贾母和王夫人的命根子，是众多姐妹心里的好兄弟，是贾府的唯一继承人，可以说是集万千宠爱于一身，令庶子贾环眼红不已。宝玉素日待人温厚，尊敬有加，不分尊卑，一切平等对待，不仅姐妹们爱护他，连丫头们也喜爱不已，甚至连带发修行的居士妙玉也暗许芳心。宝玉虽有幸生在富贵之家，却无缘长享荣华富贵。说他是个软骨头，主要体现在以下几个方面。第一，作为贾府唯一的继承人，他尽情享受其尊贵的身份带来的便利和尊重，却不能承担起振兴贾府、维持贾府光荣的责任。本就生在"学而优则仕"的时代，他不仅不爱读正经书，也没有一技之长，还经常辱骂读书做官的人，父母姐妹相劝还生气，可真是一个朽木不可雕也。在贾府败落、被抄家之际，其手无缚鸡之力则更为明显。皇帝念其年少不经事，赦免出狱。可宝玉离了贾府便一无是处，连衣食住行都需要他人接济，林妹妹留下的琉璃盏也被路过的官兵打破了，在河边遇到沦为烟花女子的史湘云却无力将其赎回，后来见着最亲密的袭人嫁给了自己的好友，林妹妹也早就为他含恨而死，所有人都离他而去了。最后，在极度贫困潦倒之下，无颜面对美娇妻薛宝钗而遁入空门。第二，宝玉虽说对林妹妹爱护有加，但他也到处留情，还不敢为此负责任。"万花丛中过，片叶不沾身"，宝玉可以说是现在海王们"广泛撒网、重点培养"的模范了。与其母王夫人的丫鬟金钏调笑时有失分寸，被王夫人呵斥后落荒而逃，丝毫不顾金钏的处境。在那个封建礼教严格的环境下，一个弱女子如何能在王夫人和舆论的重压下苟延残喘？最终，金钏还是投井自尽了。第三，林妹妹是贾宝玉掏心窝的初恋情人，可是宝玉还是不能决定自己的婚姻。都说有情人终成眷属，可是宝黛的爱情还是败给了现实。平时都叛逆，唯独在自己的婚姻大事下叛逆不了。林妹妹虽是才貌双全，可身体不好，经不起柴米油盐酱醋茶的侵蚀和人情世故的冷暖。正如凤姐所言："好是好，但是个风一吹就没了的灯"。还有素日对诸事皆敏感伤怀、对身边的人冷漠刻薄，大家也只能对她敬而远之；再加上林妹妹是个父母双亡的孤儿，没有父母兄弟庇护。林妹妹就这样在和宝玉的婚事中落选了，宝玉也无能为力。就在贾宝玉和薛宝钗成婚之夜，林妹妹就香消玉殒了。

"寒塘渡鹤影，冷月葬花魂。"林妹妹和史湘云在贾府"繁荣"的最后一个中秋，触景生情所留的诗句还真应了贾家和宝玉的结局。这世间的"太阳"，宝玉是看见了，但才不配位，"太阳"终究落下山头。

心之所向，才是路在的方向

黄梦园

一

2020年，新冠肺炎疫情的突然造访将很多人井然有序的生活都搞得一团糟。

我百无聊赖地刷着朋友圈时，感觉自己似乎是个没有感情的机器人，在重复着一些单调枯燥的事，以此来填满生命中突如其来多出来的这段空白。

表姐的动态突然弹出来，愣了一下，想来似乎很久没有她的消息了，便打开查看，只是几张她和同事的照片，文案是"真的是太奇妙的缘分，就是这个女人，和我同一天入职又同一天离职……"想来应该表达下关心，可就在开口询问时又实在不知道怎么组织语言，想来想去删了又删，最后还是当作什么都没看到一样，关闭了手机界面。

表姐是成都理工大学的研究生，三年半的工龄，就这样突然从北京离了职。我想到自己本科学历的水平突然有点绝望，再打开表姐的那条朋友圈时，多出了好多评论，可表姐只用了八个字就堵住了大家还未全部说出口的疑问。

"兴尽而归，心甘情愿。"

原本以为还会有很多时间来规划未来的我，今年才后知后觉——疫情过后，大学生活就已接近尾声。

大一的时光还历历在目，自己壮志凌云的模样还未遗忘，可生活却推搡着人往前走，周围沉寂已久的同学都开始准备各种各样的考试，看起来似乎有了目标规划。那我呢？考研究生？考公务员？考事业编制？还是走其他的路？

可那么多条路，我能走的又是哪条？

我学的专业是金融工程，但是心里也明白，以自己现在的水平，以后从事相关工作的可能性几乎为零。每次都会问自己到底喜欢什么，可"喜欢"这个词太宽泛了，只考虑自己的喜好而不切实际地选择是对自己的不负责任。

我知道，我现在最应该考虑的不是我喜欢什么，而是我能做什么。

学完《基础会计》这门学科后，代课老师随口说了一句对这门学科感兴趣的同学，可以去考个初级会计职称。报名的时候眼看班里好多同学都报了名，随波逐流不知道怎么规划的自己，默许般地加入了考证大军，成为他们中的一员，却发现很多事情后来才显露端倪。

在准备考试阶段，面对繁杂的会计知识，我发现我喜欢的只是里面的计算，是数字的整理归集，而不是以记忆理解为主的庞大的做账体系。

也是在考完后才想明白，不适合不喜欢的东西应及时止损，我不能因为心疼考证书所花的学费就把以后的可能性都放弃。

二

小A满心欢喜地告诉我说要考法硕（非法学）时，我脑子里飘过的都是以前看过的各种说法硕现在有多热门、法硕有多难考的文章，还有各高校逐年提高的报录比。

我只呆呆地看着他的眼睛，问了句："为什么想考这个？"

"因为对这个感兴趣，能学下去，而且还不考数学，其他学科都不想学。"

看着他明亮的眼睛，我突然觉得自己的心老了，意气风发追求梦想的自己似乎不见了。

既想鼓励他选择自己喜欢的学校考，又觉得他太不现实，考虑清楚了没，就选择这么热门的专业？

不是没有想过，像小A一样选一个喜欢的专业，努力拼一把，可放眼望去有哪些专业可以选择呢？大学读的本科专业已经限制了以后考研的方向，商科的学生要么转人文社科类，要么选文学类，理工科类的几乎不用想，它们的门槛难度不是轻易能企及的。想来想去，挑了又挑，也不过三两个而已，考虑到考研人数逐年增长，竞争越来越大，为求稳妥专业太热门的根本不敢选，太偏的又觉得没前途，不想考。

你看还没开始行动呢，就已经有一大堆的问题拦住了我的脚步。

不敢去闯的人怎么可以扼杀别人乘风破浪的梦想呢？所以到最后，我好像也只能说一句："加油，好好准备！"

自始至终，不知道如何选择的是我，左右摇摆的也是我。

我深知自己的怯懦，风险承受能力差，不会也不敢把全部希望都压在一件事上，没有破釜沉舟的勇气，注定做不到孤注一掷，可偏偏心性极高，不甘居于人下，就是这种高不成低不就的矛盾心理才最容易让人陷入痛苦。

"你说，毕业之后回家，在小县城找个工作怎么样呢？"我半是试探半是认真的语气。

小A明显愣了一下，或许他眼中的我，是意气风发每天打了鸡血似的和他抢座位比学习，嚷嚷着要超过他的小太阳，而不是现在这么丧气的模样。

有些问题，不是因为不懂才问的，而是因为心里有了选择的偏向，想找认同感，以此来减轻自己放弃一些东西的内疚懊悔。

小A这么聪明，不会不明白。

三

悄无声息的，时光如流沙，越想握紧却只能加速它的流逝，不知道从什么时候起，家乡似乎离自己越来越远，一年四季在家乡待的天数屈指可数。来也匆匆去也匆匆，于我而言，故乡似乎变成了一个遥远的梦，半是朦胧半是美好，却难以触碰，对故乡来说，我不再是记忆中的故人而是萍水相逢的客。

今年因为新冠肺炎疫情，我不再是来去匆匆，而是破天荒地在家乡待了7个月。

其实一直在家宅着，倒也没什么事，这种闲适的状态一直维持到7月底，我弟报高考志愿要找人帮忙，于是在某个艳阳高照的午后，我乘着公交车慢慢悠悠去找从北京回来的表姐，在讨论之前，就开门见山地给表姐说了下我准备给他选学校的前提：一是学费还可以。二是位置要说得过去。三是最好不要离家太远。

表姐听到我说的这些时很是讶异，我知道，她是想说，我说的这些准则自己当初都没做到，现在再把这些条条框框摆出来未免太没说服力。

或许是因为真的经历过，在外地生活过两年的我总是会异常想念家乡，想念家乡的老街，想念满是亲切感的家乡口音，想念家乡的饭菜，想念家乡的人和事，体会过独自一人在外孤独无依的落寞，感受过悔不当初的遗憾，就不想让身边的人再走一遍自己的来时路。

"可有些事情，没有经历过的人是不会感同身受的，有些路总是要当事人走过才能知道，任何人都应该有选择的机会，这种事情没有人可以代劳。"

我知道表姐的意思，我的经验，我过来人的言论，其实并不能说明什么，每个人都有个体差异性，我不能否决别人的可能性。

道理我都懂，可遇到事情的时候难免意气用事，太在意自己的感受反倒成了坏事。

　　等忙完弟弟的志愿选择时，我和表姐去了附近的购物广场买吃的。那里还是原来的样子，有我熟悉的一切，就连商品摆放的习惯都和我记忆里的如出一辙，这样的感觉很好，我会觉得很有安全感。

　　小吃还是原来的味道，以前上初中的时候每次放学总会买一份带回家去，这里，这条街，这座小城市藏着我太多美好到不忍放下的回忆。

四

　　看着眼前摆放的一堆小吃，犹豫了半天，想了很久还是说出了自己的疑惑。

　　"姐，你说，毕业后留在大城市好啊还是选择待在小城市呢？"我一边吃着小吃一边装作漫不经心地说，希望气氛能不那么沉重。

　　"姐，其实我觉得很纠结，我既想去大城市闯荡一番开下眼界，但是又觉得在大城市压力太大，以我的能力、水平，就是炮灰级人物，没有希望，只是在瞎折腾。回来吧，虽说压力小，生活节奏慢，但工资水平太低，干一辈子也只是不愠不火的，人生一下就能看到头了，没什么奔头。"

　　表姐停下吃手里拿着的食物，一边拽了点卫生纸擦着手上的油渍，一边抬头看了我一眼。

　　"其实纠结就是说明还是放不下，你舍不得放弃某种可能性，又死守着退路不敢放，怎么说呢，就是太贪心了，不想冒一点风险又想有高收益。"

　　我拧着眉头听完这番话，不得不承认说到了我的痛处。

　　"姐，其实我也说不上喜欢哪种生活方式，就是觉得自己既能在大城市里拼搏，也能接受在小城市里过平淡的生活，所以我也不知道具体怎么选……"

没有底气导致我说话声音越来越小。

"其实，我以前也和你一样，毕业的时候不知道去哪，我那时候可没像你这么纠结，只是顺其自然，当时刚好有个项目，我们就跟进，去了北京，后来项目快结束时就找公司投简历，顺利被一家公司录取，就在北京待了三年半，现在又回来咱们这儿，兜兜转转也是一种历练吧。所以啊，把握当下，做好手头上的每一份工作，别想得太多太远，想不出个所以然还徒增焦虑。"

"不过有一点要记得，心里不要放太多事，一次最好只做一件事，想去大城市就好好准备，提升自己学历，考个研究生，别想着考不上回家找个什么工作好，那是以后的事，还没发生你就没必要为这个分神，担心思虑半天也没什么用处。去了外面就不要老是念着家里的好，说什么想回家来，在外面就好好感受，打拼时又惦念着家乡的人是注定走不远的。"

五

乘坐公交车回家时，橘黄色的余晖透过车窗照在我脸上，我抬起头就那样顺着阳光的方向看过去，笼罩在夕阳之下的小城市平添了几分温馨，车窗外的风景、沿途经过的每个节点都在以肉眼可见的速度向后移动着，这里给我的感觉还是一样，果然是我心心念念很久了的地方。

我自认为见过很多地方的美景，遇到过许多有趣的人，走了很远很远的路，到达过我曾经最渴望的远方，可到最后却发现，兜兜转转，走了一圈又一圈，我最想留在的地方就是故乡，因为这里是我最后的退路，能给我安全感，不敢冒险的我似乎就适合在家乡的小城市里谋个工作，过最简单平淡的生活。

这真的是我最想要的吗？

想起高考填报志愿时，愣是在众多亲朋好友的劝阻声中坚定选择了自己向往的远方,那个时候我眼睛里的光,如星辰大海般浩瀚,散发出的每一缕都是我对生活的热爱与渴望。只是现在怎么就不如以前勇敢了呢?

"既想在外打拼又不愿放下家乡的人,注定是走不远的。你既舍不得放弃某种可能性,又死守着退路不敢放,怎么说呢,就是太贪心了,不想冒一点风险又想有高收益。"表姐的话在我脑海中反复显现。

回望自己在外求学的经历,似乎总是一副牵挂家乡的状态,既不主动融入感受远方的人文特色,也不好好体味生活的百味,反而一直在回望而误了沿途的风景。

"原来不过是我太懦弱,却又贪心,拥有的和预期有落差才会痛苦。"看着窗外飘过的熟悉的建筑物,我忍不住用手捂住自己的眼睛喃喃道。

只要不改变自己的想法,端正自己的态度,犹豫到最后,看似瞻前顾后思虑周全的自己,实际上不管选了什么,多多少少都会后悔遗憾。

再一次贪婪地看向车窗外的风景,过往美好的回忆应是力量而不是锁链。深吸了一口气,从今天起,都放下吧,属于这里的就都留在这里好了。

其实,既没下定决心回去,纠结的这些天就可以证明,心之所向的还是那种可能性,而不是紧紧握在手里的退路。

不过是缺乏勇气,迈出那一步。

掏出手机,拨出那一串熟悉的数字。

"嘟嘟嘟……"

"喂,小 A,我还是想和数字打一辈子交道,我想试一下考数学!"

淮夷游学记

李金蓉

　　古有赤鸟，自西域游于江淮盐渎之境，时逢暮色霭霭，千帆相竞，渔火通明。栖于阔木，俯首而视，得光影下澈，采采青桐。是日，立于黄海之滨，极娱游于暇日，比翼丹鹤齐飞，共骋麋鹿驰骏，风自海拂面，月由海骤升。

　　忽闻微歌乐，有似入前人梦，经传史词，传奇故事，略表一闻，于众辞之中偏得一隅，是为之乎者也，寥寥几人无相伴，偏得疏文释字话悠肠。

　　论缘何如此，不过国学经典，小学为附庸，自以为通读经籍，得与古谈话。儒学大道，曾余一鹊，兴得搭桥有益，杏坛芳馨，增余振翅，许得略溢香醇。何曾几时，驳孔文，批古博今，将数计经典付之不存，余一雀尚觉叹惋，况彼时儒林之辈，何等痛惜！

　　幸甚至哉，而今吟诗诵文再现回流之势，是为万向轮回，为小学之传承光大，为中华神气贯古通今，为复兴春风吹又生。

　　噫吁兮，恍然一梦吹将醒，循声探处，似是飞天起舞，鸿惊淮夷。似是呼吾趁和风，相与瀛洲习经典。正所谓大洋芳道上，花雨正酣畅，莫道是继绝学之韶光呼？

ICU

蔡冰砚

我站在 ICU 的门口。

绕过屏风,隐约见到不远处病房里机器上的指示灯,呼吸般地闪烁着,无数只眼睛在眨。远远地都刺过来。模糊白茫茫一片的床,躺着一个人。好像有头。

身后的一个医生,画图,和病人家属说病情及用药。

头这里。骨头。碎了。好几块。几万吧。

复杂的名词,嗡嗡的声音,叫着。这里,唯一的生动。

我站着看,拘束而多余。

普通病房里的人仍然有吃饭、如厕的烟火气。

今天的鲫鱼汤,白,鲜。青菜,翠绿泛光。肉今天涨价了。明天烧冬瓜汤。吃不完。总要尿尿。

今天上厕所了吗?几次?排便排尿正常吗?先吃粥。

有着可以活动的自由空气。

拉着栏杆摇摇晃晃地走,病服垮垮搭着,另一只手上提着血袋,里面红色的液体也跟着晃。透明粉色的。深色的红。

保洁员吃苹果。护工左右地走。男人耐不住出去抽烟。女人说话。

晚上好。什么时候出院?明天试着下床。今天吃什么?儿子来看我了。

几点睡。明天换药。快睡觉。我不哭。

拉上帘子了。熄灯。叮叮叮。那一台才下来。

护士跑,把光闪着。彻夜亮着。

而在这里的人们,手脚叫床和机器困住了,死寂一般的,惨白一样的,迷茫一片的。

有个人被推过去了。

不知是男是女,是一头黑的短发,没有打理,显得有些凌乱和油腻。鼻子上插着粗的氧气管,连着氧气瓶。他的脸向里侧着,没有支撑,软。露出蜡黄浮肿的脖颈,只有胸口略显急促地起伏,其他的肢体都像是沉默了似的,哑了,聋了。

从前看到这样病态的蜡黄会颤抖,不敢靠近,就像生命褪去了鲜艳,孱弱地汲取着外界的能量——好像靠近了我的能量,被抽走。最后一次看太婆,枯柴的手,含混的喉咙,不清楚的字节,没有了。似乎周围的空气和他的亲属们都被无声地堵上了嘴,没有表情和颜色,他们也被绑着,在许许多多个病床上。走。和他一样。

一会,又推来了一个中年男子。

这是个圆的有些微胖的脸,头发被剃掉了,脑袋右边大部分包着纱布,他是清醒着的,比那人生动。听到了我身后的家属与医生的谈话,目光转向这边,好奇地眨了下眼睛,冷不防和他的眼神撞上,我竟突然有些呆滞,想向他微笑一下——可我又突然觉得有些羞愧,这样一个年轻而生动的生命站在他的病体前,一个毫无关联的外人,一个和这死寂一样的气氛格格不入的个体站在这里,羞愧不已。好像让黑暗中的人看到光是不对的,在有腿疾的人面前跳跃是不对的,在哑巴面前唱歌是不对的,在无法挪动的人面前站立是不对的。这或许会让他们难过吗？我不该出现在这里，还要假作善意地微笑。如何控制我的神经，如何牵动脸部的皮，这虚假人皮面具。让我做出一个合适的表情，来面对这样的眼睛。嘴角抽着，鼻翼抖着。我感到面部在不可控地扭曲着，整个身体也被扭曲着。眼睛拉我，到屋子里去，床上，捆住了，白的手，割我的肉，半个脑袋剖开，放在透明的箱子里。我看它。红的，突突地跳。

你是活的！为什么要判定我死！我凄厉地叫。砸在虚的棉花上，掉在黑的山崖下，没声音。

机器的数字盯我。曲线在抖动，突突地跳。它笑，它唱歌。血一样的线，红的蓝的黄的绿的。头顶的灯，白得晃的，一下坠下来。

我醒了。

出来了一个小队伍。

他坐着轮椅，脸木木的，没有表情，发黄，但也不是令人惊恐的发黄。尖脸，胡子有点长，瘦。一只手里拿着一根白色的像是棒子的东西，垂直着放在两腿之间，三条平行线。右手像鸡爪一样缩着，举在胸口，在我们的目光中毫无波澜地被推过去，后面跟着两个身形魁梧穿着黑色背心戴着黑色帽子的警察，其中的一个手上拿着厚厚的记录板。一个奇异的小队伍。我在猜，但这样平白的想总是没有依据的。

身后的门合上了。白光熄了。哦，天堂，死去了。

外面的走廊黑黢黢的，尽头是亮的。有窗子，光会照进来。

被压抑住的，没有情感的，呼吸着的。为生命奔走着。

外面的人语渐渐喧嚣。我吞咽着，连所有吵闹的噪音都是美味的。

我走出了ICU的门。

入围奖

喜与悲

张乐瑶

同一场暴风雨,有人为它摧残了房屋树木而悲伤憔悴,有人为它磅礴的气势而感叹,变化的并不是物体本身——而是观者的心态。而作为一部以二战时期的黑暗社会为背景的经典电影《美丽人生》,和其他二战题材的影视作品不同,它没有宏大的叙事,反而采取了小而美的结构,将镜头对准了时代大背景下的一个小家庭,它没有直接呼唤人道,而是讴歌了父爱。它究竟是悲剧还是喜剧?这一直是电影爱好者们热议的话题,对此的讨论也众说纷纭。那么我们到底应该如何看待这部或喜或悲的影片呢?看完电影的我想从这个方面深入探析《美丽人生》,以期达到对电影的更深层次了解,同时也将自我内心难以忘怀的深刻感受得以一笔一笔刻画描摹出来,记录下电影每一个令人心动的瞬间。

电影的开端就给人强大的冲击力,画面以明亮的色调与汽车失灵的幽默片段作对比,不仅有了几分讽刺,也多了一些冷淡,但正是因为这样可笑的画面让观众的心情变得十分轻松愉快起来,随后便是电影主人公的出场了,可见影片节奏是让人感受到舒适的。本以为画面会机锋一转,但是从天而降的美丽公主,奇妙的视察之行,应声而来的钥匙与帽子,骑马抢亲等这些一次又一次的巧合,还是让观众们的笑声此起彼伏。贝尼尼用了接近50分钟的篇幅来叙述圭多与多拉的爱情。有人说道:"这部电影真有趣!"的确,每一帧,每一个瞬间,每一个画面都无不让人们沉浸在欢快中。如果不是后来剧情的发展，我们很容易认为这是一部单纯的意大利喜剧。第一次观影的观众是无法体会到其中的痛楚，影片前期有多么令人开怀大笑，结局就会有多令人痛心。直至电影的色调突然变得灰暗单一，圭多的幸福生活也终止了，身为犹太人的他们一家被纳粹抓去了集中营，他们面对的是繁重的劳役和死亡。至此，圭多编织了一个巨大的谎言来保护年幼的儿子，保护儿子的童真。

而之所以电影令人感到如此舒适，其情节安排巧妙，是环环相扣的，一个接一个的铺垫成功造就了一个接一个的巧合，影片中每一处细节都处理得非常仔细，在仔细之余并无丝毫多余。比如圭多整理酒店工作服时，叔叔说的那句"犹太人从不用纽扣！"影片中这样的细节比比皆是。除此之外，我印象最深刻的一个片段是叔本华讨厌洗澡而躲避洗澡的场景，这一段不仅表现了圭多一家和睦温馨的氛围，也为集中营里叔本华躲过"毒气浴"作了成功的铺垫，刚开始不甚察觉，直到事情发生，我不得不赞叹导演的巧妙构思。

电影的导演曾说他不希望人们看完这部影片后流泪。他的初衷如此，他尽力从乐观积极的角度去讲这个故事，并且也使用了大量的喜剧化手法，而看完电影的我才真真切切地深刻体会到导演的良苦用心。事实上，不管是在轻快的前半段中圭多与朵拉相遇与相恋的奇妙过程，尽显生活欢愉跟美好，还是在灰暗的后半段中圭多每一次对儿子的解释，将美丽温柔无尽铺陈，这些都让人为他的乐观而深深动容，且一次又一次为之落泪。电影正是因为有了这层温柔且浪漫的底色，所以即使它是在充满恐惧的纳粹集中营里也仅是从侧面来体现纳粹的残忍，甚至在圭多被枪击时也只是黑暗中的几声枪响，电影从头至尾都没有正面描述残忍的场景，又如集中营里旁人告知朵拉"老人和小孩会被送去洗澡其实是毒气浴！还会被烧死做成肥皂和纽扣"，只是用一句似乎随意出口的话来揭示纳粹的残忍，甚至是在结尾如此残酷悲伤的场面，我们也只看见本华梦寐以求的真坦克得以出现，这不仅是希望的象征是圆满的结局，同时也维护了一个孩子干净的心灵与父亲的伟大形象，这怎不叫人为之动容！圭多的死让人难受，但最终朵拉母子的相拥还是让人情不自禁地上扬了嘴角，这或许就是影片独具魅力的地方，也是这部影片连连被人叫好的地方。

回归主题，那在电影中什么东西越多就越看不见？——是黑暗。当时的社会正笼罩在法西斯的黑暗中，残酷，迫害，死亡每时每刻都在发生。据统计，二战期间，纳粹杀害了约600万欧洲犹太人，在这其中包括了150万儿童。这是多么恐怖的数字，多么触目惊心的历史。横尸遍街，犹太人的性命似乎只是与一只蚂蚁的性命相当，生命被无情地践踏，整个地区都活在恐惧中。但是在看电影，它却恰恰相反，导演以这样的社会为背景展现给我们的却是无尽的欢乐与希望。同样以二战纳粹迫害犹太人为背景的电影《辛得勒的名单》与之截然不同。《辛德勒的名单》虽然以救赎为主题，但有许多正面描述战争残忍血腥的场面，只是让人在压抑中看见点点希望。而《美丽人生》则千方百计地避开残忍，想要规避人生中无数痛苦的经历，更是阻止更多痛苦经历的发生，抑或是说，即使我们无法回避这些残忍，生活磨难不可能不会出现，而影片告诉我们的还是尽可能地让人在残酷中体会到乐观与美好。当集中营里响起一阵阵枪声与倒地声，当集中营里响起那句"早安，公主！"这两部优秀的经典之作，就如同那一场暴风雨里心态不同的两位观者。

那么影片究竟是悲剧还是喜剧呢？——它是导演所说的不希望观众流泪。它是圭多身上与卓别林相同的集中营号码牌。是对卓别林黑色喜剧的致敬。是喜是悲，在于观者，在于暴风雨后的不同心态。影片用喜与悲为我们讲述了什么是美丽的人生——苦闷无聊的人生要用乐观与希望来点缀，生活要用欢快的视角去看它的美好，即使在暴风雨里也还能说一句"早安，公主"。生活真的还是要继续前行的，不是吗？！

我成了太姥姥的妈妈

罗 芳

疾病犹如橡皮擦一样,残忍地一点点擦掉老人们对这个世界的记忆和念想。他们需要被关注,也需要为爱被寻找。

——题记

就这样,我成了太姥姥的妈妈。

高三的暑假,我陪妈妈去看太姥姥,饭桌上,太姥姥突然抓住我的手,眼神里闪烁着星星一般的光芒,温柔地叫了我一声"妈妈",太姥姥的这句"妈妈"让正在吃饭的家人感到无比的错愕和尴尬,姥姥见状连忙让我去屋子里给她倒杯茶,等我端来茶后,桌上的气氛一下安静了,只剩太姥姥眼神落寞地望向窗外,嘴里还一直不停地嘀咕着"妈妈,妈妈"……

原来,太姥姥很早就得了老年痴呆症,姥姥说太姥姥这种情况时断时续,清醒时还会记得家人;一旦变得不清醒,就开始各种吵闹,这时候姥姥就开始变着法子开始哄太姥姥,像哄小孩那样哄太姥姥吃饭、洗漱。

好像一夜之间全部都变了,又好像什么都没变。太姥姥还是照样起来陪着院子里那只慵懒的猫晒太阳。小时候,我最喜欢坐在太姥姥旁边听着她讲过去的故事,那时候觉得太姥姥肯定有一只藏满有趣故事的锦囊,不然她怎么会有那么多故事要讲给我听，不会重复并且不会觉得腻。想着这些，我便坐在了太姥姥的一旁，现在换我讲故事给她听了，我会跟她讲学校里发生过的有趣的事，九月我就去上大学啦！我自顾自地说着，我以为说到这些太姥姥会很开心，转过头才发现太姥姥目光呆滞地望向大门口，嘴里喃喃自语，但我并没有听清她说了些什么，只是像昨晚饭桌上太姥姥那种闪烁着光芒的眼神再也看不到了。

某天清晨，我被一阵清脆的响声惊醒，随之而来是太姥姥和姥姥的哭泣声。原来是太姥姥在屋子里解手了，姥姥急忙去给太姥姥换衣服，但是太姥姥却不肯，她们之间就像小孩一样开始了一场追逐赛，最终以家里的一面穿衣镜破碎而告终。姥姥"啪"的一声便坐在了地上开始哭泣，或许是照顾太姥姥时间太久了，产生了疲惫感，又或许是满地的狼藉让已经六十五的姥姥开始力不从心，更或许是姥姥的靠山倒了，从前太姥姥身体很硬朗，在生产队扛一袋谷子走好长一段路也不会觉得吃力，现在变成了这副模样，或许在姥姥心目中妈妈是无所不能的吧！一时间我不知道该怎么办，姥姥坐在地下大哭，而太姥姥则像个做错事的孩子蹲在角落里抽泣。

这个场景我大概一辈子都不会忘记吧！因为这是我最后一次见太姥姥了，遗憾真的是一件很有魔力的事，它会让你以为有很多时间来做这件事，但随着时间的流逝，我们才发现生命无常，世事难料，有些人我们一旦错过，就再也遇不到了。

从那以后，太姥姥的病情每况愈下，已经开始记不清身边的人了，当然这也包括姥姥。但是家里人并没有觉得这是一件特别严重的事，还是照常照顾太姥姥。每次视频，太姥姥就落寞地坐在角落里，说不出的那种孤独感。

太姥姥是我大一的寒假走的，似乎真的会有回光返照这一说。太姥姥走的前几天意识开始逐渐清晰，太姥姥开始回忆之前的事。开始向家里人说太姥爷的生日和忌日，还有姥姥小时候的一些趣事，更令人惊讶的是，太姥姥向家里人说自己马上就要走了，日子没几天了，家里人不以为意。那天清晨，大家一起围在桌前吃饭，太姥姥突然舌根硬了，想说什么却说不出来，家里人连忙把她扶到床边，开始用手捋她的胸口，太姥姥仿佛有什么要说却又说不出口，瞳孔被放得无限大，等到救护车来时，太姥姥已经走了。后来妈妈跟我讲这些事时，我印象最深刻的就是太姥姥脸庞的最后一滴泪水，可能她带着遗憾走的吧！

写这些事时，我又想起了太姥姥，突然想到原来看过的一句话。有人说，人的一生会死三次。第一次是他断气时，从生物学上他死了。第二次是他下葬时，人们来参加他的葬礼，怀念他的一生，在社会上他死了。第三次是最后一个记得他的人把他忘记了，那时候他才真正地死了。正是因为有了记忆人才是完整的。可还会有人记得太姥姥吗？

想起了小时候看过的一则公益广告：儿子带着父亲去外面吃饭，盘中剩下两个饺子，当着一桌子亲朋好友的面，爸爸居然直接用手抓起饺子放进口袋。儿子看到，立刻抓住爸爸的手，又羞又急地问："爸，你干吗？"这时，已说不清楚话的父亲却吃力地说："这是留给我儿子的，他最爱吃饺子了。"爸爸的回答让儿子愣住了，原本以为爸爸已忘记了一切，可是却从未忘记对儿子的爱。

艺术来源于生活，当记者去看望这位父亲时，这位老人家已经意识不清晰了。但儿子放下手头的工作，开始陪伴父亲，并表示"即便是父亲再也认不出我了，我也要让他一睁眼就能看见最爱的儿子。"这则公益广告没有多么丰富的画面，画面很混乱，大家都忙着吃饭聊天，并没有注意这位老父亲的动作，当他把饺子往口袋里装时，颤颤巍巍地说出了"我儿子爱吃"，我想这句话一定感动到了在屏幕前的你。

看到这则公益广告，不论是已经成为父亲的你，或是还未成为父亲的你，又或是正在陪伴着父亲的你，看到这个画面一定会泪流满面。最后画面定格在了儿子的脸上，这个儿子的形象，或许是你，又或许是我。这则广告的核心呼吁大众关注阿尔兹海默症。资料显示，我国阿尔茨海默病患者约1000万人，是世界上患者人数最多的国家。随着人口老龄化加速，预计到2050年，我国患者将达4000万人。每个家庭都有老人，每个人都会变老，面对日益增加的阿尔兹海默症人群，如何让大家关注，并且用爱和理解去呵护这群老人，想要在情感和精神上得到更多的慰藉，这已经成为许多中国老人的奢望！这是需要时间去践行的。

总有一天，青春会消逝，我们也会老去，但纯粹的爱情会承载在记忆里，永远年轻。

当爸妈逐渐老去，而子女逐渐羽翼丰满。相聚与陪伴越来越少，作为子女的你，不要等到父母忘记你的时候才懂得去关爱他们。年轻的你，多看看身边的人，别让他们孤单得太久，他们也需要爱和陪伴。

无人可诉为寂寞　诉无可诉是孤独

——读《百年孤独》有感

吴　珊

是夜，凉如水。我翻开了翻开过无数次的《百年孤独》，沉思良久。

生命中真正重要的不是你遭遇了什么，而是你记住了哪些事，又是如何铭记的。

一个幸福晚年的秘诀不是别的，而是与孤寂签订一个体面的协定。

即使以为自己的感情已经干涸得无法给予，也总会有一个时刻一样东西能拨动心灵深处的弦，我们毕竟不是生来就享受孤独的。

正因为当初对未来做了太多的憧憬，所以对现在的自己尤其失望。生命中曾经有过的所有灿烂，终究都需要用寂寞来偿还。

时间在自己的运动中也会碰到挫折，遇到障碍，所以某一段时间也会滞留在哪一个房间里。

——《百年孤独》节选

这里的每个人都是孤独的，这里的影子没有成双的，这里的每一条可怜的生命都像一场戏，兜兜转转，咿咿呀呀，往着起始方向走去。

马孔多的建立，并非创世纪。何塞阿尔卡蒂奥·布恩迪亚离开里奥阿查，率妻子邑人来此绝境，建立了年轻和希望的村落，没有政府，没有死人甚至是30岁以上的人，这里是桃花源。人们和谐生活威胁的开始是里正的到来。这名保守党的政府官员颁布的第一个命令，就是将房屋涂成蓝色。

香蕉公司的到来，让马孔多在一夜之间变了样。这个带有资本掠夺性质的工厂，在给马孔多带来了盛极一时繁荣的同时，也使人们以往诚实的生活一去不返。人们起初没有意识到香蕉公司带来的繁荣意味着什么，因为总是期待向前，期待一个美好的未来，而曾经的美好却渐渐褪色。在那场香蕉公司引起的四年十一个月零两天的大雨过后，无尽的干旱到来之时，我是如此怀念那个邻着无尽大泽，雨林河水边的马孔多。期待未来从来都不是错误，只是有些时候太过失望，回忆才变得如此重要。许多名言看似是"两点之间直线最短"一样的表达，意思却是"凌晨四点钟，发现海棠花未眠。"那么他到底在难过什么呢？

一个人不是因为孤独才孤独，而是不被外部世界所理解或不愿去理解外部世界，才感到孤独。其实很早他便是孤独的，当他整个雨季的思考终于有了结果，发现"地球是圆的，就像个橙子"。却全凭梅尔基亚德斯向众人解释才免得被认为是失去理智。这也是为何梅尔基亚德斯对于何塞阿尔卡蒂奥·布恩迪亚来说如此重要。在梅尔基亚德斯入葬后，马孔多出现在了死亡地图上。何塞阿尔卡蒂奥·布恩迪亚陷入了孤独，普鲁邓希奥的灵魂因寻而来：老人不久后便疯掉了，一直被绑在栗树下。他下葬时黄色的花雨飘了一整夜。

他的妻子乌尔苏拉是一处港湾，对于布恩迪亚家，对于我，都是如此。"她似乎无处不在，伴随着细棉布裙柔和的窸窣声一直四处忙碌。多亏了她，那泥土夯平的地面，未经粉刷的泥墙和自制的粗木家具才永远一尘不染，旧箱子里存放的衣服才永远散发着罗勒的淡淡香气。"家就是这样的地方，一个女性用自己辛勤劳动与时间抗衡所营造出来的永恒港湾。可以躲避海上风雨，避免时间侵蚀的地方,让你在失落、荣光、挫败、狂妄的时候感受到古老钢琴一般的祥和。让我想起幼时的外婆家,正旺的柴火中都有她的气息。不仅如此,她使得"这个净出疯子的家"在动荡的年代中岿然不动,赚钱使全家不至于挨饿。在保守党政府攻下马孔多时,是乌尔苏拉护着暴政的阿尔卡蒂奥想把他拉回家。当奥雷里亚诺先生被囚禁在狱中时,也是乌尔苏拉固执地去看他,送去一把并不被需要的手枪。这种港湾的感觉在人们心中定义了母亲的形象。作者曾说:"乌尔苏拉是我心中理想的妇女形象。"

奥雷里亚诺·布恩迪亚上校是孤独的,或许是从那个阳光明媚的下午走进帐篷见到了冰块开始,抑或是蕾梅黛丝死了以后。

上校最爱蕾梅黛丝,整本书中我最爱的也是蕾梅黛丝。我曾经很疑惑,为何垂暮之年的上校一定要做小金鱼,一成不变的坐姿令他脊柱变形,精确到毫米的工艺使他视力受损,但不容丝毫分心的专注让他获得了心灵的平静。直到我再一次翻开这本书,偶然发现小女孩穿着粉红薄纱裙和白色小靴子第一次站在他门前时,"他正在作坊里组装一条黄金小鱼"。上校以这种谁也不曾理解的方式来重现那时的感觉,回忆一生中唯一的最爱的妻子。

上校在最后一刻仍然记着当年的冰块,或许不是冰块,是自己的父亲。人生中有太多人太多东西不该遗忘,也没法遗忘,每个人都是孤独地出生,在这世间恍惚几十年并不漫长的日子转眼就远去了,然后再孤独地死去。生命注定是个悲剧,因为我们从没有融入世界,世界永远是身外之物。如果有幸,能在茫茫人海寻得一个灵魂与自己万分契合的人,与之存在一种可以称之为爱情的联系,然后一起承受生命中不可逃离不可消除的深沉的宿命的孤独。可是这般幸运艰深难得。有的已失去了爱的能力,有的爱得深沉却无处安放,有的死在这爱里……在所有的爱里,孤独有增无减。生命只是一场幻梦。

乌尔苏拉也是孤独的。

她生上校的那天下雨，棕榈叶的屋顶仿佛快被雨水压塌，屋子里炉火正旺，奥雷里亚诺·布恩迪亚的脐带还没被剪断就睁大眼睛四处打量。在我的生命中，再也没有关于哪个人的出生记忆如此清晰。她一定很孤独，才会如此温和而坚定。如同作者需要的那样，乌尔苏拉活了太长的时间，度过了最漫长的岁月，直到属于她的时代和人们都已逝去，乌尔苏拉不是烂柯人，但100年是同样消逝在了不可逆转的岁月洪流之中。

　　"我察觉到，只要她一死，我这本书也就完蛋了。只有等到全书行将结束，以后的情节又无足轻重时，她才能死——《番石榴飘香》。"

　　我在她身上感受到了马尔克斯的温柔。乌尔苏拉死后，布恩迪亚的家不过几座房子。

　　我喜欢这些孤独的人，不是喜欢他们孤独，而是造成了孤独的特有气质。人世间真的就是一种庸俗势力的大合唱，谁一旦对它屈服，那就永远沉沦了。所以丽贝卡将孤独视为一种特权，阿玛兰妲拒绝和费尔南达和好，没人知道乌尔苏拉眼瞎的事实，梅梅再也不曾说过一句话，上校为了房子不被染成蓝色而打了半辈子仗。就像一部电影中曾说的那样："我们一路奋战，不是为了改变世界，而是为了不让世界改变我们。"

　　"那一年余下的时间，我再也没办法读其他作家的作品，因为，我觉得他们都不够分量。"最后半页的留白，总使人一瞬间思绪万千，却又怅然若失。马尔克斯始终以一种不带任何情感波澜的语调来讲述他魔幻的故事。语言仿佛将一首长诗撕成碎片向着遗忘之乡一路抛洒。故事好似粗枝大叶，人物也很少讲话。但给人的感受却是如此的真切。其实不是没有波澜，也不是没有细节。而是被时间冲刷过语言恰如其分的遗忘。这记忆一般的语言传递了被缓慢氧化的情感，沧海桑田的感觉直抵内心的最深处，感受到生活的无边无际、暴力以及变幻无常；像一片浮满各种漂流物的，但总是一片澄澈而湛蓝的海。

我们趋行在人生这个亘古的旅途，在坎坷中奔跑，在挫折里涅槃，忧愁缠满全身，痛苦飘洒一地。我们累，却无从止歇；我们苦，却无法回避。所有人都显得很寂寞，用自己的方式想尽办法排遣寂寞，事实上，仍是延续自己的寂寞。寂寞是造化对群居者的诅咒，孤独才是寂寞的唯一出口。生命从来不曾离开过孤独而独立存在。无论是我们出生、我们成长、我们相爱还是我们成功失败，直到最后的最后，孤独犹如影子一样存在于生命一隅。

　　读《百年孤独》毕，掩卷，顿首，泪流满面。

　　马孔多仍然在下雨。